青少年人生必读的

好故事丛书

让青少年学会
理解父母的150个故事

这些好故事就像一颗颗璀璨的明珠，不会因岁月的流逝而失去夺目的光华，不会因年代的久远而黯淡迷人的风采。它们在岁月的长河中清晰地记录着孩子成长的心路历程……

本书编写组◎编

世界图书出版公司
广州·上海·西安·北京

图书在版编目（CIP）数据

让青少年学会理解父母的 150 个故事 /《让青少年学
会理解父母的 150 个故事》编写组编 . —广州：广东世
界图书出版公司，2010.4（2021.11 重印）
ISBN 978 - 7 - 5100 - 1977 - 7

Ⅰ . ①让… Ⅱ . ①让… Ⅲ . ①故事 - 作品集 - 世界
Ⅳ . ①I14

中国版本图书馆 CIP 数据核字（2010）第 050000 号

书　　　名　让青少年学会理解父母的 150 个故事
　　　　　　RANG QING SHAO NIAN XUE HUI LI JIE FU MU DE 150 GE GU SHI
编　　　者　《让青少年学会理解父母的 150 个故事》编写组
责 任 编 辑　余坤泽
装 帧 设 计　三棵树设计工作组
责 任 技 编　刘上锦　余坤泽
出 版 发 行　世界图书出版有限公司　世界图书出版广东有限公司
地　　　址　广州市海珠区新港西路大江冲 25 号
邮　　　编　510300
电　　　话　020-84451969　84453623
网　　　址　http://www.gdst.com.cn
邮　　　箱　wpc_gdst@163.com
经　　　销　新华书店
印　　　刷　三河市人民印务有限公司
开　　　本　787mm × 1092mm　1/16
印　　　张　13
字　　　数　160 千字
版　　　次　2010 年 4 月第 1 版　2021 年 11 月第 9 次印刷
国 际 书 号　ISBN　978-7-5100-1977-7
定　　　价　38.80 元

前　言

当今社会高速发展，瞬息万变，但父母对子女的爱始终没有变，可是子女对父母的爱却在发生着变化，这种变化伴随着许多令人心痛的事实：子女不孝敬父母、子女跟父母对簿公堂、子女视父母的话如耳旁风，更为寒心的是，有的子女嫌父母是累赘，咒父母早死。另外，一个不容忽视的事实是：子女与父母之间的代沟问题十分严重，两代人的思想观念、行为方式、生活习惯的迥异造成父母与子女之间的隔阂，矛盾不断。

之所以会出现这样的局面，一个很重要的原因就是两代人之间缺乏沟通，彼此之间不能互相理解。

青少年渴望得到父母的理解，德国教育学家和哲学家斯普兰格替青少年道出了心声：在人的一生中，再也没有像青少年那样强烈地渴望被理解的时期了。没有任何人会像青少年那样沉陷于孤独之中，渴望被人接近与理解；没有任何人会像青少年那样站在遥远的地方呼唤。既然我们如此迫切地希望得到父母的理解，那么我们也要学会理解自己的父母。

当然，真正要理解一个人是不容易的，但是我们可以设身处地，推己及人，当你站在对方的角度想问题看问题时，许多不可理解的事或人也就释然了。我们都敬爱的爱因斯坦说过一句十分耐人寻味的话：世界上最难以理解的事情就是：事情是可以理解的。是啊，只要我们尊重对方、心存善意，没有什么是不可以理解的。父母，作为我们最亲近的人，在对待子女方面的所有言行，其实只有一个基本出发点：那就是对子女的爱，希望子女更好。当我们明白了父母的这个基本点后，我们做子女的还有什么不能理解父母的呢？

　　那么我们应该怎样理解父母呢？从理解父母的关心与爱护、无私与付出开始。父母对子女的关爱是十分无私的，正因为它无私，不着痕迹，我们就习以为常了，很多时候，我们会对别人的小恩小惠感恩戴德，而对自己父母一辈子的恩情视而不见。这是多么值得我们反思的一件"大"事。理解父母，我们就要理解父母的苦心与艰辛——一对男女，是你的父母的同时，他们还扮演着多种身份和角色，是别人的同事、下属、朋友、子女、兄妹……他们会遇到各种各样的不顺和困难，作为子女，我们要理解父母的苦心与艰辛啊！理解父母，我们要学会理解父母的平凡与伟大——父母都是如我们一样的凡人，但是父母在爱孩子这个问题上，往往表现出惊人的伟大，这一点在孩子遇到危难时，通常会表现得淋漓尽致，让整个世界为之动容。理解父母，我们就要接受父母的唠叨与批评，唠叨毫无疑问是一种关爱，否则不理睬你不就完了，所以我们要善待父母的唠叨，不管它的对与错，千万不要寒了父母爱你的热心；我们难免会犯错误或存在这样那样的弱点，这时承认错误，正视自己的不足之处，接受父母的批评与教诲，有利于我们成长，对我们是大有裨益啊！理解父母，我们也要理解父母身上的错误与弱点，父母也是血肉之躯，不是仙佛圣人，一样有七情六欲，也会犯一些错误，身上也会有各种各样的弱点，对此我们应该包容与宽恕。我们应该明白：有错误有弱点的父母才是真实的父母；天底之下，谁能找出一个完人呢？理解父母，我们就要从父母身上理解爱的真谛，毕竟，父母走过的路比我们经过的桥还要多，他们对人生的体味，对爱的理解，往往比我们深刻得多，我们需要从父母身上理解爱、学会爱。理解父母，不是只打雷不下雨的夸夸其谈，它更体现在生活的细节中、日常的行动里。

　　正是出于这个想法，我们编写了这本《让青少年理解父母的150个故事》，从一个个故事中，去学会理解父母，关爱父母，孝敬父母。理解万岁，在这个孩子对父母的关爱日益稀缺的时代，我们要高喊：理解父母的孩子万岁！

目　　录

理解父母的错误与弱点

从父母身上理解爱的真谛

理解父母的唠叨与批评

RANGQINGSHAONIAN XUEHUI
LIJIE FUMU DE 150GE GUSHI

理解父母的关心与爱护

半根香蕉

　　某时尚杂志列出一些著名女影星减肥瘦身的妙招。其中有美国女影星黛米·摩尔，在她的介绍中，早餐只食一杯燕麦粥，半根香蕉。我不禁停下来思考，另外半根香蕉在哪？不妨先猜测一下：侍者给主人端上盛有半根香蕉的盘子，另外半根由侍者享用。还有可能，是掐头去尾只取精华的半根香蕉，其他边角余料弃之垃圾箱。最后一种可能是余下半根放入冰箱冷藏，待明天再吃，但细想，这个可能性不大，一个国际影星怎么会在乎那半根香蕉呢？

　　在一次饭局中，一个企业家朋友为我讲述了另外一个关于半根香蕉的

故事。几十年前，他只有十来岁，还在贫困的农村，那时候还不知道香蕉为何物。一次他母亲带他去参加在县城远房亲戚的婚礼。在宴会上，他平生第一次见到了香蕉，黄灿灿的，月亮一样的形状，透着诱人的香味。母亲为他剥好一根，递给他，他像猪八戒吃人参果一样风

半根香蕉

1

卷残云。母亲也拿了一根，在亲戚众目睽睽下，剥开，吃了一口，然后拿着香蕉若无其事地到里间找水喝。整个宴会，他都沉醉在那根香蕉的美味中，其他退居其次了。

回家的路上，母亲突然从兜里掏出手帕，细致地展开，里面竟是那根只咬了一小口的香蕉，母亲微笑着把香蕉交到他的手上。他虽然幼小，但他懂得那半根香蕉的分量，母亲在亲戚面前不失体面地为他保存半根香蕉，这里面包含太多——母亲在贫困中强烈的荣誉感、不卑的尊严以及对他浓浓的爱。

他意味深长地说："吃那半根香蕉，我没有了第一根香蕉的美味，但吃在嘴里的感觉永远难忘。正是那半根香蕉让我时时铭记，奋发图强。"

同样是半根香蕉，大影星只是为了消除赘肉，而我朋友则改变了一生。

加倍的痛

有人说，儿女的痛，到母亲那里是加倍的。是真的吗？我曾经怀疑过。

步入五月，翘首黑色六月，高考的暑热烤得我喘不过气来。学习任务的繁重，不见起色的成绩，还有对未来的忧虑，导致我身心疲惫，日益憔悴。

不经意间，发现母亲也瘦了。母亲几乎每天都来一次，来给她挑食的女儿送一些可口的饭菜。

嚼着一片青菜叶时，我蓦地抬头，恰是四目对视。母亲那两翼的白发，消瘦的脸庞，慈祥的笑容以及攒在眼眶里打转的点点泪花，让我读懂了她的心痛和无奈。我僵住了，突然间"哇"的一声，终于释放了心中的歉疚："妈，我是个不争气的女儿，我怎么值得您每天跑20里地来给我送饭呢？"

母亲替我拭掉泪水的那一刻，我的主意已定。"妈妈，以后别再给我送饭了。您这个样子，我就不能全身心地学习了。每天还盯着黑板呢，仿佛就看见您已经在外面等我了！"母亲一愣，瞬间泪如雨下："小梅，学习那么累，你又那么瘦，每天若不见到你平平安安的，妈妈晚上就睡不着觉。再说你的胃不好，若妈妈不来，那……"母亲哽咽了。

然而我的主意已定，任由母亲怎么说，最终，我仍是咬着嘴唇抛下一句话："我兜里的钱任我怎么花也花不完，您以后不要再来了。高考完以后，我立马回家看您……"噙着泪水，我跑入凄惨毒辣的日光下……

几天之后的一个中午，我耷拉着脑袋走进食堂。午饭时间已经过了。我低着头无精打采地嚼着一个馒头。忽然间，一碗鸡汤伴着浓浓的香味摆在了我的面前。"吃吧，补补身子，今天学校里搞赠送，这是最后一碗了！"洗碗阿姨一边用围裙擦着手，一边笑嘻嘻地看着我。我惊愕着。阿姨似乎看透了我的心思，"学校对高三的特殊照顾嘛！费用都已包括在你们的高考费中了。"

以后的日子里，阿姨几乎每天都在为我滋补。我终于由坦然到疑惑到怀疑再到拒绝，慈爱又善良的阿姨终于抵不住我的步步紧逼，她朝我叹了口气："可怜天下父母心哪！"顺着她的手指，我看到了那熟悉的眼神——母亲正弓着身子从二楼向下看我。感情的防线最终崩溃，泪水模糊了双眼……

最终，母亲陪我走过了六月，我进入了一所理想的大学。在收拾行囊准备涉足远行时，我再次想起一句话："儿女的痛，到母亲那里是要加倍的。"

父爱如禅

那一天的情景，在我困倦、懈怠的时候，在寂寞的午夜，如电影中的慢镜头，清晰地浮现在眼前……

秋天，大学新生报到的日子。凌晨4点钟，父亲轻轻叫醒我说他要走了。我懵懂着爬起身，别的新生都在甜美地酣睡着，此刻他们心里该是怎样一个美好而幸福的梦想啊！而我由于心脏病，学校坚持必须经过医院专家组的严格体检方能接收。前途未卜，世路茫茫，一种被整个世界抛弃了的感觉包围着我，心里是一片荒芜与凄苦。待了许久，我说："你不能等我体检后再回去吗？"话里带着哭腔。父亲抽出支烟，却怎么也点不着。我说："你拿倒了。"父亲苦笑，重新点燃，狠狠吸了两口。我突然发现地下一堆烟头，才知道半夜冻醒时那闪闪灭灭的烟头不是梦境，父亲大概一夜未睡吧！沉默。同学们一片鼾声。

"你知道的，我工作忙。"父亲拿烟的手有些颤抖，一脸的愧疚，"我没有7天时间陪你等专家组的。"

又沉默了好久，烟烧到了尽头，父亲却浑然不觉。我说："你走吧，我送送你。"

父亲在前，我在后，谁也不说话，下楼梯时，明亮灯光下父亲头上的白发赫然刺痛了我的眼睛。一夜之间，父亲苍老了许多。

白天热闹的城市此时一片冷清，路上一个行人也没有，只有我们父子俩。一些不知名的虫子躲在角落里哀怨地怪叫着。

到了十字路口，父亲突然站住，回过头仔细看了我一眼，努力地一笑，又轻轻地拍了拍我的肩头："没什么事的，你回去吧！"然后转过身走了。

我大脑里一片茫然，只是呆呆地看着他一步步离去，努力地捕捉着昏黄路灯下父亲的身影。我希望父亲再回一下头，再看看不曾离开他半步、他最喜爱的儿子。却只看见父亲的脚步有些犹豫，有些踉跄，甚至有一霎那，父亲停了一下，然而倔强的父亲始终再没转过身。又不知过了多久，我才发现父亲早已在我的视线里消失，转身回去的一瞬间，泪水突然夺眶而出。

7日后体检顺利通过，我兴奋地打电话告诉父亲，父亲却淡淡地说："那是一定的。"

只是后来母亲凄然地告诉我，在等待体检的那些日子里，平日雷厉风行、干练的父亲一下子变得婆婆妈妈起来，半夜里会突然惊醒大叫着我的乳名，吃饭时会猛然问母亲我在那个城市里是否水土不服，每天坐在电视机前目不转睛地看我所在城市的天气预报……听着听着，我的泪又出来了……

这些事父亲没有提起过，我也从没主动问及过。我明白，人世间的痛苦与劫难，有些是不能用语言交流的，即便是父子之间。父爱如禅，不便问，不便说，只能悟。

给儿子暖脚

母亲生日那天，我带女儿回老家住了一晚。女儿是我母亲带大的，她还恋着奶奶，晚上就跟奶奶睡。

夜里，我听到女儿和母亲在房里不断地说话。她们一个9岁，一个70岁，相差60多岁，怎么会有那么多话说呢？我一时兴起，就不声不响地站在门外，偷听她们祖孙俩都说些什么。

她们闲扯了一会儿，女儿问："奶奶，昨天郑伯伯的妈妈过生日，爸爸给了她200元；今天你生日，爸爸为什么只给100元呢？"母亲说："乱讲，你爸爸不是那种人，一定是你看错了，新出的那种20元跟100元很像的。"女儿说："真的，妈妈本来连100元都不想给，还跟爸爸吵了几句嘴。"

沉默了一会儿，母亲问："是哪个郑伯伯？"

女儿说："就是经常叫爸爸去喝酒的郑局长呀！奶奶你见过他的。"母亲说："哦，是郑局长的妈妈生日，你爸爸当然要多给些钱了，不奇怪。"女儿问："为什么郑局长的妈妈生日就要多给钱呢，奶奶，难道你还不如郑局长的妈妈重要吗？"母亲说："单位里面的事复杂着呢，就是郑局长帮了你爸爸的忙，你也不知道。别说了，快睡吧。"

静了一会后，房里又有声音了。依然是女儿问："奶奶，爸爸小时候也跟你睡觉吗？"母亲说："对，你爸爸一直跟我睡到18岁呢。你爸爸小时候可没有你懂事，他老是把一双凉脚往我怀里踹，要我帮他暖脚，不帮他暖脚就生气。"

女儿说："奶奶你别帮爸爸暖脚，让他闹。"母亲说："傻丫头，哪有妈妈不疼儿子的？"女儿说："可是爸爸不疼你。给人家的妈妈200元，只给你100元。"母亲长叹说："我已经很知足了。你看村头的二奶奶，养大五个儿子，老了却没人理，临死，儿子都不在身边，被老鼠咬掉鼻子和一只耳朵。"

不知道为什么，我的眼泪突然流到脸上。我发誓，以后再也不把别人的母亲看得重过自己的母亲，因为不管别人当多大的官，他的母亲也没有帮我暖过脚。

理解父母的关心与爱护

母 亲 的 珠 宝

在几百年前的罗马城，两个孩子正在清晨的阳光下快乐地玩耍，他们的母亲康妮黎亚过来对他们说："亲爱的孩子，今天有一位富有的朋友要来我们家做客，她还会向我们展示她的珠宝。"

下午，那个富有的朋友来了。金环在她手臂上闪烁着耀眼的光芒，手指上的戒指闪闪发光，脖子上挂着金项链，头发上的珍珠饰品则发出柔和的光。

弟弟感叹地对哥哥说："她看起来如此高贵，我从没有见过这么漂亮的人。"哥哥说："是的，我也这样觉得！"

他们羡慕地看着客人，又看看自己的母亲。母亲只穿了一件朴素的外套，身上没有任何珍贵的饰品。但是她和善的笑容却照亮了她的脸庞，远胜于任何宝石的光芒。她金棕色的头发编成了一条长长的辫子，盘绕在头上像是一顶皇冠。

"你们想看看我其他的珠宝吗？"富有的女人问。

她的仆人拿来一只盒子并放到桌上。这位女士打开盒子，里头有成堆的像血一样红的红宝石、像天一样蓝的蓝宝石、像海一样碧绿的翡翠、像阳光一样耀眼的钻石。

这对兄弟呆呆地看着这些珠宝："要是我们的母亲能够有这些东西该多好啊！"客人炫耀完自己的珠宝之后，自满而又怜悯地说："告诉我，康妮黎亚，你真这么穷吗？"

康妮黎亚坦然地笑道："不，我当然有珠宝，我的珠宝比你的更贵重。"

客人睁大了眼睛："是吗？快拿出来让我看看吧！"

母亲把两个男孩拉到自己的身边，她微笑着说："他们就是我的珠宝。难道他不比你的珠宝更贵重吗？"

这两个男孩，特贝瑞斯和卡尔斯永远不会忘记他们母亲当时脸上骄傲的表情以及深深的爱意。数年后，他们成为罗马伟大的政治家，但他们仍然常常回忆起当年的这一幕。

最后的跪求

有一屠户从集市上买来一头牛，这头牛体格健壮、肚大腰圆，屠户满心欢喜地牵牛回家，提刀向前准备开宰。

这时，牛的眼睛里满含泪水，屠户知道，牛是通人性的，它已经预感到自己的命运了。但屠户还是举起了刀子。突然，牛的两条腿扑通跪下，眼睛里泪如雨下。屠户从事屠宰业已十多年，死在他刀下的牛不计其数，牛在临死前掉泪他见的多了，但牛下跪还是头一次见到。屠户来不及多想就手起

牛

刀落，鲜红的血顿时从牛的脖子里汩汩流出，然后对牛进行剥皮开腔。

当打开牛的腹腔时，屠户一下子惊呆了，手中的刀子不由自主落地——在牛的子宫里，静静地躺着一头刚长成形的牛犊。

屠户这才知道，牛为什么双腿下跪，这是在为自己的孩子苦苦哀求啊。屠户沉思良久，破例没有把牛拉到集市上去出卖，而是把母牛和那个还未出生的牛犊，掩埋在旷野之中。

所有的母爱，其实表达起来都是这样的简单，它没有做作，没有张扬，有的只是极其普通又撼人心魄的细节。

生命的呵护

有一个人从山里回来，两手空空。

他是去山里打猎的，穿行了一天，一无所获。傍晚时分，他发现了一

理解父母的关心与爱护

对正在相互嬉戏的山鸡。那是两只稚嫩的山鸡，对安全防范还处于空白阶段，对他响亮的脚步声充耳不闻，继续在山岩上嬉闹。

他大喜过望，取下肩上的猎枪，瞄准其中一只，就在他扣下扳机的刹那，一只雌山鸡像一道闪电从草丛里腾起，落在两只小家伙的身前。"嘣"！枪响了，雌鸡应声栽倒在岩石下，只发出半声凄叫。两只小山鸡被突如其来的枪声吓呆了，它们挤在一起，傻傻地看着它们满身鲜血一动不动的母亲。

猎人也怔住了，这惊心动魄的一幕像一只巨锤砸在他的心头，猎枪从颤抖的手掌中滑落在地……

他没有过去捡那只山鸡，也没有蹲下身子拾他的猎枪，怔了一会儿后，他两手空空下山了。

慈母的声音

他终于答应她带她回去见他妈妈了，"我妈妈说，眼睛大的女孩最聪明！"

这是他对她说的第一句话，在以后交往的几年间，他经常引述他妈妈的话，很少男孩子会让母亲在生活中占那么重的分量，她尤其对这位聪慧而细心的妈妈感到好奇，在陪伴孩子的成长过程中，几乎无时无刻不在一旁作他的精神支柱，也许孤儿寡母之间更有一种深刻的情愫。

他幼年丧父，和母亲相依为命长大，这样的母子会不会不容别人分走他们的爱呢？他一再推托不让她到他家，的确让她的疑虑越来越深。可是由他转述他妈妈称赞她的话，又让她觉得并不是没有希望让这个家庭接纳……

揭晓的时候终于到了，他带她到了家里，整个客厅里空荡荡的，他也不请妈妈出来，只见他在一整面墙上的录音带中找了一卷出来，放给她听："孩子，今天是你第一次带女友回来，妈妈很高兴……"

温婉慈祥，但十分年轻的声音令她诧异，更疑惑的是这种见面方式。

他走过来，轻轻地按住她悸动的手说道："我妈在生下我之后，得了骨癌，她在仅存的岁月里，为我录了一卷又一卷的录音带，从小到大每一个生命阶段……"

他指着墙上满满的录音带拿下一卷给她看，上面标示着"遇到喜欢的女孩"，这一卷是："带她回家。"

这一排都是属于你的……

慈母的声音仍然在录音机里响着："欢迎你到我们家来……"她终于忍不住掉下泪来。

孩子的天使

当天神把每一个小孩子派到人间的时候，总是给他们很多祝福，总是跟孩子们说："你们去吧，到这个世界上去创造吧！你们可以享受生命的成长，一生中可以有着无数的奇迹。多好的人间，你们去吧。"

这些小生命很忐忑，说："天神跟我们说人间这么好，可我们也听说人间有很多的丑陋，有很多的竞争，有很多的挣扎。我们真到了人间，遭遇这一切的时候，没有天神保护了，怎么办呢？"

天神说："放心吧，我们已经早早派去了天使，每个小生命都有一个特定的天使在等着他。这个天使会终其一生，忠诚地对待这个孩子，在最黑暗的时候会给他光明，在最寒冷的时候会给他温暖，在所有风险来临的时候，会拼着性命保护孩子。"

孩子们一听，就很放心了，问："我们怎么才能找到自己的那个天使呢？"

天神说："很简单，你只要叫一声'妈妈'，她就出现了。"

赢给父亲看

有一个男孩，他与父亲相依为命，父子感情特别深。

男孩喜欢橄榄球，虽然在球场上常常是板凳队员，但他的父亲仍然场场不落地前来观看，每次比赛都在看台上为儿子鼓劲。

整个中学时期，男孩没有误过一场训练或者比赛，但他仍然是一个板凳队员，而他的父亲也一直在鼓励着他。

当男孩进了大学，他参加了学校橄榄球队的选拔赛。能进入球队，哪怕是跑龙套他也愿意。人们都以为他不行，可这次他成功了——教练挑选了他是因为他永远都那么用心地训练，同时还不断给别的同伴打气。

但男孩在大学的球队里，还是一直没有上场的机会。转眼就快毕业了，这是男孩在学校球队的最后一个赛季了，一场大赛即将来临。

那天男孩小跑着来到训练场，教练递给他一封电报，男孩看完电报，突然变得死一般沉默。他拼命忍住哭泣，对教练说："我父亲今天早上去世了，我今天可以不参加训练吗？"教练温和地搂住男孩的肩膀，说："这一周你都可以不来，孩子，星期六的比赛也可以不来。"

星期六到了，那场球赛打得十分艰难。当比赛进行到3/4的时候，男孩所在的队已经输了10分。就在这时，一个沉默的年轻人悄悄地跑进空无一人的更衣间，换上了他的球衣。当他跑上球场边线，教练和场外的队员们都惊异地看着这个满脸自信的队友。

"教练，请允许我上场，就今天。"男孩央求道。教练假装没有听见。今天的比赛太重要了，差不多可以决定本赛季的胜负，他当然没有理由让最差的队员上场。但是男孩不停地央求，教练终于让步了，觉得再不让他上场实在有点对不住这孩子。"好吧，"教练说，"你上去吧。"

很快，这个身材瘦小、寂寂无名、从未上过场的球员，在场上奔跑、过人，拦住对方带球的队员，简直就像球星一样。他所在的球队开始转败为胜，很快比分打成了平局。就在比赛结束前的几秒钟，男孩一路狂奔冲向底线，得分！赢了！男孩的队友们高高地把他抛起来，看台上球迷的欢呼声如山洪暴发！

当看台上的人们渐渐走空，队员们沐浴过后一一离开了更衣间，教练注意到，男孩安静地独自一人坐在球场的一角。教练走近他，说："孩子，我简直不能相信，你简直是个奇迹！告诉我你是怎么做到的？"

男孩看着教练，泪水盈满了他的眼睛。他说："你知道我父亲去世了，但是你知道吗？我父亲根本就看不见，他是瞎的！"

"父亲在天上，他第一次能真正地看见我比赛了！所以我想让他知道，我能行！"

呵护那一点光

孩子两岁了，第一次看见一只蚂蚁。也许别的母亲会鼓励她的孩子去一脚踩死那只蚂蚁来锻炼他的胆量，可是这个孩子的母亲却柔声地对他说："儿子，你看它好乖哦！蚂蚁妈妈一定很疼爱她的蚂蚁宝宝呢！"于是小孩就在一旁惊喜地看，那只蚂蚁宝宝遇见障碍物过不去了，小孩就用小手搭桥让它爬过去。

后来，孩子上幼儿园了。有一次，他吃完了香蕉随手乱扔香蕉皮，她没有像一些母亲那样视而不见，而是让他捡起来，带着他丢进果皮箱里。然后给他讲了一个故事：有一个小女孩，在妈妈的熏陶下，她总要把垃圾扔进果皮箱里。有一次马路对面才有果皮箱，她就过马路去丢雪糕纸。妈妈看着

烛 光

她走过去了，然而一辆车飞奔过来，小女孩像一只蝴蝶一样飞走了。她妈妈就疯了，每天都在那个地方捡别人丢下的垃圾，当地人被感动了，从此不再乱丢垃圾。他们把那些绿色的果皮箱擦得一尘不染，在每一个果皮箱上都贴上小女孩的名字和美丽的相片。从此，那个城市变成了一座永远美丽的城市。故事讲完了，孩子的眼眶湿润了。他说："妈妈，我再也不乱扔东西了。"

孩子上小学了，可是最近他总是迟到，老师找了他的母亲。她没有骂他，也没有打他。临睡觉的时候，她对他说："孩子，告诉妈妈好吗？为什

么你那么早出去，还要迟到？"孩子说他发现在河边看日出太美了，所以他每天都去，看着看着就忘了时间。"第二天，母亲一早就跟他去河边看了日出。她说："真是太美了，儿子，你真棒！"这一天，他没有迟到。傍晚，他放学回家时，他的书桌上有一只好看的小手表——下面压着一张纸条：因为日出太美了，所以我们更要珍惜时间和学习的机会，你说是吗？——爱你的妈妈。

后来，孩子上初中了。有一天，班主任打来电话，说有重要的事情要她去学校。原来，儿子在课堂上偷看一本画册，里面有几张人体画！她的脑袋嗡地一下。和老师交换了意见后，她替儿子要回了那本画册，仿佛什么也没有发生。第二天早晨，儿子在他的枕头上，发现了那一本画册，上面附着一封信：儿子，生命如花，都是美丽的。所以一朵花枯了，很多年后，我们还能忆起；所以一个女人死了，千年后，我们还能怀念她的美丽，比如李清照，还有秋瑾。孩子，从审美的角度出发，记住那些让我们感动的细节，比如一片落叶，一件母亲给你织的毛衣，一个曾经为你弯腰系过鞋带的女孩……

最珍贵的礼物

那是几年前的事了，那时，我还在一家医院里做医生。我主管的12床是位姓李的工程师，在他的床号卡片上写着"肝癌晚期"。我没有过多地去关注他，因为我知道我的一切努力都是枉然，还有更多的病人需要我去为他们解除病痛，恢复健康。

半个月以后，我在为李工做腹水穿刺时，发现腹水已经呈血性。做完穿刺我暗示李工的妻子随我来到办公室，我用医生惯有的冷静口吻告诉她："一般在发生血性腹水后患者的生存期不会超过两个月，请你做好思想准备。"李工的妻子一下子呆了，然后哭着哀求我，希望我无论如何要帮李工熬到7月9日以后，因为他们唯一的女儿今年高考。我充满同情地看着她，答应会尽全力去做。

然而李工的病情仍在继续恶化，持续的癌性疼痛以及因腹水不断增多而导致的难以忍受的满胀感，把早已不成人样的李工折磨得大声呻吟。李工的妻子每隔两三天便跑来找我："陈医师，为老李抽腹水吧，看他那样子，我实在受不了。"有一天，当李工的妻子第6次找到我，我只好对她说了实话："照目前李工的这种情况，如果频繁地抽腹水，只会加速他的死亡。"李工的妻子缄默了，好一会儿，才低声地吐出一句话："那就不抽吧。"然后，她转过身去，佝偻着身体，踽踽地向病房去。我注视着那个憔悴而沉默的背影，直到那一刻，我才真正体会到，在她那干瘦的身体里承受了多么深的悲伤！

这以后，李工的妻子再也没有提出要我去为李工抽腹水，甚至连李工的呻吟也少了。只是，有一天，护士小余对我说："今天我给12床换床单，发现12床的垫絮都被他扯掉了好大一块。"

李工17岁的女儿并不了解父亲的病情已严重至此，她满怀感激地对我说："谢谢你关照我爸爸，我一定会考上大学的，到时，我爸爸就会很高兴，他的病也会好得快一些。"她说这话的时候，语气里充满了喜悦，这个单纯的女孩始终坚信她父亲的生命会像星星之火，重新燃烧。

然而，死神的脚步却越逼越近。6月13日上午，李工第一次出现肝昏迷，我们全科医务人员当即投入到紧张的抢救工作中。李工的妻子始终握着丈夫的手，不断地重复着一句话："她爸，为了我们的女儿，你要活着。"两天后，李工终于醒了过来，李工的妻子将脸偎近丈夫的头，泪如雨倾。

此后，李工又出现过两次肝昏迷，可每一次他都奇迹般地醒了过来。而在李工发生肝昏迷期间，为了不影响女儿的临考心理，李工的妻子执拗地不再允许女儿来病房探望她父亲。

在我们的无声祈祷中，李工终于熬到了7月9日。那天，碰巧我休班，在医院门口，正欲外出的我遇见考完最后一门课的李工的女儿，她高兴地告诉我："我考完了，考得很好，我爸爸的病也会好的。"她蹦跳着急于要跑去告诉她父亲这个好消息。我站在那里，不知为什么突然喉头发紧，心里悲哀到极点。一丝不祥的预感深深地箍紧了我，我转身快步向病房走去。站在病房门口，我清楚地看见李工早已混浊的眼睛变得明亮起来，一滴清澈的泪水从他多皱的眼角流淌出来，他定定地看着女儿，艰难地牵动着唇角，笑了。

当天午夜，李工再一次进入昏迷状态，一直不安地守在病房的我和值班医师当即对他进行抢救，我们尽了最大的努力。两天后，李工终于放弃了最后的挣扎，永远离开了人世……

12床就这样空了，我也再没有那对母女的消息，但我相信，她们一定会好好地活着，那位坚强的父亲在他人生最后时刻，还送了女儿一份珍贵的礼物，让她读懂了生命的真谛。

便当里的头发

在那个贫困的年代里，很多同学往往连带个像样的便当到学校上课的能力都没有，我邻座的同学就是如此。

他的饭菜永远是黑黑的豆豉，我的便当却经常装着火腿和荷包蛋，两者有着天壤之别。

而且这个同学，每次都会先从便当里捡出头发之后，再若无其事地吃他的便当。这个令人浑身不舒服的发现一直持续着。

"可见他妈妈有多邋遢，竟然每天饭里都有头发。"同学们私底下议论着。为了顾及同学自尊，又不能表现出来，总觉得好肮脏。因此对这同学的印象，也开始大打折扣。

有一天学校放学之后，那个同学叫住了我："如果没什么事就去我家玩吧。"虽然心中不太愿意，不过自从同班以来，他第一次开口邀请我到家里玩，所以我不好意思拒绝他。

随朋友来到了位于汉城地形最陡峭的某个贫民村。"妈，我带朋友来了。"

听到同学兴奋的声音之后，房门打开。他年迈的母亲出现在门口。"我儿子的朋友来啦，让我看看。"

但是走出房门的同学母亲，只是用手摸着房门外的梁柱。

原来她是双眼失明的人。我感觉到一阵鼻酸，一句话都说不出来。

同学的便当菜虽然每天如常都是豆瓣，却是眼睛看不到的母亲，小心翼翼帮他装的便当，那不只是一顿午餐，更是母亲满满的爱心，甚至连掺杂在里面的头发，也一样是母亲的爱。

妈妈的菩提树

　　家乡老屋的后院里曾有一棵很高大的桂树，是母亲在我出生不久时栽种的。母亲称之为"菩提树"。那时我身体瘦弱，经常生病，高烧不退。因为家里经济情况不好，生病的时候很少住院。每次发烧，母亲都会用一条沾湿了的毛巾放在我的额头，然后拿一炷香匆匆来到后院的桂树下点燃，跪下向神祈祷，让菩萨保佑我平安无事。或许是我的命大，或许是母亲虔诚的祈祷感动了上苍。每次我的病都能奇迹般地好起来。

桂 树

　　母亲极是感动，对桂树越发地敬重起来，细心照料它，而且每遇大事，母亲都要来到桂树下面，烧上一炷香，许愿一番。

　　读书的时候，到了夏天，天气燥热，我耐不住屋里的高温，便把煤油灯和书桌移至桂树下温习功课。因为白天桂树宽大的枝叶遮住太阳，桂树下一片清凉。我一边作老师布置的作业，一边听桂树的枝叶在微风轻拂下发出轻微的响声，仿佛在我的耳边唱着一支动听的歌曲。

　　在我复习功课的时候，母亲每次都陪在我的身旁，用一把大蒲扇给我扇风，驱赶蚊虫。煤油灯的光亮照在母亲的脸上，我看见母亲满脸的皱纹和疲倦。但母亲始终微笑着，一副很欣然的样子。母亲一边给我摇着蒲扇一边对着桂树，嘴里轻轻念着："菩提树，我儿读书这么用功，您可要保佑他考中大学……"今天，每当回想当年的情景，我都非常感动，为我善良的母亲。然而母亲的菩提树终究不是万能的，它虽保佑我考进大学，但它却不能保佑我的姐姐从病魔中逃脱出来。我的大姐就是在满院桂花飘香的季节离开了人世。

桂树于母亲来说，不仅是保佑我们一生的神的象征，而且母亲还能从它身上取得许多有用的东西。到了八月，桂树上开满了桂花，风儿吹过，地上落满了缤纷的花瓣，母亲把它们扫起，晒干，做成桂花茶，供我们饮用。母亲说桂花茶清凉解毒，常喝人不会生病。我不知是否有此一说，但每次喝桂花茶，都觉得清宜爽口，香甜无比。

大学毕业后，我在离家遥远的城市工作，而后又去了南方闯荡。虽然我已长大成人，可是母亲却一直对我放心不下，牵肠挂肚，每次来信，问寒问暖，信里说："后院的桂树已经砍去，我虽不能去桂树下为你烧香求愿了，但每日在心里我都为你祈福，愿你平安地出去，平安地回来。"那一刻，我热泪盈眶。原来母亲的桂树早已种在她的心里了……

🌸 没有上锁的门

在苏格兰的格拉斯哥，一个小女孩像今天许多年轻人一样，厌倦了枯燥的家庭生活和父母的管制。

她离开了家，决心要做世界名人。可不久，在经历多次挫折打击后，她日渐沉沦，终于只能走上街头，开始出卖肉体。许多年过去了，她的父亲死了，母亲也走了，可她仍在泥沼中醉生梦死。

这期间，母女从没有什么联系。可当母亲听说女儿的下落后，就不辞辛苦地找遍全城的每个街区，每条街道。她每到一个收容所，都哀求道："请让我把这幅画挂在这儿，行吗？"画上是一位面带微笑、满头白发的母亲，下面有一行手写的字："我仍然爱着你……快回家！"

几个月后，没有什么变化。这个女孩子懒洋洋地晃进一家收容所，那儿正等着她的是一份免费午餐。她排着队，心不在焉，双眼漫无目的地从告示栏里随意扫过。

就在那一瞬，她看到一张熟悉的面孔："那会是我的母亲吗？"

她挤出人群，上前观看。不错！那就是她的母亲，底下有行字："我仍然爱着你……快回家！"

她站在面前，泣不成声。这会是真的吗？

这时，天已黑了下来，但她不顾一切地向家奔去。当她赶到家的时候，已经是凌晨了。站在门口，任性的女儿迟疑了一下，该不该进去？终于，她敲响了门。奇怪！门自己开了，怎么没锁？不好！一定有贼闯了进去。

记挂着母亲安危，她三步并作两步冲进卧室，却发现母亲正安然地睡觉。

她把母亲摇醒，喊道："是我！是我！女儿回来了！"

母亲不敢相信自己的眼睛。她擦干眼泪，果真是女儿。娘俩紧紧抱在一起，女儿问："门怎么没锁？我还以为有贼闯了进来。"

母亲温柔地说："自打你离家后，这扇门就再也没有上锁。"

母亲站在你身后

15岁那年，他参加了全市组织的乒乓球比赛。不大的体育馆座无虚席。然而，他发挥得并不好。许多很有把握的球，他都没有打好。比赛结束后，观众散去了，其他队员也散去了，只有他坐在长凳上黯然神伤。他开始怀疑，自己是不是本无打球的天分，却错走到了这条路上。

他不知道一个人在体育馆呆坐了多长时间。他觉得有些饿了，开始收拾东西准备回去，就在这时候，他一回头，看到不远的看台上，还有另一个人静静地在那里坐着。他抬头的一刹，正好与她的微笑相对。是母亲。

他扔下所有的东西，疯一样跑上看台，一头扑进母亲的怀里，放声大哭起来。他一边哭，一边大声责问妈妈："为什么近在咫尺而不管他？"

妈妈笑了，抚摸着他的头说："儿子啊，人生最难的路需要自己去走，妈妈不能帮你。"

他反问妈妈："那你为什么不和其他观众一起走，还要留在这里？"

妈妈说："孩子，无论你多难，妈妈都会站在你的身后，永远地看着你……"

第二年，还是在这个体育馆，还是一样的比赛，他战胜了对手，也战胜了自己。后来的岁月中，他取得过许多不同级别的乒乓球冠军。

有一个记者采访他，问他取得人生辉煌的原因，他说："我能有现在，是因为这些年来母亲一直站在我的身后，不计成败地关注着我。她的眼神温和、慈祥，充满着鼓励、信任、欣赏以及期待……"

记者不解问："天底下每一个子女的身后，都有着母亲温暖的关注。有的人甚至远在异域他乡，依旧被母亲牵挂着，可为什么却不能取得像你一样的成功呢？"

他的回答很简单："那是因为我比别人更在乎母亲。"

就为了再看一眼

父亲过世后，我时常提醒自己，以后要多孝顺母亲，让一辈子穷苦煎熬过来的她多享些福。

今夏请了假，携小儿回家探亲，走之前又领着母亲和妹子在城里住了三日，游玩了城里的名胜，逛了最新修建的园子。晚上又带着母亲和妹子，去吃老外们来这里必吃的"百饺宴"……

七月暑天，母亲仍穿着长衣长裤遮捂严实，因近几年患上了白癜风皮肤病，身上像斑马一样，再热也不敢穿背心短袖，怕人笑话。母亲嘴上不敢多说，怕我又顶撞她，心里一个劲儿心疼我为她花钱太多。吃着花样繁多的饺子，母亲自言自语："啥饺子嘛？还不如咱自己家里包的好吃。哄人的钱哩。"

走的那天，我和小儿的火车在下午，我让妹子吃了早饭就带母亲回家，一方面天气微凉，一方面怕晚了搭不到回乡下的车。说好在城里做生意的妹夫来送我们。

带小儿去钟楼鼓楼城墙上转了一圈，骄阳似火，热得受不了，即逃回宾馆冲洗，吃罢午饭，稍歇一会儿，妹夫来了，帮着提行李招车子，送我们去火车站。

城里的车站是个大站，永远都是人山人海，城里人、乡下人、有钱人、无钱人、出发的人、到站的人、接人的人、送人的人……都是面色匆匆。

我照看着小儿和行李，妹夫去排队买站台票。

"娥。"身后有人轻轻唤我。我吓了一大跳，这里有谁认识我？竟叫我的乳名。惊慌回头，怎么也没想到唤我的竟是母亲。"妈，你怎么在这儿？"是母亲，是我年迈体弱的母亲，早晨刚挥手告别过的母亲。一张凄苦多皱的脸，疲倦深凹的眼睛，一口乡下医院装的便宜简陋的假牙，一身灰溜溜的衣裤……我一把抓住母亲白一块黑一块斑驳的手。"妈，你咋没回去？""我半路下来了，叫你妹子先回去了。我知道你们得买站台票，就在这里候着。"从早晨到现在已七八个小时过去了，母亲就在这儿等着。我怨不出母亲一句，我只怨自己不体谅做母亲的心，没有让母亲等在宾馆，一起吃午饭，一起打车来车站。

母亲在这人头攒动、炒菜锅一般热的地方等着，就为了多看我一眼。我握着母亲的手，一下子心里酸楚，这么多年离母亲这么远，我没有为母亲做过一顿饭、洗过一次衣服、煎过一次药，能做的就是寄钱作为补偿。回到家里，母亲又把我当稀客招待，每顿七碟八碗，我和小儿换下的衣服，她也催妹子赶紧洗了晾在院里的铁丝上。父亲不在了，我这长女就是母亲的主心骨。母亲要的是能看见我，她常说："见一次就少一次了。"眼泪热热地含在眼眶里，我控制着不让它涌出来，怕惹得母亲更加难过。

"要进站了，时间不多了。"妹夫催着，他不知道母亲也在这里，也没有多买一张站台票。我扭头时，母亲不见了，去了远处的小货摊子，拿着两瓶矿泉水和几碗速食面回来，塞进儿子的背包里："给娃拿上，火车上啥都贵得很。"我一手牵着母亲，一手牵着小儿，排在准备进站的人群里，队伍慢慢向前挪动着。一只手里的手胖胖的绵绵的，成天只知道摆积木、玩小汽车，人生未始；一只手里的手干枯粗糙，一辈子纳鞋缝衣操劳在灶房里，生命渐末。

检了票，母亲被挡在铁栏杆外，我唤小儿过来："再让奶奶抱抱。"儿子乖巧地搂紧母亲，母亲也搂紧小儿，老脸贴着小脸。母亲又看着我，我伸手抓住母亲的手，紧紧一握，又不得不放开。我看见母亲的眼睛红了，嘴角抽搐着，我努力地笑了一下说："妈，我走了。没事，明年又回来了。"

我一扭头，眼泪往外淌，再不敢回头张望母亲。我走在边上走得很慢，让母亲多看一会儿我的背影。我知道，这时母亲在无声地哭泣；我知道，母亲会到望不见我的时候才离开。我对自己说，以后无论去哪里，都要安排母亲同去，不论是车站或机场，让她多看我一眼。

1万倍的1万倍

银行里有一部提款机，有一位抱着小宝宝的少妇来取款。宝宝大概一两岁，在母亲怀里也不安分，小手伸出去，把屏幕拍得"砰砰"直响。少妇怕宝宝把提款机敲坏了，蹲身将他放到地上。操作完了，低头一看，宝宝早摇摇晃晃地走出好几步远，少妇赶紧追上去，一把抱起宝宝才匆匆跑回来。而此时，提款机早已"嘎嘎"地吐出纸币，在出币口上搁了好一会了。

银行里向来人多手杂，工作人员好心地提醒少妇："你最好先把钱收好再抱孩子，万一人家把你的钱抓了就跑，该怎么办？"少妇连声道歉："对不起，家里没人，我不能把宝宝一个人丢在家里，只好带过来了，我是怕宝宝摔跤……"

工作人员失笑："只一两分钟时间，宝宝出事的可能性只怕还不及钱被抢的万分之一呢。"少妇将宝宝的小脸在自己脸上轻轻一贴，柔声说："可是对我来说，宝宝比钱，更重要一万倍的一万倍呀！"

生日时的栀子花

一束白色的栀子花，总会在我的每个生日送到我的家里。花束里没有通常可见的留言卡；到花店老板那里也查不出赠花人的姓名，因为这花是现金零售的。白色的栀子花依偎在柔和的粉红色的包装纸中，纯洁无瑕，芬芳沁人，为我带来了无尽的欣悦。

我没法查明送花人的身份，然而没有一天不在揣想这位匿名者的形象。每一次我想起这位也许是出于羞涩或是出于乖僻而不愿意透露自己真名实姓的神秘人士的时候，都是我最为幸福的时刻。

妈妈也给我的想象推波助澜。她多次问我，是不是我曾经为某人做过什么好事，而今他以这种方式向我表示他的谢意？会不会是那位我常常帮他卸车的开杂货店的邻居？会不会是那位老人，在整个寒假里我都帮他取邮件，让他省去在冰地上滑倒的危险？会不会是哪位青年人，对我怀有浪漫之想？我实在没法知道。而栀子花的馥郁与温馨却无时无刻不陪伴在我的身旁，让我真切地感觉到自己是可爱的，值得别人关心与爱。

我就是在这栀子花香中想象，在栀子花香中成长，一直到22岁。这一年，我妈妈过世了，生日里的栀子花也就是在这一年中断的。

应该忏悔的儿子

故事发生在我读中学四年级的时候。那是一个秋天，学校组织我们年级参加一次为期四天的集体旅行，从东京开始，沿着日光大道到足尾山地。学校通知我们必须在早晨六点半赶到上野火车站集合。

那天的天气不怎么好，是个阴天。我赶到火车站的时候还早，只有我们班的两三位同学等在候车室里。我们彼此打过招呼，然后就像往常一样，开始卿卿喳喳地叫嚷起来。我们都才十多岁，正处在喜欢表现自己的年龄。从大伙嘴里冒出的句子就像急流喷涌，每个人都认为自己很了不起，大谈自己对旅行的渴望，并对老师评头论足。

在同学当中，一位名叫野原的男生最为活跃。这时，野原注意到坐在他旁边的一个人正在看报，这人脚上穿的皮鞋在脚趾处破了几个小洞。那时有种叫"麦克金利"的新款皮鞋，所以野原把那人的鞋子叫做"裂缝金利"。大伙顿时哄笑起来："裂缝金利，简直太形象了！"

经野原这么一说，大伙都来了兴致，于是，我们开始拿进出候车室的人们开玩笑，说上一通东京中学的男生所能想到的任何刻薄话。当然，在我们中间，说话最尖酸，也最有幽默感的，还得算野原。

"野原！看，店主的老婆在那儿！""她的脸像一条怀孕的河豚。""守门人也在那里，野原，你看他像什么？""那家伙的两条腿活像是圆规。"

后来，我们中有人注意到，一个长相奇特的男人正站在火车时刻表前，仔细查看上面的数字。他穿着一件猪肝色的外套，两条纺锤形的细腿包裹在一条灰色宽条裤子里。他明显上了年纪。杂乱而赫糊糊的花白头发从宽边帽下露出来。他所有的装束和举止活脱脱像是从杂志上剪下来的漫画人物。

那个发现这个恶作剧新笑料的同学高兴极了，耸起他的肩膀笑着推了推野原的手臂，"嗨，那个家伙怎么样?"于是，我们便都去看那个男人。他站着，微微驼着背，正对照时刻表上的数字，不住地看着怀表。从他脸上的轮廓，我马上认出那是野原的父亲。而我们班没有别人知道这件事。他们都等着野原把这人丑化一番，好大笑一通。

正当我要告诉他们那是野原的父亲时，我听到野原说话了。"他?他像是伦敦街头的叫花子。"于是，大伙又是一阵哄笑。有些同学甚至开始夸张地模仿他父亲的姿态。"这个称呼对他简直是太合适了!""看!看他那样子，真是滑稽。"每个人都大声地笑起来。火车站在多云的天气里变得有点昏暗，尽管现在还是黎明。

后来我才知道，野原的父亲在大学的医务室工作，那天他在去上班的途中，特地绕道来火车站看他儿子去旅游。他事先没有告诉野原他要来。

别摔坏了你的孩子

一个妇女，她的儿子三岁那一年，被人贩子拐走了。她受不了这个打击，精神崩溃，神经错乱，半疯半傻的。她有时候很平静，有时候见人就打，见东西就摔，弄得家里不得安宁。家里人实在没有办法，将她送进了市郊的精神病医院。

妇女入院的第三天，就从精神病医院跑了出来。离精神病医院不远，有一家乡里办的鞭炮厂。此时接近中午，大门口的保安恰好进屋去接一个电话。就在这一会儿的空当，疯女人跑进了厂里。她径直闯进了生产车间，顺手抓起一些东西就往地上摔。等车间里的几个工人和保安跑来制止她时，她正举起一个小铁箱，要往地上摔。几个工人和保安看到这个场面顿时都吓傻了，一个个目瞪口呆，甚至忘了往外逃跑。因为这个疯女人举起的小铁箱，是一箱用来做鞭炮的火药，这箱火药一落地，强烈的撞击很可能会引起火药的爆炸。而这箱火药一爆炸，一定会引发周围更多成品和半成品的爆炸，后果不堪设想！

这时，有人反应过来向她叫喊："放下它！放下它！"可是疯女人只是看了他一眼。反而更高地举起了火药箱。保安急得大叫："别动！那是火药，摔下来，你自己也会没命的！"但疯女人显然不明白他们的话，看着他们又咯咯咯地笑起来。

情况万分危急！保安和工人们想拼命冲上去，夺下疯女人手中的火药箱，但他们又不敢动，他们怕这样做反倒激发这个疯女人迅速把火药箱扔下去！眼看着一场惨烈的灾难就要发生了，车间里的人们纷纷跑出来，往工厂的大门外跑。就在这时，一直在追寻疯女人的精神病医院的医生赶到了。医生看到这些工人一边跑一边大喊大叫："疯女人要摔炸药了……"

医生从这个混乱的场面和人们惊慌失措的喊叫声中，猜到疯女人可能在这个鞭炮厂里，医生立即冲进了厂里并迅速冲进了车间。果然不出所料，医生看见几个工人远远地围着那个疯女人，而那个疯女人的手中正举着一个小铁箱。医生顿时意识到那个小铁箱的危险性和重要性，说时迟那时快，医生灵机一动立即冲疯女人叫了起来："别摔坏了你的孩子！"医生刚说出这句话，只见那个疯女人顿时愣住了，她睁大一双无神的眼睛，直直地看着医生。那箱火药却仍举在头上，没有立即落下。医生又大声而和蔼地说了一句："你手上举的是你的孩子。"

疯女人的神情立即安定了许多，她将举在头顶的火药箱放了下来，紧紧抱在怀里，低头打量着怀里的东西。就在这一瞬间，保安和工人们冲了过去，夺下了那箱火药。

所有在场的人都松了一口气，这时，有两个人紧紧抓住了疯女人就往外走，而疯女人还在呜呜吼叫着要抢回那个小铁箱。一场重大的血腥的灾难就这样避免了！

赤脚开门的人是佛

从前，有个年轻人与母亲相依为命，生活相当贫困。后来年轻人由于苦恼而迷上了求仙拜佛。母亲见儿子整日念念叨叨、不事农活的痴迷样子，苦劝过几次，但年轻人对母亲的话不理不睬，甚至把母亲当成他成仙的障碍，有时还对母亲恶语相向。

有一天，这个年轻人听别人说起远方的山上有位得道的高僧，心里不免仰慕，便想去向高僧讨教成佛之道，但他又怕母亲阻拦，便瞒着母亲偷偷从家里出走了。

他一路上跋山涉水，历尽艰辛，终于在山上找到了那位高僧。高僧热情地接待了他。听完他的一番自述，高僧沉默良久。当他向高僧问佛法时，高僧开口道："你想得道成佛，我可以给你指条道。吃过饭后，你即刻下山，一路到家，但凡遇有赤脚为你开门的人，这人就是你所谓的佛。你只要悉心侍奉，拜他为师，成佛是非常简单的事情!"年轻人听了非常高兴，谢过高僧，就欣然下山了。

第一天，他投宿在一户农家，男主人为他开门时，他仔细看了看，男主人没有赤脚。

第二天，他投宿在一座城市的富有人家，更没有人赤脚为他开门。他不免有些灰心。

第三天，第四天……他一路走来，投宿无数，却一直没有遇到高僧所说的赤脚开门人。他开始对高僧的话产生了怀疑。快到自己家时，他彻底失望了。日落时，他没有再投宿，而是连夜赶回家。到家门口时已是午夜时分。疲惫至极的他费力地叩动了门环。屋内传来母亲苍老惊悸的声音："谁呀?""是我，妈妈。"他沮丧地答道。

门很快打开了，一脸憔悴的母亲大声叫着他的名字把他拉进屋里。在灯光下，母亲流着泪端详他。这时，他一低头，蓦地发现母亲竟赤着脚站在冰凉的地上!

刹那间，灵光一闪，他想起高僧的话。他突然什么都明白了。年轻人泪流满面，"扑通"一声跪倒在母亲面前。

母亲最愿意见到的

一位母亲的儿子在战场上死了，消息传到母亲那里，她哀痛非常，祈祷主说："要是我能再见到他，即使只见 5 分钟，我也心满意足。"

这时天使出现了，对她说："你可以见他 5 分钟。"母亲欢喜得眼泪流满双颊说："快点，快点让我见他。"天使又说："你的孩子是个大人，他已经 30 岁，你要看他 30 年中的哪 5 分钟呢？"母亲听了以后，一时也说不出来。

天使说："你愿意见到他英勇殉国的情景呢？还是他离开你参加军队的那一刻？你愿意见到他在学校时走上讲台接受奖品的那一天，抑或是他还是婴儿在你怀中的时候？"母亲的眼神开始闪亮，她一字一句地告诉天使："这些我都不要。我要的是那一天，他从院子里跑进来，要我饶恕他的顽皮。他年纪那么小，却那么不开心，满脸污泥，眼泪直淌。他扑向我的怀里，几乎把我撞倒。"

母亲最愿意见到的，是孩子最需要她的时刻。

感动世界的陌生人

1912 年 4 月 14 日，号称"不沉之舰"的泰坦尼克号豪华客轮，在它向美洲进发的处女航中，不幸触到冰山遇难，船身开始下沉。

船上 2200 多名乘客开始惊慌地离开沉船，争乘为数不多的救生艇，妇女和儿童先上。这时候，一名中年妇女对着一只已坐满人的救生艇大声喊道："有谁能给我让个位置出来吗？我的两个孩子在这只艇上！"

有人回答说："再没有位置了，再上人，这艇就要沉了！""妈妈——"两个小孩子眼看就要与妈妈离开，忍不住哭喊起来，中年妇女心如刀绞。

坐在两位孩子身边的一位陌生姑娘慢慢地站了起来，离开救生艇，重回到了沉船上，对那位心痛欲绝的母亲说："现在你孩子身边有个空位置，你快上吧。我没有结婚，没有孩子！"

两个小时以后，泰坦尼克号沉没，这位陌生的姑娘同船上 1500 多人不幸遇难。没有人了解她更多的情况，只听说她叫艾文思，独自乘船准备回自己在波士顿的家。

这个姑娘虽然不是一位母亲，却是一个具有伟大母性的人，她理解母亲对于孩子的重要性！

理解父母的无私与付出

药　渣

有个小男孩，家里很穷，可是小男孩患了一种病，医了很多地方，也不见效，为医病花掉了家里所有的积蓄，后来听说有个郎中能治，母亲便背着男孩前往。可是这个郎中的药钱很贵，母亲只得上山砍柴卖钱为孩子治病。一包草药煎了又煎，一直味淡了才扔掉。

可是，小男孩发现，药渣全部倒在路口上，被许多人踏着。小男孩问母亲，为什么把药渣倒在路上？母亲小声告诉他：“别人踩了你的药渣，就把病气带走了。”

小男孩说：“这怎么可以呢？我宁愿自己生病，也不能让别人也生病。”后来小男孩没见到过母亲把药渣倒在路上。那些药渣全倒在后门的小路上。那条小路只有母亲上山砍柴才会经过。

母爱指路

有一家人，儿媳嫌婆婆老了，眼睛又不好，不中用了。就让丈夫把他母亲送出去。第二天一早，儿子对母亲说：“妈，我背您出去走走。”儿子背着母亲走进了一片大森林里，走啊走啊。眼看快晌午了。儿子把母亲放到一棵大树旁边，说：“妈，您先坐会，我一会就回来。”说完，就要走。这时，母亲拉着儿子说：“儿啊，我知道你想做什么。但在这大森林里你很难走出去的，所以我在沿路上折了树枝作为记号，回去的时候看着别走丢了。"

情天屁地

自打母亲死后，老爸靠卖豆腐供着我和两个哥哥上学。三个学生的费用是个天文数字，我家的条件可想而知。但就是靠着这小本生意，老爸竟然把我们哥仨都供到了大学毕业，这一点全村人都挑大拇指。

老爸有个最大的毛病，说起来真不雅，就是爱放屁。他那屁要是放起来，真是惊天动地。可老爸偏偏啥也不在乎，不分场合，不论面对的是谁，他总能给大家来个"小插曲"。每每别人有了非议，老爸总会用上他那口头禅："管天管地，管不着我拉屎放屁！"

那一年，我正冲刺高考，老师要开家长座谈会。本来作为优等生，是不怕叫家长的，而因为老爸的那个"嗜好"，听到开家长座谈会我就两眼发直。因为以前的家长座谈会中，老爸留下了不少的"案例"。

这一次，我晓之以情，动之以理，以前老爸让我在同学面前丢了面子时，我都会对他大发脾气，这次老爸向我保证，他一定坚持。

果然，座谈会在老爸的"努力"下进行得挺顺利。轮到老爸发言了，老爸把他准备的台词发挥的淋漓尽致，正在大伙儿兴致勃勃的听的时候，老爸突然停顿下来，脸涨的通红，使劲憋着气，我心说不好，果然，老爸的"特长"发挥出来，既而被同学们的笑声盖了过去。老爸尴尬的看着我，我瞪他一眼转过头去。

也就是座谈会的第二天，和我家最好的表叔慌慌张张地跑到我们学校，急迫的拉着我向医院赶去。原来，老爸回家后，肚子疼了一宿，最后竟不醒人事。在医院检查之后，怀疑是阑尾炎穿了孔，正在医院等着开刀呢。

我顾不上看手术单上的那些条条框框，急匆匆的签上了字。接下来是在手术室外漫长的等待。本来阑尾炎手术一般至多两个小时，而老爸的手术却花了五个小时。最后主刀医生心事忡忡的对我说："你老爸严重的营养不良，得了罕见的疾病——出血坏死性小肠炎，我们把他已经坏死的那段小肠切了……"我听完感到头昏目眩，大夫接着说："这种病的死亡率是70%，如果

理解父母的无私与付出

小肠继续坏死，我们就无能为力，先输液观察，关键要想办法让他排气。"

因为当时哥哥们正在上大学，我只好拿起书本，一边照顾老爸，一边心不在焉的复习……看着老爸痛苦的神态，我心里酸酸的：放屁在以前是老爸的强项，我以前是那么的反感，而这次我认为它是世界上最美妙的声音，我隔一会儿就问老爸是否排气。

五天过去了，我和大夫都做了最大努力，萝卜汤喝了，肠子灌了，可老爸没有一点"动静"。还吵着要出院，说这医院咱住不起。就在我手足无策的时候，表叔到医院来了。老爸喃喃的对表叔说："老四，有一样东西，准保可以让我放屁。"我和表叔都竖着耳朵听着，老爸突然一挥手让我出去。

表叔出去半天，带回一小袋东西，老爸再一次让我出去。等老爸把这东西吃下没多久，便开始排气。也就是因为能排气，说明老爸的小肠恢复了工作，经过医生的全力治疗，老爸最终痊愈。我问表叔老爸吃的是什么，表叔含着泪说："这个我得保密，你爸说无论如何也不能告诉你。"

五年过去了，我终于大学毕业，而老爸终因积劳成疾，离开了人世。我在悲痛的同时，突然想起了老爸那个秘密，迫不及待的来到了表叔面前，让他告诉我这个谜底。表叔禁不住失声痛哭，一把搂住我颤颤的说："你爸生前一再嘱咐我不告诉你，是因为怕影响你的学习，他供你们哥仁老吃不饱，每次做豆腐都顺便拿豆腐渣充饥……那次给你爸吃的，不过是豆腐渣而已……"

伟大的心

有一个青年，爱上了一位女子，青年不知这女子是魔鬼所变。为讨女子欢心，青年倾其所有、尽其所能。一日，魔鬼要青年去挖他母亲的心给她吃，青年毫不犹豫地答应了。黑夜里，他捧着妈妈的心，匆匆赶回魔鬼身边。经过一片树林时，不小心摔了一跤，心被扔出去老远，听见那颗心在问："跌疼了吗？我的儿。"

牛的母爱

在西部一个极度缺水的沙漠地区，每人每天的用水量被严格地限定为三斤，这还得靠驻军从很远的地方运来。人们日常的饮用、洗漱，包括喂牲口，全部依赖这三斤珍贵的水。

人缺水不行，牲畜也一样，渴啊！终于有一天，一头一直被人们认为憨厚、忠实的老牛渴极了，它挣脱缰绳，奔到沙漠里唯一的也是运水车必经的公路上。终于，运水的军车来了。老牛以不可思议的识别力迎头冲去，军车一个紧急刹车停了下来。老牛沉默地立在车前，任凭驾驶员如何呵斥驱赶，都不肯挪动半步。十分钟过去了，双方依然僵持着。运水的战士以前也碰到过牲口拦路索水的情形，但它们都不像这头牛这样倔强。这种对峙造成了堵车，后面的司机开始骂骂咧咧，性急的甚至试图点火驱赶，可老牛不为所动。

牛的主人寻来了。恼羞成怒的他扬起长鞭狠狠地抽打在瘦骨嶙峋的牛背上。牛被打得皮开肉绽、哀叫不停，但就是不肯让开。鲜血沁了出来，染红了鞭子，老牛的凄厉哞叫和着沙漠中阴冷的酷风，显得分外悲壮。一旁的运水战士和骂骂咧咧的司机都哭了，最后，运水的战士说："我就违反一次规定吧，我愿意接受一次处分。"他从水车里倒出半盆水——正好3斤左右，放在牛面前。

然而出人意料的是，老牛没有喝以死抗争得来的水，而是对着夕阳仰天长哞，似乎在呼唤什么。不久，不远的沙堆背后跑来一头小牛，受伤的老牛慈爱地看着小牛贪婪地喝完水，伸出舌头舔舔小牛的眼睛，小牛也舔舔老牛的眼睛。人们看到了母子眼中的泪水。没等主人吆喝，喝完水后，它们掉转头慢慢往回走。

大爱无声

在乔治的记忆中，父亲一直都是瘸着一条腿走路的，他的一切都平淡无奇。所以，他总是想，母亲怎么会和这样的一个人结婚呢？

一次，市里举行中学生篮球赛。乔治是队里的主力。他找到母亲，说出了他的心愿：他希望母亲能陪他同往。母亲笑了，说："那当然。你就是不说，我和你父亲也会去的。"他听罢摇了摇头，说："我不是说父亲，我只希望你去。"母亲很是惊奇，问："这是为什么？"他勉强地笑了笑，说："我总认为，一个残疾人站在场边，会使得整个气氛变味儿。"母亲叹了一口气，说："你是嫌弃你父亲了？"父亲这时正好走过来，说："这些天我得出差，有什么事，你们商量着去做就行了。"

比赛很快就结束了。乔治所在的队得了冠军。在回家的路上，母亲很高兴，说："要是你父亲知道了这个消息，他一定会放声高歌的。"乔治沉下了脸，说："妈妈，我们现在不提他好不好？""母亲接受不了他的口气，尖叫起来，说："你必须要告诉我这是为什么？"乔治满不在乎地笑了笑，说："不为什么，就是不想在这时提到他。"母亲的脸色凝重起来，说："孩子，有些话我本来不想说。可是，我再隐瞒下去，很可能就会伤害到你的父亲。你知道你父亲的腿是怎么瘸的吗？"乔治摇了摇头，说："不知道。"母亲说："你两岁时父亲带你去花园里玩。在回家的路上，你左奔右跑。忽然，一辆汽车急驰而来，你父亲为了救你，左腿被碾在了车轮下。"乔治顿时呆住了，说："这怎么可能呢？"母亲说："这怎么不可能，只是这些年你父亲不让我告诉你罢了。"

二人慢慢地走着。母亲说："有件事可能你还不知道，你父亲就是布莱特，你最喜欢的作家。"乔治惊讶地蹦了起来，说："你说什么？我不信！"母亲说："其实你父亲也不让我告诉你。你不信可以去问你的老师。"乔治急急地向学校跑去。老师面对他的疑问，笑了笑，说："这都是真的。你父亲不让我们透露这些，是怕影响你成长。但既然你现在知道了，那我就不妨告诉你，你父亲是一个伟大的人。"

两天以后，父亲回来。乔治问父亲："你就是大名鼎鼎的布莱特吗？"父亲愣了一下，然后就笑了，说："我就是写小说的布莱特。"乔治拿出一本书来，说："那你先给我签个名吧！"父亲看了他片刻，然后拿起笔来，在扉页上写道：赠乔治，生活其实比什么都重要。布莱特。多年以后，乔治成为一名出色的记者。当有人让他介绍自己的成功之路，他就会重复父亲的那句话：生活其实比什么都重要。

让儿子出庭

女人与丈夫共苦多年，一朝变富，丈夫却不想与她同甘了。他提出离婚，并执意要儿子的监护权。为了夺回儿子的监护权，女人决定打官司。她抛出自己的底线：只要儿子判给自己，其他什么都可以不要。

开庭那天，男方说女人身体差，不宜带小孩，并拿出她以前的住院病历当物证。女人出示前几天由某大医院开具的体检结果，驳倒了男方。他又说女人欠巨额外债，没有经济能力抚养儿子。女人马上出示男方恶意转移财产、转嫁债务于自己的商务调查函，又一次越过了他的陷阱。

激烈的唇枪舌战、拉锯式的辩论，女人一直占上风。男方见势不妙，使出杀手锏：女人经常打骂孩子，对儿子造成巨大伤害。儿子不愿和她生活，只想跟我在一起。

审判长传他们的独生子到庭作证，法警走向证人室，准备请那小孩出庭时，女人的脸由红变白，又由白变紫，忽然，她"霍"地站起来，大声宣布："审判长、审判员，我———撤诉！"女人掩面大哭，跑出了法庭。

事后，有朋友问女人："你真的虐待儿子吗？"女人无力地摇摇头："我爱我的孩子，怎么可能虐待他？"朋友惊诧了："那你为什么要放弃？"

女人说："我孩子胆小，一旦出庭作证，必然心灵受伤。我怎么忍心……"她以泪代语。所有的说词，在女人那母性的哭泣中都显得那么苍白，那么虚伪。

神秘的耳朵

一天清晨，一个婴儿在美国纽约市一家医院里呱呱坠地了。"我可以看看我的孩子吗？"孩子的母亲幸福地向医生请求道。随即医生就把裹着婴儿的小被包递进了她的怀里，移开被布，看见了婴儿的小脸，她不禁倒抽了一口冷气。医生不忍心再看，迅速转过脸去。原来这个婴儿生来便没有耳朵。

他的父亲给他取名叫杰米。一段时间过后，杰米的父母很庆幸地发现孩子的听力没有什么障碍，跟正常人一样，缺少耳朵，只是损坏了他的相貌，但是天真的杰米并没有意识到与别的孩子有什么不同。在父母的关爱下，他度过了快乐无忧的童年。

光阴流逝，当杰米7岁的时候，他走进了校门。有一天，杰米突然从学校里跑回家来，一头扎进妈妈的怀里，大声哭了起来，哽咽着向妈妈说出了在学校里的遭遇："一个男孩，一个大孩子……管我叫畸形人!"听了孩子的倾诉，妈妈叹息着搂紧了杰米，她知道这孩子今后的人生将会遭遇连续不断的打击。

杰米渐渐地长大了，因为没有耳朵，越发显得与众不同。同学们都很喜欢他，要不是因为相貌缺陷，他也许会当上班长呢。并且在文学和音乐方面，他也表现出了非凡的天赋。

"为什么我没有耳朵呢?"杰米经常问妈妈。"不然的话，你会和别的孩子分不清的呀!"妈妈安慰着儿子，心里却充满痛楚的怜爱。

终于有一天，杰米明白了自己实际上是残疾人，因为没有耳朵，他感到自卑，再也不愿去学校了，性格也变得越来越孤僻，甚至不敢走出家门。父母为此感到十分苦恼。杰米的爸爸去请教一位熟识的医生：难道孩子的缺陷真的一点补救的办法都没有吗?"

"如果能得到一双耳朵的话，我相信我可以给他做移植手术。"医生非常肯定地告诉他。可是到哪里去找一双耳朵呢? 有谁肯为一个孩子作出如此巨大的牺牲呢? 而且做这个手术也需要一大笔费用。

两年过去了，有一天，爸爸对杰米说："孩子，你要去医院做个手术。妈妈和我已经找到了为你捐献耳朵的人，不过捐献人的身份是保密的。"

移植手术非常成功，杰米终于有了一双耳朵。他高兴极了，简直像换了一个人一样。他又重新回到了学校，他的各项潜能不断地开花结果，迅速成长，成功接踵而至。大学毕业后，他结婚了，并且如愿以偿进入了外交官的行列。

工作在富丽堂皇的政府大楼里，出入觥筹交错的外交场合，回到家里有娇美贤淑的妻子相伴，杰米幸福之际常举手抚摸着耳朵，他真想当面好好感谢那位神秘的捐献人，正是因为这双耳朵，重新给了他生活的勇气和信心，他才能够取得今天的成就。

"我必须得知道!"他急切地催问着爸爸，"是谁给了我如此慷慨的捐助?""孩子，根据约定你不可以知道……至少现在还不行。"

无数的岁月静静地流过，深埋着他们的秘密。虽然他也私下里进行了长时间的调查，但仍然没能找到这位神秘的捐献人。然而，揭示谜底的那一天终于到来了。那是杰米一生中经历的可能最黑暗的一天。他和爸爸一起站在妈妈的棺材跟前。慢慢地，轻轻地，爸爸向前伸出一只手，撩开妈妈那浓密、灰白的头发……他惊讶地发现安卧在那里的妈妈居然没有耳朵，他一下子什么都明白了。

"我终于知道了妈妈为什么说她很高兴自己永远都不用剪头发。"早已泪流满面的杰米对爸爸低语道，"没有人觉得妈妈不如从前美丽，是吗?"

勇敢的妈妈

我是纽约的消防队员。作为一名消防队员，目睹他人的事业或家园被大火摧毁是一件非常无奈和痛心的事，太多的痛苦、死亡，开始令我感到恐怖，甚至一度厌恶这个职业——直到那天我发现"深红"。

那是一个星期五，我们接到布鲁克林的一起火警报告迅速赶到了现场——一座熊熊燃烧的停车场。我在穿戴消防装备时隐约听到几声猫叫，但是我没有时间也不可能靠近，我决定等火势控制住了再过去查看。停车场的火势异常凶猛，除了我们还有其他消防部门也加入了

猫妈妈和小猫

战斗。报告说建筑物里的所有人都已经安全撤离。但愿如此——整个停车场浓烟滚滚，新的火苗不断地从各个角落蹿出来，想冲进现场救人是不可能的。即使有人困在火里，任何营救的努力也是徒劳。最后，经过无数消防队员近一个小时的奋力扑救，漫天的火势总算被控制住了。我终于腾出空去寻找那几只可怜的猫咪，从我站的地方仍然可以听到它们的叫声。烧毁的建筑物冒着滚滚的浓烟，一阵阵热浪扑面而来。我的眼睛基本看不清什么，随着"喵喵"的叫声，我找到距人行道边、大约离停车场5步远的地方。在那里，3只吓坏了的小猫正紧紧地挤在一起，不停地叫着。之后我又发现另外两只，一只在人行道中间，一只在道的另一边。它们肯定是从火场里出来的，因为它们的毛都或轻或重地被火烤焦了。好心的同伴为它们找来一个纸盒儿，我把盛着小猫的纸盒抱到一个安全的位置，开始寻找猫妈妈。

很显然，猫妈妈冲进了停车场，从火场里一个一个地把小猫救了出来。一连5次返身冲进肆虐的大火、滚滚的浓烟中——即使对于我这个经过特种训练的消防队员来说，也是无法想象的，更何况是天生怕火的动物。猫妈妈试图把宝宝们带到人行道另一边的安全地带，但是她没有完成心愿，她现在在哪？怎么样了？

有人说好像在停车场边上的空地上看见一只猫，那里离我找到最后一只小猫的位置很近。不错，她的确在那儿，躺在地上，无力地呜呜叫着。她的眼睛由于烧伤根本睁不开，四脚被烧得发黑，全身的毛都被烧焦了。透过烧糊的绒毛我甚至可以看到她深红的皮肉。她已经累得不能动了，估计她不是家猫，不习惯同人接近，我尽量轻轻地靠近，温和地对她说着话。当我把她抱起来时，她疼得叫了一声但并没有反抗。可怜的家伙浑身散发着皮肉烧焦的臭味，她精疲力竭地看了我一眼，然后信任地在我的怀里躺下来。

我把她抱回放小猫的地方，这只失明的猫妈妈在盒子里焦急地巡视了一圈，用鼻子碰了碰每只猫宝宝，一个接一个，直到确定它们都在，都安全，这才放心地躺下了。看着这一幕，我的喉咙发紧，目光模糊了。我决心尽力救护这只勇敢的猫妈妈和她的全家。

6 只猫咪显然需要立即治疗。我想起长岛的一家动物救护中心，11 年前我曾经把一只严重烧伤的牧羊犬送到他们医院。我给救护中心打电话。告诉他们一只烧伤的猫妈妈和她的小猫急需治疗。然后仍然穿着烟熏火燎的消防服，开着卡车以最快的速度赶到那儿。当我的消防车开进停车场时，一组兽医和技术人员已经等在那了。他们飞速地把猫咪们接进急救室，一队兽医在一张手术台上抢救小猫们，旁边的手术台上是另一队人马救护猫妈妈。

极度疲惫的我站在急救室外，猫咪们生还的可能性不大，但我不想离开。我对它们已经产生了深厚的感情。几小时之后一位大夫终于走出急救室，她的脸上挂着微笑，对我伸出一个大拇指：6 只猫咪都得救了！猫妈妈的眼睛也有希望复原，一位技师还给她起了个名字——"深红"——因为她被火烤红的皮肤。

恢复室里，刚刚苏醒的猫妈妈又一次查点自己的孩子，她用鼻子碰了碰每只小猫的鼻子。她一连 5 次冒着生命危险冲进大火，她的牺牲没有白费，孩子们个个都平安无事。

作为消防队员，我见过很多英雄，但"深红"的勇气是最不可思议的，只有最无私的母爱才会激发出这种勇气！

满墙的母爱

跳槽到报社做记者以后，我又新租了一间房子。当房东打开房门的时候，满墙的涂鸦之作以逼人的气势侵略性地进入我的视野。

我惊问："这墙怎么涂得这么吓人？"房东说："我也没办法。这样吧，你找几个民工用石灰浆涂抹一下，我免你一个月的房租。"这是一宗很划算的买卖，我立刻点头答应。

大概一个星期后，我叫来两个民工刷墙。还没开工，一个女人把民工师傅拦住，双手坚定地比画着，嘴里咿咿呀呀地叫。她是个哑巴。我跟她解释："这房子是我租的，墙上太脏了，刷干净点好看一些。"女人横在那里，毫不退缩。我没有办法，只好叫房东来解围。

房东说："小陈，她以前就租住在这儿，这些东西是她画的。她肯定是舍不得把这些乱七八糟的东西刷掉。她很蛮横，你还是让着她吧。"我让民工师傅先回去，把女人留下来，和她笔谈，再经过房东的补充，渐渐地，我明白了女人凄苦的身世，以及她对女儿深深的思念。女人怀孕的时候，丈夫在一场车祸中丧生。多少亲戚朋友劝她流产，再寻别的男人，她怎么也听不进，固执地要把孩子生下来。就在女人临产前夕，丈夫单位要收回房子，将她扫地出门。她强忍着，租下了这间小房子。不久以后，她在这间出租屋里生下了一个女孩。

女人没有生活来源就沿街捡破烂，靠那点可怜的收入养家糊口。女人倾注了全部心血在女儿身上，教她识字看画，教她唱歌跳舞。小女儿变得天真活泼，人见人爱。

女儿三岁那年，女人生了一场大病。医好之后，她成了哑巴，与人交流只有通过纸和笔了。为了女儿的前程，女人把她送给别人，自己一个人过孤独的日子。

女人隔三差五就去幼儿园看女儿。女儿学了"a、o、e"之类的拼音，她回来就在墙上写上"a、o、e"，女儿学了一首儿歌，她回来之后，就在墙上写下儿歌的名字。没过几年，四面墙被涂抹得满满当当。刚开始，房东叫她不要在墙上乱画，但听到清晰地咿咿呀呀的叫唤之中透着凄苦的苍凉，便由着性子让她去。突然有一天，女人边抹眼泪边进屋，关上门后，整整哭了一宿。

从此以后，再也没有在墙上写下一个字。房东猜想，她女儿可能是随养父母迁走了，也可能是女儿不认这个哑巴母亲。在我租这间屋之前，女人在这整整租住了15年。

听到女人的这个故事，我的心莫名地感伤起来，我对女人说："这墙我不会涂的，你什么时候想看它，就来看它好了。"女人走后，我从采访包里取出照相机，把墙上那密密麻麻的拍了下来，准备把照片作为礼物送给她。我觉得作为母亲，她确实不容易。

第二天，我接到异地采访任务，离开了这座城市。一个星期后，我结束采访，回到租住屋里，不禁大吃一惊。字墙没了，取而代之的是光洁照人的墙面！房东告诉我，我走后，她叫人把字墙给弄掉了。望着四面白墙，我突然感到空落落的，像是丢失了一件心爱的宝贝。

现在我唯一能做到的，就是尽快把字墙的照片洗好，这成了我的责任和使命。照片洗好了，我等待着哑女的出现。可惜，很长时间过去了，她一直都没有踪影。

活过儿童节

一个年轻的母亲因患白血病久卧病榻，身心越来越疲惫。她知道自己的日子不多了，就趁医生、护士不注意的时候拼命为女儿编织了一件毛衣。毛衣织完藏在枕头下，人也从此进入半昏迷状态，后来她隐约听见护士的议论，知道自己不出 3 日将远离亲人，心里倒也十分镇定。

第二天突然听到病房外有鼓乐声，问床前守护的丈夫，丈夫只得告诉她，再过两天就是"六一"儿童节了，学生们在操练。年轻的母亲咬咬牙说："我一定要活过儿童节，我不能死在 6 月 1 号。不然，每到儿童节，女儿想起这天失去母亲，她能高兴吗？"果然，这个年轻的母亲在半昏迷状态下与死神周旋，时不时微睁开眼睛问，什么时候了？终于坚持到 6 月 2 日，她松了一口气："好了，我要同你们说再见了。"说完指指枕头下，含笑而去。

母亲节的由来

贾维斯夫人是一个有着 10 个子女的母亲，是当时美国格拉夫顿城教会主日学校的总监。在美国以解放黑奴为目的的南北战争结束后，她在学校里负责讲述美国国殇纪念日的课程。贾维斯是一位心地善良的女人。她讲述着战争中那一个个为正义捐躯的英雄的故事，望着台下那一张张充满稚气的孩子们的脸，一个想法猛然涌上心头：为祖国贡献了这么多英勇战士，保证了战争胜利的，不就是那一个个含辛茹苦地抚育着子女的母亲们吗？她们的儿子血染疆场，承受了最大的痛苦和牺牲的，不也是这些默默无闻的母亲吗？因此，她提出应该设立一个纪念日或母亲节，给这些平凡的女人一些慰藉，表达儿女们对母亲的孝思。可惜的是，这个良好的愿望还没有实现，贾维斯夫人便与世长辞了。

贾维斯的女儿安娜·贾维斯目睹母亲抚养自己和兄弟姐妹成人的辛劳，深感母亲的提议是适合天理人心的。因此，她写出了几十封信，发给美国国会、地方州长和妇女组织等，提议创立母亲节。在她的一再呼吁下，这一提议得到了社会上的广泛响应和支持。

1914年，美国总统威尔逊郑重宣布，把每年5月的第二个星期天，也就是贾维斯夫人的忌日，定为母亲节。美国政府还规定，母亲节这天，家家户户都要悬挂国旗，以表示对母亲的尊敬。由于贾维斯夫人生前喜爱康乃馨花，这种花也就成了母亲节的象征。

母亲节是个充满人间温情的节日，这一天，家里的男成员要把全部家务活都包下来，儿女们每人都要做一件让母亲高兴的事，以尽孝道。即使远在异地的孩子，也要打电话向母亲表示祝贺。这一天，美国人民都要在胸前佩上一朵花。母亲健在的，戴一朵有色的花，表示欢愉；母亲逝世的，戴一朵白花，表达哀思。

母亲节创立后，也得到了全世界各国人民的支持。安娜·贾维斯在世时，设立母亲节的国家已达43个。时至今日，欢庆这个节日的国家就更多了。母亲节，已经成了一个名副其实的国际性节日。

父亲节的由来

1909年，住在美国华盛顿州士波肯市的杜德夫人，当她参加完教会举办的母亲节主日崇拜之后，杜德夫人的心里有了很深的感触，她心里想着："为什么这个世界没有一个纪念父亲的节日呢？"

杜德夫人的母亲在她十三岁那一年时去世，遗留下6名子女；杜德夫人的父亲威廉斯马特先生，在美国华盛顿州东部的一个乡下农场中，独自一人、父兼母职抚养6名子女长大成人。斯马特先生参与过美国南北战争，功勋卓著，他在妻子过世后立志不再续弦，全心带大6名儿女。

杜德夫人排行老二，是家里唯一的女孩，女性的细心特质，让她更能体会父亲的辛劳；斯马特先生白天辛劳地工作，晚上回家还要照料家务与每一个孩子的生活。经过几十年的辛苦，儿女们终于长大成人，当子女们盼望能让斯马特先生好好安享晚年之际，斯马特先生却因为经年累月的过度劳累而病倒辞世。

1909 年，正好是斯马先生辞世之年，当杜德夫人参加完教会的母亲节感恩礼拜后，她特别地想念父亲；直到那时，杜德夫人才明白，她的父亲在养育儿女过程中所付出的爱心与努力，并不亚于任何一个母亲的辛苦。

杜德夫人将她的感受告诉教会的瑞马士牧师，她希望能有一个特别的日子，向伟大的斯马特先生致敬，并能以此纪念全天下伟大的父亲。

瑞马士牧师听了斯马特先生的故事后，深深地为斯马特先生的精神与爱心所感动，他赞许且支持杜德夫人想推动"父亲节"的努力。于是杜德夫人在 1910 年春天开始推动成立父亲节的运动，不久得到各教会组织的支持；她随即写信向市长与州政府表达自己的想法与提议，在杜德夫人的奔走努力下，士波肯市市长与华盛顿州州长公开表示赞成，于是美国华盛顿州便在 1910 年 6 月 19 日举行了全世界的第一次父亲节聚会。

1924 年，美国总统科立芝支持父亲节成为全美国的节日；1966 年，美国总统詹森宣布当年 6 月第 3 个星期日，也就是斯马特先生的生日月份为美国父亲节；1972 年，美国总统尼克松签署正式文件，将每年的六月第三个主日，订为全美国的父亲节，并成为美国永久性的国定纪念日。

影子里的父爱

陆明是一名医生，这天轮到他在急诊室值班。外面天气很热，中午时分，几个人抬着一个病人进来了。

这是一个农民模样的人，双目紧闭，面色潮红，完全处于昏迷状态。床边一个八九岁的小男孩，边哭边喊着："爸，你怎么了？怎么了？"

陆明给男人检查后，发现他只是中暑了，就给他打了一针，并安慰男孩："你爸没事，一会儿就好。"

男孩这才止住了哭，一边说着"谢谢"一边从裤兜里掏出一叠皱巴巴的钱:"五毛、六毛……一块、两块……医生叔叔,一共七块三,够不够我爸的药费?"说着,男孩把那些毛票递了过来。

陆明没有接钱,而是怜爱地摸着他的头说:"你还挺壮实的,你爸中暑了你居然没事儿。"

孩子说:"天太热了,街上没有树,我爸怕我晒着,就让我蹲在他背后的影子里。后来他就晕倒了……"

听着孩子的诉说,陆明的心猛一颤。就在这时,小护士进来了,说陆明的父亲刚才来过,见他忙,把东西留下就离开了。陆明接过东西,是一把遮阳伞和一小瓶人丹,陆明的心突然清凉无比。

床板上的记号

接到父亲说继母病危的电话,他正和单位的同事一起在海口度五一长假,订的是第二天上午的回程机票。他犹豫了一下,还是没有马上赶回家。等他回到家的时候,还没进门,就已经听到家里哭声一片。

见到他,眼眶红红的父亲边拉着他到继母遗体前跪下难过地说:"你婶婶(他只肯称呼继母为'婶婶')一直想等你见最后一面,可她终归抗不过阎罗王,两个钟头前还是走了。"说着,父亲不住地擦拭着溢湿的眼角。而他只是机械地跪下,叩了几个头。然后,所有的事便与他无关似的,全丢给父亲和继母亲生的妹妹处理。

其实,自从生母病逝,父亲再娶,这十五年来,他已经习惯认定这个家里的任何事都是与自己无关的了。人们都说,后母不恶就已经算是好的了,不是自己身上掉下来的肉,有谁会真心疼?父亲的洞房花烛夜,是他的翻肠倒肚时。在泪眼朦胧中,十一岁的他告诉自己,从此,你就是没人疼的人了,你已经失去了母爱。

他对继母淡淡地,继母便也不怎么接近他。有一回,他无意中听到继母和父亲私语,他只听得一句"小亮长得也太矮小了,他是不是随你啊?"心中便暗自愤怒,讥笑我矮便罢了,连父亲她也一并蔑视了。又有一回,他看到桌上有一盒"增高药",刚打开看,跟他同岁的妹妹过来抢,两个人打了起来。继母见状，嘴里连连呵斥妹妹，说这是给哥哥吃的。可是，他却马上被父亲打了一顿。他想，这个人的"门面花"做得真好，可话说得再好听，心里偏袒的难道不是自己的亲生女儿？连带着父亲的心都长偏了。

疏离的荒草在心中蔓延，他少年的时光已不剩春光灿烂的空间。什么是家，什么是亲情，他不去想，更不看继母脸上是阴过还是晴过，他只管读自己的书，上自己的学，然后离开这个感觉不到自己存在的家。

丧事办完了，亲友散尽，他也快要回公司了。父亲叫他帮忙收拾房间，以前都是继母一个人做这些事。看着忙碌的他们，父亲拿出一个东西来说："小亮，这是婶婶留给你的。"他一看，是个款式上里土气又粗又大的金戒指，无所谓地说："嗯，妹妹也有吧？""是的，你俩一人一个。"说着，父亲掏出另一个，更细小得多了。他不为所动，把自己的那个推回给父亲说："给妹妹吧。"父亲犹豫了一下，把东西放回口袋里，说先替他收着。

他继续收拾房间，忽然看到自己睡了十几年的床板边沿有许多乱七八糟的铅笔涂写的痕迹。他奇怪地问，是什么小孩这么淘气在这里乱画？

"是你婶婶在你小时候画的。她知道你不喜欢靠近她，就经常等你熟睡以后，拉平你的身子，用铅笔在床上做好记号，然后再用尺子仔细量，看你长高没有。有时候还不到一个月，她就去量，看你没长高就急。你最讨厌吃的那个田七，就是她为了让你长高而买的。她眉头上那道疤，就是为了挣工钱给你买增高药，天天去采茶，有一次不小心跌倒在石头上磕破的。她老担心你长大后像我一样矮，说男孩子个头矮不好讨老婆……"

父亲的话声轻轻地，却似晴天霹雳，把他冰封的心炸出了春天，一直以为不会拥有的风景，不会拥有的爱，其实早就像床板上那些淡淡的铅笔记号，默默地陪他度过了日日夜夜。母爱，不止是生长在血缘里。

他流着泪，跑到继母的遗像前，叫了十五声"妈"，每一声代表一年。以后，他还将继续叫下去，因为母爱没有离开，当他懂得，就不再失去。

一根断指8.5元

一天中午，一个捡破烂的妇女，把捡来的破烂物品送到废品收购站卖掉后，骑着三轮车往回走，经过一条无人的小巷时，从小巷的拐角处，猛地窜出一个歹徒来。这歹徒手里拿着一把刀，他用刀抵住妇女的胸部，凶狠地命令妇女将身上的钱全部交出来。妇女吓傻了，站在那儿一动不动。

歹徒便开始搜身，他从妇女的衣袋里搜出一个塑料袋，塑料袋里包着一沓钞票。歹徒拿着那沓钞票，转身就走。这时，那位妇女反应过来，立即扑上前去，劈手夺下了塑料袋。歹徒用刀对着妇女，作势要捅她，威胁她放手。妇女却双手紧紧地攥住盛钱的袋子，死活不松手。妇女一面死死的护住袋子，一面拼命呼救，呼救声惊动了小巷子里的居民，人们闻声赶来，合力逮住了歹徒。

众人押着歹徒搀着妇女走进了附近的派出所，一位民警接待了他们。审讯时，歹徒对抢劫一事供认不讳。而那位妇女站在那儿直打哆嗦，脸上冷汗直冒。民警便安慰她："你不必害怕。"妇女回答说："我好疼，我的手指被他掰断了。"说着抬起右手，人们这才发现，她右手的食指软绵绵地耷拉着。

宁可手指被掰断也不松手放掉钱袋子，可见那钱袋的数目和分量。民警便打开那包着钞票的塑料袋，顿时，在场的人都惊呆了，那袋子里总共只有8块5毛钱，全是一毛和两毛的零钞。为8块5毛钱，一个断了手指，一个沦为罪犯，真是太不值得了。一时，小城哗然。

民警迷惘了：是什么力量在支撑着这位妇女，使她能在折断手指的剧痛中仍不放弃这区区的8块5毛钱呢？他决定探个究竟。所以，将妇女送进医院治疗以后，他就尾随在妇女的身后，以期找到问题的答案。

但令人惊讶的是，妇女走出医院大门不久，就在一个水果摊儿上挑起了水果，而且挑得那么认真。她用8块5毛钱买了一个梨子、一个苹果、一个橘子、一个香蕉、一节甘蔗、一枚草莓，凡是水果摊儿上有的水果，她每样都挑一个，直到将8块5毛钱花得一分不剩。民警吃惊地张大了嘴巴。难道不惜牺牲一根手指才保住的8块5毛钱，竟是为了买一点水果尝尝？妇女提了一袋子水果，径直出了城，来到郊外的公墓。民警发现，妇女走到一个僻静处，那里有一座新墓。妇女在新墓前伫立良久，脸上似乎有了欣慰的笑意。然后她将袋子倚着墓碑，喃喃自语："儿啊，妈妈对不起你。妈没本事，没办法治好你的病，竟让你刚 13 岁时就早早地离开了人世。还记得吗？你临去的时候，妈问你最大的心愿是什么，你说：我从来没吃过完好的水果，要是能吃一个好水果该多好呀。妈愧对你呀，竟连你最后的愿望都不能满足，为了给你治病，家里已经连买一个水果的钱都没有了。可是，孩子，到昨天，妈妈终于将为你治病借下的债都还清了。妈今天又挣了 8 块 5 毛钱，孩子，妈可以买到水果了，你看，有橘子、有梨、有苹果，还有香蕉……都是好的。都是妈花钱给你买的完好的水果，一点都没烂，妈一个一个仔细挑过的，你吃吧，孩子，你尝尝吧……"

黄鼠狼脱皮哺子

一位老农讲了一个黄鼠狼脱皮哺子的故事：三年困难时期，他一家人经常找不到吃的。好在他会下夹子，偶尔也会夹到狐狸、黄鼠狼什么的。一天清晨，他去收夹子，见夹到一只黄鼠狼，拿起一看大吃一惊，手里只是一张皮，黄鼠狼脱皮逃了。他想，没有皮的黄鼠狼肯定死在不远的什么地方。于是，他沿着血迹寻去，在河沟里发现黄鼠狼藏身的地洞，挖开一看，他被眼前的情景惊呆了：一窝还未睁眼的小黄鼠狼，正趴在脱了皮的已经僵硬了的母黄鼠狼身上，不断地吸吮着。他呆了许久，把那张皮盖在母黄鼠狼身上，含悲而去。从此，这位老农不再下夹子捕兽。

一看就是当妈的

小学三年级的时候，老师问我妈是干什么工作的。我愣了半天，说："我妈？我妈……不就是个当妈的？"

真的，很久以来，我都以为妈妈只是个在家当妈的——洗洗涮涮，伴随着唠唠叨叨，偶尔写写弄弄。有一次，妈妈在杭州看一场演出，突然被两个哑剧演员请上舞台，让妈妈坐上太师椅客串母亲的角色。事后，他们对妈妈说，那天演妈妈角色的女演员因故缺席，他们只好在观众席中迅速"扫描"，一眼就看中了妈妈，还说："你一看就是个当妈的！"

于是我看到《北京青年报》上刊出了一张照片——一对来自北京、曾获国际最像人物比赛大奖的双胞胎弟兄，正在表演哑剧《出生》。照片上的妈妈很安详地弯曲着背，享受着这哥俩孝顺的捶击。我看了照片还哭了鼻子，因为妈妈给我留下的最深印象就是那弯曲着的背。她自己也说："妈妈的背理应是你童年的摇篮。"因为我小时候多病，一生病就趴到妈妈的背上。那时候，妈妈的背是一副担架，把我一次次抬进医院。当我遇到一些跨不过去的"河流"时，妈妈弯曲的背又变成一座桥，让我渡过难关……

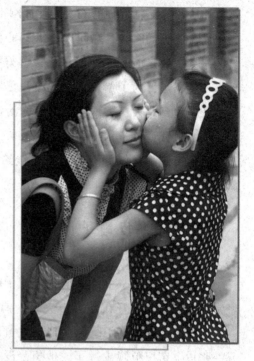

妈妈和女儿

在北京，一位阿姨给妈妈送来一辆自行车，说骑车带儿子吧，别背着，太累。于是妈妈就去买架在车上的宝宝椅。谁知一连转了三天也没见到。她只好弯着腰，去敲一个个邻居家的门，像一个要饭的，去讨一把别人用过的宝宝椅。遗憾的是仍然没有。原来，北京人爱用一种固定在自行车后面的金属宝宝椅，而妈妈想要的是用竹条编的那种，因为她怕铁椅子凉着我的屁股，使我容易生病。妈妈继续不屈不挠弯着背向别人讨，结果妈妈的精神感动了一位胖阿姨。有一天，突然传来了一声脆亮的吆喝："如姐，我给你讨来了！"只见那位阿姨两手各举着一把宝宝椅，像举着两面胜利的旗。那胖阿姨也是跑了十来户人家讨来的。

从此，妈妈的自行车后面驮着我，前面装着一个搁菜的兜兜。我总是看到妈妈弯曲着的背。北京的路那么长，我常常坐着坐着就趴在妈妈背上睡着了。我感觉这背上有家的温暖，也有单亲妈妈支撑这个家的许多无奈。

那时我们住在筒子楼里，什么电器也没有。没洗衣机，我就跟妈妈去买搓衣板，记得至少跑了七八家杂货店才买到一块。至今我还记得妈妈弯曲着背，坐在一张小板凳上，前面是装满脏衣服的小木盆，盆中搁着那块搓衣板。妈妈正卷起袖子，在搓衣板上用力搓着……

当时我不知道，妈妈其实在中央电视台工作，偶尔出现的镜头里，妈妈很从容地采访着众多名流。听说妈妈年轻的时候，还有点傲气。因为有才有貌，所以头昂得挺高。自从有了我，头就一点点低下去，背就一点点弯下来……

直到现在，妈妈还经常为我弯下腰。上次我在学校闯祸弄破了手，血流不止。妈妈得知后，立即赶到学校。只见她弯下腰，对老师说："对不起，我家孩子又给你们添乱了。"到了医院，又弯下腰问医生："要不要紧？需要缝针吗？"我突然感到很对不起妈妈。因为是我，让妈妈操了太多的心。那天回家后我主动弯下腰对妈妈说："对不起，让您弯了太多次腰。我读了史铁生的书，他写书的全部动力最初来自一个愿望——要让妈妈骄傲一下。我也一定要让您重新直起腰，昂起头！"

妈妈笑容里含着泪，说："史铁生的妈妈可没等到让她骄傲的一天。妈妈并不是为了让你报答才来当这个妈妈的。我只想你将来成为一个站立着的人！只要某一天你在我的墓碑上写着：一个尽力当妈的……"

没有母亲节的母亲

母亲节那天，在商场里转了几圈，姐妹们都为自己的妈妈找到了心仪的礼物，只有我，仍傻傻地跟在人家背后，两手空空。"小蒋，你也给你妈妈买件礼物寄回去呀！"曹姐捧着一束美丽的康乃馨对我说。我望着她茫然地摇了摇头。

妈妈是个老实本分的农村妇女，打从我记事起她就没有空闲过，上山下田忙家务管孩子是她生活的全部内容。为了供我们上学，家里负债累累，妈妈省吃俭用，没有穿过一件新衣服，还要遭到别人的冷眼与嘲讽。记忆最深的是我们几姐妹同时上学的那些年，每到周末回家，总能看到妈妈眼里流露出的无奈与喜悦的目光。因为欠下的债越来越多，而且大多有借无还，妈妈再向人家借钱就很困难了。再后来，亲友们都疏远了妈妈。上门讨债的越来越多，说的话越来越难听。人家气她有钱供我们读书而没钱还债。妈妈告诉他们："你们不要着急，我借的钱都会还给你们的，我有四个小银行。"二妹考上大学时邻居和亲友表面上来庆祝，私下里却说风凉话："如今的大学有什么稀奇，只要有钱想到哪里读都可以。""读了有什么用，大学毕业又不包分配。"妈妈对二妹说："管他分配不分配，只要自己发奋读书，准有出息的一天。"在农村，一家只要有一个读书的，家里就被折腾得鸡飞狗跳，我们家姐妹四个，除了我之外，都念了大学，妈妈说欠了债也值。

如今，二妹已经考上了公务员，三妹也到深圳实习了，只有最小的妹妹还在读大二，但我们三个可以负担她的学杂费了。妈妈本来可以松一口气了，可她还是把每一分钱看得很重。逢年过节我们回家若给她买一点什么她就不高兴，责怪我们乱花钱。妈妈是个要强的人，她希望我们节省下每一分钱早点还掉家里欠下的债，让她那被沉重的债务压弯的腰杆早点挺直。妈妈总说："给我买什么东西都等到还清债以后再说吧。"而一直到现在，我们都还没有还清债。因此，哪怕是她的生日她都不接受我们给她买的衣服。去年过年时二妹给她买了一件180元的外套，怕她心疼故意骗她只要50元，没过多久她居然把衣服50元转手卖给别人。在城里，像妈妈这个年岁的人都在家休养身子了。每每看到大街上那些扭秧歌打腰鼓的妇女，我就忍不住在心中拿尺子丈量仍在田间地头辛勤劳作的妈妈跟她们的距离，就深切感悟到乡下母亲的不易。

还是给妈妈打个电话回去口头祝贺一下吧！我拿起电话按下了那个熟悉的号码。电话拨通之后我感觉嗓音有些发颤："妈妈，今天是母亲节，祝你节日快乐！"妈妈听我解释了半天才弄清这个节日的意义，她哈哈笑着说："城里人就是名堂多，什么母亲节呀，我们乡下可听都没听说过，反正哪一天我都是你们的母亲！只要你们快乐，我天天都快乐！"

眼泪如潮水般涌出我的眼眶。我在心里默默地为乡下劳碌的母亲祝福，也为天下所有没有母亲节的母亲祝福。

以身饲子的红蜘蛛

在非洲生活着一种红蜘蛛，它们很特别，每只母蜘蛛一生只产一次卵。母蜘蛛一次产下约一百粒卵，用粘粘的蛛丝严严实实地裹成一个卵包。母蜘蛛整天守护着它的卵包，等待小蜘蛛出世。大约一个月后，卵包上就裂开一个小口子，小蜘蛛一只只爬出来。刚出生的小蜘蛛嫩嫩的，粉红色的身体几乎透明。这些小蜘蛛一出生就要吃东西，母蜘蛛立刻产下十几粒"食物团"。这些食物团够小蜘蛛吃三天。三天后，小蜘蛛长大了许多，开始第一次褪皮。褪皮后的小蜘蛛食量大增，需要更多的食物。母蜘蛛无法找到这么多食物给儿女吃，怎么办？令人惊心动魄的一幕出现了。

母蜘蛛先用蛛丝把小蜘蛛聚拢在一起，然后趴在小蜘蛛上面。饥饿的小蜘蛛躁动着，争先恐后地爬到母亲的身上，开始还有点犹豫，不知哪只小蜘蛛先下口咬起母亲来。母亲的皮一破，其他兄弟姐妹闻到血腥味，也纷纷咬起母亲来。一会儿，母亲的身体就被儿女爬满了，每一个儿女都有一根尖锐的吸管，上百根吸管刺穿母亲的表皮，插到它的体内。

母蜘蛛痛苦地摇头伸腿，但它始终不挪动身体，更不伤害自己的儿女。它任由一百个儿女吮吸自己体内的汁液，一次又一次把它们喂饱。母蜘蛛的身体，够小蜘蛛吃四天。四天后，小蜘蛛又长大了许多，而母亲已经被吃光，化成了儿女的粪便。母蜘蛛不但用自己的身体喂饱儿女，更重要的是，它用自身的汁液唤醒了儿女的捕猎天性。母蜘蛛心甘情愿地充当儿女的第一个猎物，儿女在吃母亲的过程中学会了捕猎。

只有学会捕猎，小蜘蛛才能在恶劣的环境中生存下去。从出生后第八天起，小蜘蛛没有母亲喂养了，开始独立谋生。它们四散到丛林里，吐丝织网，捕食昆虫。长大后，女儿也像母亲一样，生儿育女，用自己的身体喂养孩子。

理解父母的无私与付出

52 米高台上的母爱

她给电视台栏目组写信，前前后后共写了 16 封。她说，她想参加蹦极比赛，一定要参加！电视台的工作人员被她打动了，可还是客气地一一回绝。她的条件，离参赛要求太远。

她又将电话打进去，一次又一次，第 21 次时，电视台的人终于不再忍心拒绝她。可那却并不代表他们不会担忧。51 岁，他们的节目播出史上年纪最大的参赛选手，一位看上去弱不禁风的老妈妈，却要同那些一二十岁的年轻人一样，挑战身体与心理的极限。

2009 年 2 月 15 日，湖南卫视《勇往直前》节目现场，她一出现，围观者一片哗然。走路都已略显蹒跚的她，在工作人员的帮助下，一点点向 52 米的高度靠近。大家听到了她的气喘，也明显看到随着高度的增加，她的双腿在打颤。"阿姨，如果现在您后悔，要求退赛，还来得及！"热心的主持人一遍又一遍地提醒她。她长长吁了一口气，坚定地向着 52 米高台的边缘走去……

"孩子，你看看妈妈，已替你站在高台上了，妈妈去替你完成心愿，孩子，你听到了吗？"那近乎凄怆又满怀热切的呼喊，是她站在高台边缘时冲着流云和风喊的。眼泪淌满了她的脸。奇迹，也在那一刻发生。千里之外的病房里，电视机前面的病床上，那位昏睡了一千多个日夜的年轻女孩，她听到了妈妈的呼唤。她的眼睑微动，继而又费了好大的力，试图努力去睁开……她的喉咙里发出"咕嘟"声，两行清清的泪，缓缓地顺着她的脸颊流下。

女孩叫青果，是高台上那位老妈妈最心爱的女儿。三年前，青果还是命运的宠儿，18 岁的花样年华，就拿到了让人无比羡慕的出国护照。她成了去澳大利亚的公费留学生。可那场意外，来得太让人措不及手。就在青果出国前夕，一场车祸夺走了那个家庭所有的幸福。经过一番抢救，青果的命保住了，却意外地把自己的过往全部丢失。她患了癫痫性失忆症。面对与自己朝夕相处的妈妈，她一遍又一遍无助地问："你是谁？为什么会在我家里?" 曾经聪明乖巧的女儿不见了。她不得不逼着自己接受这个残酷的现实。从零开始，翻找与女儿生活的点点滴滴，不断启发她，可面对她一遍又一遍耐心的提示，女儿眼里仍一片茫然，直到那个人的出现。

那天，女儿同往常一样坐在电视机前，电视中播出的是一档挑战极限的蹦极运动，当那个年轻的小伙子从高台上大声呼喊着"妈妈，我来了"，继而像一只小鸟一样从高空飞下来时，沉默多日的女儿忽然兴奋了："妈妈，我想起来了，我知道他在做什么。"也就是从那天起，她才知道，去高台上挑战自己，一直是女儿心底的愿望。

就这样她开始关注这项运动，她买了好多关于蹦极的片子，一遍遍陪着女儿看，期待命运之神再次垂青。可她的梦很快被现实打碎。女儿再次发病，之后不能看电视，也不能同她讲话。无论她趴在女儿的床边，呢喃上千万声"宝贝"，沉睡的女儿都不回应。可她不愿放弃，她试了所有办法，却毫无效果。

去蹦极，便成了她为赢回女儿的一个赌注。年龄太大，身体状况也不符，心脏不好，血压也高，还有致命的恐高症，更没有时间去接受严格的赛前训练，她就那么赤手空拳地要求上阵，16 封信，21 通电话，她终于如愿以偿，站在了高台上。

这段比赛背后的故事，让现场的观众动容，一颗颗心也紧绷起来。"只要孩子能醒，就算搭上老命，我也愿意!"主持人最后一次询问是否退赛，她已蒙上眼罩，勇敢地走向高台的边缘。

"一、二、三……"随着主持人的计数，比赛现场却出现了让所有人意外的一幕。随着那声"三"字的尘埃落定，她忽然轻轻地向后倒下去……竟是主持人故意将她轻轻推倒在地的。节目的最后，主持人含着眼泪说："我们不想让这位伟大的母亲去冒险，因为我们相信，就算她没有跳下去，她的女儿，包括我们所有的人，也已感受到了那份 52 米高台上的母爱!"

学不会"我"字的母亲

驱车从千里之外的省城赶回老家。"我母亲得了什么病? 严重吗?"杨帆急切地问主治大夫。大夫看看他说："胃癌晚期。老人的时间不多了……"他顿时泪如泉涌。

出了诊所，杨帆立即用手机通知副手，从今天起由他全权负责公司事务。杨帆要在母亲最后的日子里陪伴在母亲身边。

父亲早逝，为拉扯他们兄妹四个长大，母亲受尽了千辛万苦。母亲的腹痛是从两年前开始的，杨帆兄妹曾多次要带母亲到省城医院检查，每次母亲都说："不就是肚子痛吗，检查个啥，吃点药就好了，妈可没那么娇气！"母亲总是这样，生怕拖累儿女，生怕影响儿女们的工作。

杨帆开始守在母亲的病床边。母亲每天都要忍受病痛的折磨。杨帆想方设法转移母亲的注意力，减轻母亲的痛苦。他跟母亲聊天儿，给母亲讲一些有趣的事情，用单放机让母亲听戏……有一天，陪母亲闲聊时，母亲忽然笑道："你兄妹四个都读了大学，你妹妹还到美国读了博士。可妈连自己的名字都不认得，竟然也过了一辈子。想想真是好笑……"杨帆脑海里立刻跳出一个念头，就对母亲说："妈，我现在教你认字写字吧！"妈笑了："教我认字？我都快进棺材的人了，还能学会？"

"你能，妈。认字写字很简单的。"杨帆就找出一张报纸，教母亲认字……他手指着一则新闻标题上的一个字，读："大。"母亲微笑着念："大。"他手指着另一个字："小。"母亲微笑着念："小。"病房里所有的人都向这一对母子投来了惊讶、羡慕和赞许的目光。

隔了几天，杨帆还专门买了一个生字本，一枝铅笔，手把手地教母亲写字。母亲写的字歪歪斜斜，可是看起来很祥和，很温馨。当然，母亲每天最多只能学会几个最简单的字。可是母亲饶有兴趣地让杨帆教她写他们兄妹四人的名字，写那几个字时，都是满脸灿烂的笑容，不像一个身染绝症的人了。

一个月后的一个深夜，母亲突然走了。那个深夜，杨帆太累了，趴在母亲的床边打了个盹儿，醒来时，母亲已悄然走了。母亲是面带微笑走的。母亲靠在床边，左手拿着生字本，右手握着铅笔。泪眼朦胧的杨帆看到，母亲的生字本上歪歪斜斜地写着这样一些汉字：杨帆杨剑杨静杨玲爱你们。"爱"字前边，母亲涂了好几个黑疙瘩，就是没有学会写"我"字。

理解父母的苦心与艰辛

妈妈墙

这是一个爱心激荡的故事。年轻的妈妈吉娜用自己的真情真心联盟了来自世界各地的妈妈，做了一道牢固的"妈妈墙"——"世界年轻妈妈联盟"。她们无私地帮助危难和疾苦的妈妈。而这一切，都得益于同一个人，她就是世界魔法妈妈——罗琳。

1999 年夏天，家住纽约州北部的 8 岁小女孩凯蒂·霍克，最大的愿望是连续跳绳能突破 100 下，正当她全力朝这个目标冲刺时，她长期背痛的原因查清楚了：她的肾上长了肿瘤。

凯蒂的父母一下子被巨大的灾难击得晕头转向，事情比他们想象的还要严重，凯蒂的病情根本无法控制，癌细胞迅速扩散，短短的时间内，凯蒂作了七次化疗，肺部做了三次手术，肝部做了一次手术。

对于这些连大人都无法忍受的痛苦，凯蒂却从来没有感到过畏

哈利·波特的"母亲"罗琳

惧。她的快乐感染了身边的每一个人，以至于给她做手术的医生，都觉得眼前躺着的，简直就是一个可爱的小精灵。凯蒂之所以这么勇敢，是因为心里珍藏着一位勇敢的朋友，他就是小魔法师哈利·波特。

凯蒂第一次手术后，她的妈妈吉娜为了帮病床上的女儿打发时间，减轻病痛，开始给女儿朗读《哈利·波特》系列故事的第一本。凯蒂立即为书中的那位名叫哈利·波特的小男孩深深吸引住了。那个可怜的男孩生下来就失去了父母，但他会巫术，会骑飞天扫帚，并总能打败比他强大的可怕敌人。妈妈读完第一本，她央求她赶紧去买第二本第三本，第三本读完后，凯蒂意犹未尽，但是这个系列故事的第四本书还没出来。吉娜告诉女儿说，书的作者正在写第四个故事。

病痛中的凯蒂开始充满期待，她经常独自与哈利·波特对话，她学着小男孩的语气对自己说，"要么你勇敢地走进到处是巨型蜘蛛的森林，要么止步不前；要么你忍受屈辱，要么选择逃避；要么坚信希望，要么向恐惧投降。"

从这年的夏天一直到2000年1月，在从纽约州北部出发向纽约市行进的列车上，总有一个身穿红色斗篷，额头上印着一道闪电，手里拿着魔杖，戴着黑色大眼镜的小女孩。她就是凯蒂，每次到纽约的医院去做治疗的时候，她都会把自己打扮成这样。从这样的装扮里，她似乎获得了战胜病魔的神奇力量，觉得自己就是哈利·波特的化身。

2000年1月以后，在用尽了各种治疗方法后，凯蒂被送回家里。医生估计她已经不太可能活到《哈利·波特》系列的第四本书问世了。凯蒂越来越虚弱，甚至不能下床去窗边看一下街景。在相当长的时间里，陪伴她的只有放在床头的《哈利·波特》的三本故事书。她最渴望的第四部书一直没有出来。

吉娜万分悲痛，但是孩子的勇敢深深震撼了她，她告诉自己绝不应该是一个只会流泪的母亲，而应该是一个在灾难里能顽强地将笑脸献给孩子的坚强母亲。她决定尽一切努力，让女儿快乐地度完最后的时光，她试着给大西洋彼岸的《哈利·波特》的作者——罗琳发去了一封电子邮件，细说女儿的处境以及她的愿望，询问她新书还需要多长时间可以出版。

邮件发出后没多久，有一天，一个邮差来到凯蒂家门前，给凯蒂送来了大大小小好几个邮包，寄件人通通都是罗琳。吉娜兴奋地将女儿抱到院子里，和她一起坐在草坪上一个接一个地拆那些神秘的邮包：它们是一只制成了标本的猫头鹰，一只玩具格林猫，一把飞天扫帚……等到邮包拆完时，她们的草坪几乎变成了"斜角巷"的魔法集市。

同时，吉娜的邮箱"飞"来两封电子邮件，一封写给凯蒂，一封写给吉娜。给凯蒂的信是这样说的："我是一只从霍华格兹魔法学院飞来的猫头鹰，专门来探望可爱的学员凯蒂。哈利·波特要我告诉你，在第四个故事里他遇到了更为强大的对手，但'生活总有烦恼，我们必须面对'，因为他在新的战斗里总能找到新的友谊和勇气……"

给吉娜的信则是这样的："我跟你一样有个女儿，她在襁褓中时就被剥夺了父爱，在街边咖啡馆的摇篮里寂寞地睡着长大，我就坐在离她一英尺的地方却不能给她唱歌讲故事，因为我要写作，要去赚面包和牛奶。我总对她讲'等妈妈写完这一章就陪你讲话'……我想说的是，生活总有苦难，作为母亲，忍受的苦难更多，可是孩子总能赋予我们超乎寻常的勇气。我在努力写第四本，我将尽快将它送到凯蒂眼前……"信的末尾署名为——关爱你们的罗琳。

事实上，吉娜的信是罗琳收到的许多信中的一封。这个和女儿一起住在爱丁堡的作家，当时还是单身母亲。前三部书的出版彻底地改变了她的生活，让她从没有暖气的斗室搬到豪宅，从一个默默无名的小学老师变成了比英国女王还要富有的女人，但是所有这一切没有改变她作为一个母亲的平常心。《哈利·波特》在全世界200多个国家用50多种语言，发行了2亿册，每天都有各种各样的问题飞到她的邮箱里，她总会采取非常私人化的方式和真正需要她的孩子交流，同样，她也以母亲的胸怀深深关注起吉娜母女。

半边钱

"我连假钱都没有一张。"爹说。吃饭时，爹不是忘了扒饭，就是忘了咽，眼睛睁得圆鼓鼓的，仿佛老僧入定，傻愣愣地坐着。"魂掉了。"妈心疼地说。

"在这边住茅草屋，去那边也住茅草屋算了！"突然，爹说，像是自言自语，又像是和妈商量，但那语气又不像是在和谁商量。说完，扔下筷子，放下碗，径自出去。

我知道，爹准备卖掉为自己精心打造多年的寿方。在我们土家族聚居的大深山里，做寿方是和婚嫁一样重要的事情，老人们常满脸严肃地对后生小子们叮嘱："宁可生时无房，不可死时无方（棺材）。"山寨人一生最大也是最后的希望，便是有一副好寿方。

爹的寿方因为木料好，做工好，油漆好，在方圆几十里数第一。听说爹要卖，穷的富的都争着要买。当天下午，一位穷得叮当响的本房叔叔以1500元的高价买走了爹的寿方——爹最后的归宿。"不反悔？"叔叔又一次喜滋滋地问。"不反悔。"爹咬着牙说。

当我离家上学时，加上叮当作响的十来个硬币和写给别人的两三张欠条，竟有"巨款"4500元！另外，三亲六戚这个10元，那个20元，学费算勉强凑齐了。爹送我，一瘸一瘸的——在悬崖烧炭摔的。

四天过后，到了千里之外的南京，报了到。于是，爹厚厚的"鞋垫"变薄了。他脱下鞋，摸出剩钱，挑没人的地方数了三遍，326元零3分，他全给了我。我老蜷在床上，像只冬眠的动物。生活费还差一大截儿，大学还有四年，我没心思闲逛。

八月的南京，三四十度。爹和我挤在窄窄的单人床上，我不知什么时候睡着了，又好像一整夜都没睡着。当我睁开眼睛时，天已大亮，爹早已出去了。

中午爹才回来。尽管满头大汗，脸上却没有一点血色。"给，生活费。"推推躺在床上的我，爹递给我一叠百元纸币。我困惑地看着他。"今早在街上遇到一个打工的老乡，问他借的。""给你六百，我留了二百块路费。我现在去买车票，下午回去。"爹说完，又一瘸一瘸地、笨拙地出去了。

他刚走，下铺的同学便问我："你爸有什么病？我清早在医院里碰见了他。"我明白了：父亲在卖血！下午，我默默地跟在爹后面送他上车。买了车票，他身上仅剩下三十块。列车缓缓启动了。这时爹从上衣袋中摸出一张皱皱巴巴的十块钱，递给站在窗边的我。我不接。爹将眼一瞪："拿着！"

我慌忙伸手去拿。就在我刚捏着钱的一瞬间，列车长吼一声，向前疾驰而去。我只感到手头一松，钱被撕成了两半！一半在我手中，另一半随父亲渐渐远去。望着手中污渍斑斑的半截儿钱，我的泪水夺眶而出。

仅过了半个月，我便收到爹的来信，信中精心包着那半截儿钱，只有一句话："粘后用。"

爸爸送米

爸从乡下来，坐了一天的车，送来一袋米。爸说："这是今年的新米，带给你们尝尝。"妻笑着说："谢谢爸爸。"

晚饭是用爸带来的新米煮的。"哇，真香！"妻对爸说："这米比我们买的好吃。"爸开心的笑了："咱自个种的，还能孬？"

晚上，妻对我说："爸也真是的，从大老远来，为的是送一袋米。"我说："这是爸的一番心意。"妻感动的说："爸真好。"

一个月以后，爸又来了，坐了一天的车，又送来一袋米，爸说："我在电视上看到城里竟然有人卖有毒大米，还是家乡米放心。"妻说："爸，我们吃的是大超市买的米，人家有信誉保证呢。"爸憨憨的笑了。

妻把我拉进厨房，说："你跟爸说说，往后别送米了，来回车费四五十块，爸也不算算，这么一折腾，米都什么价了。我们刚刚贷款买了房子，爸也不想着替我们把钱省着。"我笑着说："你以为爸和你一样是学经济管理，懂得成本核算啊。"吃饭时，我对爸说："您往后

罗中立的《父亲》

理解父母的苦心与艰辛

别送米了，吃不完没地方放。"爸不作声，埋头扒饭。妻挤眉弄眼地朝我笑。

第二袋米还没吃完，爸又来了。坐了一天的车，送来一大袋米，比上次那袋多出了一半。

妻不高兴了，在厨房里一个劲地埋怨我。爸正在客厅看电视，自个儿乐。我把爸叫到里屋，说："跟您商量件事，您往后就别送米了，行不？大老远的，花车费不说，人也折腾的累，不值。"爸脸上漾着的笑没了，一脸难色。他说："你不晓得，老家隔壁，你李婶的儿子，每次开车回去接她到城里，李婶总要问我啥时再到城里玩，我说：'我儿子早跟我说了，只是我舍不得丢下那块地。秋收了，闲了，再找理由说不过去，我寻思着还真得来，可我不能空手啊，车费不能白花，乡下没稀罕东西，带来米免得你们买。儿啊，你的话爸懂，爸晓得你们的难处，爸这次回去，可以跟你李婶说城里我都去了三遭，我都玩腻了。只是爸没想到会闹得你们不开心。"爸低着头，那神情就像犯了错误不知所措的孩子。我心里发酸，一阵沉默。爸突然抬头说："儿呀，其实，爸是真的想你们哪。"爸的声音哽咽了。

晚上，我给妻讲老家的邻居李婶，讲老爸的经济学观点，讲老爸的眼泪。妻哭了，搂着我，轻轻地说："我们把爸接来吧，虽然现在家里有些难处。"

父亲的心事

一年之前，我开始和他冷战，不称呼他父亲，不和他说话，他成了我最鄙夷的人。在这之前的17年，我一直以为他是一个好丈夫、好父亲。

母亲工作忙，他包揽了家里所有的体力活，母亲的汽车都是他来擦洗和保养，母亲累时他帮她捏肩，有时候连洗脚水都给她准备好，我的家长会从来都是他参加，有时候连衣服都是他帮我买。姥姥家的人却不是那么喜欢他，或者是因为母亲是学校当年的校花，而他穿了内增高鞋垫才和母亲一般高，或者是他不像别人家的丈夫那样精干，而是只能每月拿回固定的工资，家里的奢侈品和绝大部分的花销都是优秀的母亲凭着自己的能力挣来的。可是，我和母亲知道他是一个好男人，这足够了。

我一直以为日子可以这样幸福地过下去，可是，一年前，由于他，所有的事情都改变了。

时值年末，母亲正为单位的年终工作忙得焦头烂额，日夜不能眠，而他自作主张地订了车票要母亲和他去海南旅游，母亲一直在说不去，他却那么坚持，确切地说，是我记事以来第一次那么的坚持，坚持到整夜地不睡，做母亲的工作，最终母亲跟他去了，而这一去，母亲再也没能回来。而这一切，我归咎于他。如果不是他，我怎么会失去了亲爱的妈妈。当然，这些还不足以让我像个仇人一样恨他。

我以为这么多年的恩爱夫妻，母亲去世后，他会无比地痛苦或者心疼。可是，我看不到他的痛哭和内疚，反而看到他以超常的热情去争取母亲事故后的赔偿金，他跟肇事者去交涉，并且两天便处理完了，领到了赔偿金。母亲的遗体只在太平间里呆了 51 个小时便被火化了，有朋友给他出主意，让他晚些处理，这样还可以向事故方多争取一些赔偿，他却犹豫着说："每天的冰冻费用要二百多块。"这句话让我开始恨他，即使他在夜里跑到母亲的遗体旁跪着哭泣，我也把这些看作是虚伪的造作。

母亲的葬礼，他操办得简单至极。

我拿出母亲最爱的一枚钻戒想埋在母亲身边，他思忖了半天，最终拿去装在自己的衣兜里。我在母亲的灵堂旁握紧了拳头，为母亲百般地不值。她若是知道自己嫁了这么多年的男人是这样的嘴脸，九泉之下该是怎样的凄楚，而他这样的一个动作，把我对他最后的情分也弄丢了。

实际上，这次事故之后，母亲的家人全都和他断了来往，小城里知道这事情的人都把这个叫做刘湘强的人称为刘想钱。心里的感觉由厌恶成了愤恨。我退了学，喝酒、打架，他在夜半找到我的时候，我要么是醉得一塌糊涂，要么是伤痕累累地睡在马路上。

他总是沉默着把我带回家，给我擦洗伤口，煮蜂蜜水，我醒来时便看到他的眼光，有着祈求还有着无法掩饰的愧疚，我为自己能带给他这样的折磨而觉得安慰。

他终于决定要和我好好地谈一次。他说："你的母亲一直希望你成为一个优秀的孩子，为了她，你也不能这样自暴自弃。"这是母亲去世后，他第一次在我面前提起她。我冷冷地望着他，不知道他在为了那些赔偿金草草地处理了母亲的后事之后，有什么样的资格来对我说这样的话。他絮絮叨叨地说着，眼里竟然还有了泪花，他说："不管你理解不理解，我都是为了你和这个家。"

我不理解，也不能理解，但是他的话也触动了我，是的，母亲一直希望我能成为一个优秀的孩子，为了母亲，我也要振作起来。我再没有像以前那样叛逆，我凭借自己的努力找了一个工厂，踏踏实实地在车间里开始干起，半年的时间便从工人干到了带班班长，我的话依然很少，听到别人偶尔提到他的名字时我依然很窘迫，然后把这些窘迫的情绪带回家，跟他大吵大闹。

即使我如此，也没有人同情他，他们反而觉得我是个仁义的孩子，只有奶奶袒护他，说我不懂事，甚至搬出古训来教育我，她说："'子欲养而亲不待'是这世界上最悲哀的事情，你那么对待他会后悔的。"我斩钉截铁地说："不会。"确实不会，他生了病，整夜地咳嗽，开始我还有一丝丝的担心，后来习惯了便开始烦他的咳嗽声。

直到有一天早上，他忘记关卫生间的门，我进去洗脸，发现他手里的纸巾上面有醒目的血块，我才知道他病得很厉害。我心里一紧，到底这世界上我最亲近的人只剩了他，我还没有修成他那样的狠心，于是装作漫不经心地说："去医院查查身体吧。"他一连声地答应着，竟然很开心的样子。

又一个冬天来了，他的身体一天比一天糟糕，我看到他吃大把的药，却不见有效果，他总是咳，咳得仿佛用尽了全身的气力，咳得脸一天天黑下去，身体瘦了一大圈。我开始讨厌起这个冬天来，怎么这样长，他老也不见好起来。

第二天，正在上晚班，门卫说有人找我，跑出去看，是母亲的领导，他说："我早上在医院看到你父亲了，思量再三，我必须要告诉你一件事情。你一定很恨你的父亲，但是，别人有任何的理由鄙夷他，唯独你不可以。年末的时候，你母亲不是因为工作忙着急，而是她挪用了公司大量的现款去炒股，亏空了近50万，即将年末审计，你母亲为此慌了手脚，而你父亲根本不是约了你的母亲去旅游，而是同她一起去找亲戚借这笔钱，没想到却出了车祸，而公司的审计部门那儿天已经开展了工作。当初，你父亲着急取回死亡赔偿款，是因为要把亏空归还给我们公司。

"你的父亲不是没有计算过，缓些时日处理你母亲的丧事，可是，如果能早些拿到钱还给公司，你母亲的名誉就不会受损，可一旦时间拖长了，她亏空公款的事就会曝光。他爱她，所以，不希望她死后还背上这样的罪名，于是，他选择了拿不多的赔偿金，并草草地办了丧事，甚至卖了你母亲最爱的钻石项链，填补了她的亏空，这一切都是我帮他办的。其实，他说过要我为他保守这个秘密一辈子，可是，医生说他已经到了肺癌晚期。对于这样的好人，让他背负着你对他的恨离开这个世界，我不忍心。"

这个消息像炸雷一样在我耳边炸裂开来，我没来得及换下工作服便朝着家里疯了一样地跑。我回去的时候，他还在床上躺着，看我回来，着急地起床要给我做饭，我叫了声"爸爸"，在他面前直直地跪了下去，他想扶我起来，因为用了力，又开始咳，每一声，都咳在了我的心坎上。

我终于明白，母亲为什么会对这样平凡的父亲情有独钟，因为他才是真正的男人，隐忍而厚重，他给我们的爱宽厚如山，又似溪流，润物而无声。

父亲在流汗

在我童年的记忆里，有那么一位不同寻常的男孩儿。他很少与我们玩乐，只顾着安静思考问题。老师曾悄悄告诉我们，他患有严重的自闭症。当然，我不清楚自闭症是什么病，只是恍惚明白，那是一种不爱说话的毛病。

不过，他的成绩一直很优异，这点，不得不让我们心生叹服。每次考试过后，母亲总是会拿着惨白的成绩单，碎碎地指着他的名字唠叨："这是谁家的孩子？真是懂事，老是考第一！"每每听到此话，我都忍不住暗自愤慨，到底谁才是她的孩子？

由此，我与他结下了莫名的仇怨。我以为，这只是我一人的想法，后来在一次坏学生联盟中，我才发现，原来在这个小小的校园内，他竟无缘无故地结下了那么多仇家。

我们盘算着，要好好报复他一下。当然。我们是很有计划性的。譬如，在行动之前，派人好好地打探了一下他的家庭背景。万一，他的父亲或是母亲就在学校教书的话，我们便不敢轻举妄动了。排除这个可能的话，计划就可顺利进行。

调查结果显示，不详。没有人知道他的父母是做什么的，位于何处，这给了我们一个很大的潜在的威胁。没有人愿意做带头羊。这个原本轰轰烈烈的报复计划，就这般悄无声息地无疾而终了。很多天后，老师布置了一项任务——上交最让你感动的一句话。

很多人从书上抄了。我清楚地记得，自己用精美的作业本，从《全国优秀作文选》上工工整整地抄了一大段。他没有抄，看得出来。他交的是张纸条。几乎每个同学都因他纸条上的内容疯狂发笑。他说："我的父亲在流汗。"

我站在讲台上，晃悠着他的纸条说："我们大家都来改一个吧，你改个我的父亲在小便！我改个我的父亲在要饭！哈哈，押韵又工整。"最后，意想不到的事儿发生了，一向性格温和、寡言少语的他，第一次发了火。教室里，鸦雀无声。他穿过走道，将已被众人扯碎的纸片拾起来，一言不发。我永远记得那个忧伤的神情，像一朵在春天凋零的山花。

那段不知所云的话，竟然得了最高分！几乎所有人都愤怒了，为老师的不公而呐喊。他没有做任何解释。老师亦没有。

很多个日夜后，我从一所三流大学毕业，因苦苦找不到工作，不得不跟随舅舅到工地干苦力。汗流浃背的生活让我对童年的悠闲无比怀念。我时刻追忆年幼的时光。

烈日下，搬着砖块，舅舅说，小弟老是不吃早餐，给他的零花钱也舍不得用。舅妈每次洗衣服，都能从他的口袋里搜出叠放齐整的钱来。我问："干吗不吃，这可不是一个好习惯啊！舅舅你得督促他，他现在正是长身体的时候呢！"

岂料，他却哽咽了，说小弟说了，他挣钱不容易，花着心疼。顿时，在一旁搅拌砂浆的我，想起了多年前的那个仇家那句：我的父亲在流汗。

想想，当时调查不详的他的父亲，大概与我同一职业吧？也只有这类职业，才能刻骨铭心地让小弟、让他早早懂得生活的艰辛。懂得时刻怀想那位正在天地间为你无怨无悔、默默流汗的老父亲。

一瓶茅台酒

父亲从乡下进城来看孙子，午饭间，我拎出一瓶珍藏多年的茅台酒和他对饮了几杯。半瓶酒下肚，父亲脸放红光，话也多了起来："嘿嘿……老家你四叔的三小子在省城当官了，也没见你四叔喝过茅台酒……哼！俺儿子当教师咋啦，俺也喝过茅台酒了……"父亲在城里只玩了三天，硬是放心不下老家90多岁的老奶奶，说个"回去"立马起身。临走时，妻子将那天没喝完的半瓶茅台酒也塞进了父亲的提包里。

父亲生日那天，我买了瓶茅台携妻带子回了老家。那天，父亲不仅请来了村支书、村电工、学校校长等乡村"名流"，还特意将远房四叔也请了过来。开席后，父亲笨拙地将那瓶茅台酒打开"咚"地戳在桌面上："这是俺小子孝敬的茅台酒，咱别心疼他花多少钱，今个儿老少爷们儿都开开荤

茅台酒

吧……"父亲满面红光端着大号酒杯轮圈敬酒。当敬到四叔时，我分明看到四叔的眼里涌出了几颗混浊的老泪。

送走客人妻子收拾"残局"时，随手将那个空茅台瓶扔了出去。不一会儿，父亲又乐颠颠地将它抱了回来，用新毛巾擦干净轻轻地摆放到屋里正堂的桌子上。我问母亲留那个空瓶子有什么用，母亲微笑着撇了撇嘴角：

"哼！跟个小孩子似的……上回从你那里带回来的那瓶茅台酒跟你四叔喝完后瓶子找不见了，硬说是我弄丢的……别理他，让他臭显摆去吧。"啊！我明白了，父亲这是拿茅台酒瓶在众乡亲面前为他的"孝子"挣面子呀！

五一假期回老家时我又给父亲带了瓶茅台酒。到家后我刚拿出那瓶酒，父亲的脸上便晴转阴天。我疑惑地向母亲看去，母亲佯做怒状："年轻轻的不会过日子……你爹是心疼你瞎花钱了。快收起来吧，等回去后给人家退了。"说话间四叔进屋了，他听说我回来了，邀我和父亲去他家吃饭哩。迈进四叔正屋，发现他桌上也摆着一瓶茅台酒，我会心地笑了笑。怪不得父亲要把个茅台酒瓶摆到正堂桌子上，原来他是有意与四叔比"阔"斗"气"呢。四婶将饭菜端上桌，父亲看着那瓶茅台酒眉头一挑："三小子捎来的吧，咱俩先整两口尝尝？"父亲的话没落地，四叔慌乱地抢过话头："啊！不！不……"父亲瞪了他一眼："哼！小三在城里当官你还在乎这瓶酒……"说话间从桌上将酒抓了过来，没费劲就打开了，每人满了一杯。不等四叔劝，端起来就是一大口，随即"噗"地又吐了出来："……这是什么酒？白水似的……"四叔尴尬地摇摇头叹声气喃喃而语："……这空瓶子还是我从你那里拿回来的呢……唉！俺都是为了给那混小子撑面子呀……"

第二天早晨，父亲从提包里抽出那瓶茅台酒塞到我怀里："去，给你四叔送去吧，老人为了孩子，心思都是一样。"

进城的父亲

父亲好不容易进了一回城，我陪他看过高楼大厦，又打的去了一处风景区。

下车时，父亲看见我给司机20元，就说："坐一次车，为什么要花这么多钱？"我说："不多，这是比较便宜的。"父亲嘟囔说："还不多？20元要买一堆鸡蛋呢。"

说着，我去买门票，父亲问："又要多少钱？"门票100元一张，我怕父亲心疼，忙说："每人50元。"父亲惊叫起来："两担稻谷又飞了。"我说："门票都买好了，还是进去吧。"

从风景区出来，父亲无论如何不肯坐车，他要和我走回去。从这里到家，最少也有 10 千米，不但累人，还耽误时间。我叫了一辆的士，父亲有些生气，径直走了。我问司机多少钱，他说，最少要 25 元。我把钱递过去，说："等一会儿，你就说只要 2.5 元。"司机问为什么。我说："我父亲刚从乡下来，心疼钱，死活不肯坐车。"司机愣了一下，说："好吧。"

我坐上车，一会儿就赶上父亲，司机停下来，我叫父亲上车，他却要我下车。司机说："大叔，您快上来吧，我是顺路捎你们的，只收 2.5 元。"父亲这才上车，一个劲地谢司机。一路上，司机跟我父亲说着话，把我们送到家门口，他还先下去打开车门。

等我父亲进了家门，司机把我叫到旁边，将那 25 元还给我，说："你拿去买一瓶酒给大伯喝吧。"我惊奇地问："你为什么不要钱？"司机说："你的父亲太像我的父亲了，进城后，他也是，心疼钱，不肯坐出租车。"我问："你父亲还好吧？"司机说："他走路回家时，出了车祸，后来我就买了车。"他的眼里噙满泪水，默默地开车走了。

训练小狮子

她常回忆起八岁以前的日子：风吹得轻轻的，花开得漫漫的，天蓝得像大海。妈妈给她梳漂亮的小辫子，辫梢上扎蝴蝶结，大红、粉紫、鹅黄。给她穿漂亮的裙，裙摆上镶一圈白色的滚边儿，还有鞋头上缀着花朵的红皮鞋。妈妈带她去动物园，看猴子爬树，给鸟喂食。妈妈给她讲童话故事，讲公主一睁开眼睛，就看到王子了。她问妈妈：

狮 子

"我也是公主吗？"妈妈答："是的，你是妈妈的小公主。"

可是有一天，她睁开眼睛，一切全变了样。妈妈一脸严肃地对她说："从现在开始，你是大孩子了，要学着做事。"妈妈给她端来一个小脸盆，脸盆里，泡着她换下来的衣裳。妈妈说："自己的衣裳，以后要自己洗。"

正是大冬天，水冰凉彻骨，她瑟缩着小手，不肯伸到水里。妈妈在一边，毫不留情地把她的小手，按到水里面。

妈妈也不再给她梳漂亮的小辫子了，而是让她自己胡乱地用皮筋扎成一束，蓬松着。她去学校，别的小朋友都笑她，叫她小刺猬。她回家对妈妈哭，妈妈只淡淡说了一句："慢慢就会梳好了。"

她不再有金色童年。所有的空余，都被妈妈逼着做事，洗衣、扫地、做饭，甚至去买菜。第一次去买菜，她攥着妈妈给的钱，胆怯地站在菜市场门口。她看到别的孩子，牵着妈妈的手，一蹦一跳地走过，那么的快乐。她小小的心，在那一刻，涨满疼痛。她想，我肯定不是妈妈亲生的。

她回去问妈妈，妈妈没有说是，也没有说不是。只是埋头挑拣着她买回来的菜，说："买黄瓜，要买有刺的，有刺的才新鲜，明白吗？"她流着泪点头，第一次懂得了悲凉的滋味。她心里对自己说："我要快快长大，长大了去找亲妈妈。

几个月的时间，她学会了烧饭、炒菜、洗衣裳。她也学会，一分钱一分钱地算账，能辨认出，哪些蔬菜不新鲜。她还学会了钉钮扣。

一天，妈妈对她说，妈妈要出趟远门。妈妈说这话时，表情淡淡的。她点了一下头，转身跑开。等她放学回家，果然不见了妈妈。她自己给自己梳漂亮的小辫子，自己做饭给自己吃，日子一如寻常。偶尔地，她也会想一想妈妈，只觉得很遥远。

再后来的一天，妈妈成了照片上的一个人。大家告诉她，妈妈得病死了。她听了，木木的，并不觉得特别难过。

半年后，父亲再娶。继母对她不好，几乎不怎么过问她的事。这对她影响不大，基本的生存本领，她早已学会，她自己把自己打理得很好。如岩缝中的一棵小草，一路顽强地长大。

她是在看电视里的《动物世界》时，流下热泪的，那个时候，她已嫁得好夫婿，日子安稳。动物世界中，一头母狮子拼命踢咬一头小狮子，直到它奔跑起来为止。她就在那会儿，想起妈妈，当年，妈妈重病在身，不得不硬起心肠对她，原是要让她，迅速成为一头奔跑的小狮子，好让她在漫漫人生路上，能够很好地活下来。

鼓励的力量

第一次参加家长会，幼儿园的老师说："你的儿子有多动症，在板凳上连三分钟都坐不了，你最好带他去医院看一看。"回家的路上，儿子问妈妈，老师都说了些什么，她鼻子一酸，差点流下泪来。因为全班30位小朋友，只有她的儿子表现最差；惟有对他，老师表现出不屑。然而她还是告诉她的儿了："老师表扬你了，说宝宝原来在板凳上坐不了一分钟，现在能坐三分钟了。其他的妈妈都非常羡慕你的妈妈，因为全班只有宝宝进步了。"那天晚上，她儿子破天荒吃了两碗米饭，并且没让她喂。

儿子上小学了。家长会上，老师说："全班50名同学，这次数学考试，你儿子排在第40名，我们怀疑他智力上有些障碍，你最好能带他去医院查一查。"走出教室，她流下了泪。然而，当她回到家里，却对坐在桌前的儿子说："老师对你充满了信心。他说了，你并不是个笨孩子，只要能细心些，会超过你的同桌，这次你的同桌排在第21名。"说这话时，她发现，儿子黯淡的眼神一下子充满了光亮，沮丧的脸也一下子舒展开来。她甚至发现，从这以后，儿子温顺得让她吃惊，好象长大了许多。第二天上学时，去得比平时都要早。

孩子上了初中，又一次家长会。她坐在儿子的座位上，等着老师点她儿子的名字，因为每次家长会，她儿子的名字总是在差生的行列中被点到。然而，这次却出乎她的预料，直到家长会结束，都没听到他儿子的名字。她有些不习惯，临别去问老师，老师告诉她："按你儿子现在的成绩，考重点高中有点危险。"听了这话，她惊喜地走出校门，此时，她发现儿子在等她。走在路上，她扶着儿子的肩膀，心里有一种说不出的甜蜜，她告诉儿子："班主任对你非常满意，他说了，只要你努力，很有希望考上重点高中。"

理解父母的苦心与艰辛

高中毕业了。第一批大学录取通知书下达时，学校打电话让她儿子到学校去一趟。她有一种预感，她儿子被第一批重点大学录取了，因为在报考时，她对儿子说过，相信他能考取重点大学。儿子从学校回来，把一封印有清华大学招生办公室的特快专递交到她的手里，突然，就转身跑到自己的房间里大哭起来，儿子边哭边说："妈妈，我知道我不是个聪明的孩子，可是，这个世界上只有你能欣赏我……"听了这话，妈妈悲喜交集，再也按捺不住十几年来凝聚在心中的泪水，任它流下，打在手中的信封上……

珍贵的补丁

大款陈攀郊游时遭遇了车祸。好在事故不大，只是划破了表皮。将撞坏的车送到修理厂后，他忽然想到，父母的家就在附近，他已经很久没有回家看望过父母了。

于是，陈攀回了一趟家，住了一夜。第二天走时，他接过母亲递过的西装，发现衣服上面破损的地方已经被母亲密密的针脚缝好了。他有些感动，又有些不以为然——他有的是钱，这衣服他回去就要扔掉了。

但陈攀工作太忙，回去后就把这件事给忘了，穿着那件补丁衣服在各种场所穿梭，还谈成了一笔久拖未决的大业务。一直忙到晚上，他想起身上穿的是件破衣服，就脱了下来，扔进了垃圾桶。

第二天早上，陈攀家里来了两个警察。原来，昨天晚上，另一个大款被绑架了，绑匪当晚就被抓获了。审讯绑匪时，他们供认说，他们原来是想绑架陈攀的，所以警察今天来提醒陈攀注意。

陈攀吃了一惊，问警察："那他们为什么没有绑架我呢？""因为你西装上的补丁。"警察说，绑匪看到你西装上的补丁，推想你不像传说中那么有钱，因为有钱人不可能穿打补丁的西装。

陈攀一时感慨万千，没想到一个意外的补丁，竟然救了他。

上午，他昨天谈成的那笔业务正式签字，客户问他："你昨天穿的那件打了补丁的西装今天怎么没穿？"他不好意思地说："换下洗了。"大客户拍着他的肩膀说:"你可能不知道吧,我们能跟你签约,都是因为你身上的补丁——从小小的补丁上我们可以看出来,你是个艰苦朴素的人,而一个艰苦朴素的人,无疑是最好的合作伙伴!"

陈攀回到家,从垃圾桶里翻出那件补丁西装,抚摸着密密的针脚,像个孩子一样哭了。

林肯的阶梯

一个 1 周岁左右的小男孩,被年轻的妈妈牵着小手来到公园的广场前,要上有十几个阶梯的台阶了。小男孩却挣脱开妈妈的手,他要自己爬上去。他用胖胖的小手向上爬,他的妈妈也没有抱他上去的意思。当爬上两个台阶时,他就感到台阶很高,回头瞅一眼妈妈,妈妈没有伸手去扶他的意思,只是眼睛里充满了慈爱和鼓励。小男孩又抬头向上瞅了瞅,他放弃了让妈妈抱的想法,还是手脚并用小心地向上爬。他爬得很吃力,小屁股抬得老高,小脸蛋也累得通红,那身娃娃服也被弄得都是土,小手也脏乎乎的,但他最终爬上去了。年轻的妈妈这才上前拍拍儿子身上的土,在那通红的小脸蛋上亲了一口。

这个小男孩,就是后来成为美国第 16 届总统的林肯。他的母亲便是南希·汉克斯。

林肯的父亲是个农民,家境极为贫穷。林肯断断续续地接受正规教育的时间,加起来还不足 1 年。但林肯从小就养成了热爱知识、追求学问、善良正直和不畏艰难的好品质。他买不起纸和笔,就用木炭在木板上写字,用小木棍在地上练字。他抓紧一切时间看书学习,练习讲演。林肯失过业,做过工人,当过律师。他从 29 岁起,开始竞选议员和总统,前后尝试过 11 次,失败过 9 次。在他 51 岁那年,他终于问鼎白宫,并取得了辉煌的业绩,被马克思称之为"全世界的一位英雄"。母亲南希在林肯 9 岁那年不幸病故。但毫无疑问,她用坚强而伟大的母爱抚养了林肯,使他勇敢而坚定地走向未来。

父亲的扶持

剑当初读大学时所选择的专业本来是热门专业，岂知世事难料，等他完成四年学业选择工作时，所学的专业已变成"冷门"。他参加了很多现场招聘会，投递了几十份求职自荐信，但都无甚收获。要命的是，毕业前他在学校勤工俭学挣的几百元钱除为应聘买的一双皮鞋和付房租外，身上只剩下最后十元钱了，这十元钱怎么也要撑到第二天。他将去参加某公司最后一轮复试，去那里需转两趟公交车，来去车费四元，中午他决定改善一下伙食，吃一个五元的盒饭。如果这次还未被用人单位录取，他决定用剩下的最后一枚硬币给家里去一封信，然后从这个城市消失……

回到黑暗逼仄的出租屋，他发现亮着昏暗的灯光。房东说他父亲从家乡来看他了。桌上放着一盘他特爱吃的辣椒炒风吹肉，还有两茶杯香香的家乡米酒。父亲苍老了许多，从怀里掏出一个陶瓷猪储钱罐，上面红红绿绿的漆已经斑驳。剑回忆起来，这是小时生日姑姑送他的礼物。里面一分两分、一角两角地积攒着他不少童年的梦。没想到十几年了，父亲还如此完好无损地保留着它！

"伢崽，听房东讲你还没找到工作，房租也欠了一个月。现在大学毕业生多，竞争激烈，你的专业也不对口，还是现实一些好，不要眼高手低！"父亲咽了口水又说，"我已经为你续交了一个月房租。另外，这只储钱罐你留着，在没有找到工作之前，兴许有点帮助！"

父亲次日早饭没吃就走了。他撬开那只储钱罐，倒出来，发现全是一元的硬币和纸币，共有一百多元，这足以让他对付十天半月的了。让他诧异的是房东告诉他，他父亲替他续交的房租也全是一元的硬币和纸币！

他记住了父亲的话。第二天面试时，招聘方问他愿不愿意从基层业务干起，他毫不犹豫答应了。

三伏天，他背着沉甸甸的产品宣传资料和样品走街串巷，常被晒得口舌冒烟，同时受到不少人的白眼。一个炎热的下午，经过一商厦时，他发现一老叔在向行人兜售一种冰镇中药凉茶，凉茶用装豆浆的那种一次性封闭纸杯装着，放在隔热的冰棒箱里，一元钱一杯，买的人不少。剑掏出一元硬币递给老叔，老叔将汗漉漉的脸抬起时，剑惊呆了：他正是自己的父亲，那双手和额头已被晒得像非洲人一样，他几乎认不出来了！原来父亲为了让他能在这个城市立下足来，一直在这个炎热的夏天一元一元地支撑着他。

爸爸的手提箱

10岁那年的夏天，我和几个女伴决定去露营。这对过着清贫生活的家人来说，可是件大事。出发前那天晚上，为露营准备的所有东西都摊放在家里的大桌子上，一家人突然意识到还缺一样非常重要的东西——手提箱。爸爸说，我可以用他那只手提箱。当年爸爸从北加利福尼亚州的老家到俄勒冈州上学，就是这只手提箱一路相伴。

爸爸到地下室搜寻了一番，回来时手里拎着一个手提箱，破旧不堪，而且变了形。爸爸说，它曾让汽车辗过一次，不过"还能用。"看到这只手提箱，我沮丧极了。我伙伴们的箱子都很漂亮。我闷闷不乐，一声不吭。合上手提箱后，我才发现，上面的弹簧坏了。"这怎么办？"爸爸瞧着眼前这只不争气的手提箱说，"找一根结实的绳子把它绑住。"我再也忍不住，终于哭了起来："我没法提着一只用绳子绑牢的箱子去露营！"等我的泪水渐渐止住后，爸爸和妈妈要我自己拿主意：要么提着这只"用绳子绑牢的箱子"去露营，要么呆在家里。"就当自己是有钱人家的女儿，别太在意就是了"。爸爸安慰我。

第二天一早，我手里提着那只用绳子绑住的箱子去露营了。

日子一天天过去，我逐渐淡忘了那只用绳子绑住的手提箱。多年后的一天，爸爸意外地从家乡打电话告诉我：一位州参议员的车子在他工作的那家汽车经销店放了一阵子。爸爸开着那辆车去机场接那位参议员的妻子，之后那位议员的妻子驾车将爸爸送回经销店。

爸爸笑着继续说："那位参议员的妻子随身带着一只手提箱，很旧的那种，而且锁坏了，是用根绳子绑住的！"

理解父母的苦心与艰辛

小时候有关那只手提箱的记忆一下子浮现在脑海中。"噢，是这样，爸爸，"我喉咙有些哽咽，"人家有钱，不会在意的！"一件小事情，竟然让父亲挂记了这么多年，父亲是多么在乎我的感受啊。可见当年他实在是没办法。我对自己儿时的任性深感惭愧，此刻，我才真正了解父母对我的爱有多深！

关于手提箱的故事，它总提醒我，我用不着把自己想象成富人家的女儿，因为有爸爸妈妈的爱，我们这些孩子就总是富足的——即使手里拎着的是一只用绳子绑住的手提箱。

6元钱买下爱

公司规模扩大后，他就很少回家看望母亲。想起来时，就打个电话，跟母亲说上几句话，大多数时候，都是匆匆忙忙的。甚至有时候，母亲话还没说完，他这边就因为处理手头上的事情，把电话掐断了。

他不知道，电话那头的母亲，握着电话线的手僵着，然后微笑着摇摇头，叹了口气。

那个夏天，他乘飞机回家办事，正好回趟家看望母亲。回到家也没别的事，主要是陪母亲看看电视、聊聊天。

第二天，母亲说："咱俩去买鸡蛋吧！"他一听就笑了。在公司里，他是大经理，有专门的秘书与司机。但他点点头说："好。"

随母亲出了门。母亲说："去吉运超市。"他问："附近不是有家超市吗？"母亲眨眨眼，有些得意，说："吉运超市的鸡蛋便宜，一斤三块二，附近的这家要三块四。"他咋了咋舌。

走到路边，正准备抬手打车，母亲说："坐12路车吧。"他问："为什么坐12路？"母亲说："12路车是吉运超市的专用车，免费，坐别的公交车，还要花两块钱。"他又笑了。

坐上12路大客车。车上差不多都是些老头老太太，跟母亲很熟了，听说他是陪母亲买鸡蛋的，都用暖暖的眼神看着他，好像他是大家的儿子。他的心里，也暖暖的。

买了 10 斤鸡蛋。母亲拉着他在超市的休息椅坐着，说："我们在这里等一小时。"他惊讶地问："一小时？"母亲点点头说："下趟 12 路车回来，还得一小时。"他急得火苗在心里"噌"地蹿起，但还是忍了，用耐性将火苗熄灭。

母亲跟他东拉西扯，说起他上学时的一些事。一小时的时间，过得倒也不算太慢。终于坐上 12 路。下了车，他拎着鸡蛋，嘘出一口气。母亲看起来格外高兴，扳着手指算，1 斤鸡蛋省两毛钱，10 斤鸡蛋省两块钱，来回的车费，两人省四块钱，加起来共省六块钱。

他脑子里也迅速计算，从出门到现在，共用了四小时，四小时的时间，在公司里，他可以创造出上万元的价值。他在心里叹了一下。

快到家时，走过一个水果摊，母亲用六元钱买下一个大西瓜。回到家，西瓜切开，露出鲜红的瓜瓤。他早就渴了，拿起一块，迫不及待地吃起来。西瓜甜极了，他吃得"呼噜呼噜"的，像小猪一样。好久没有这样痛快地吃水果了。一抬头，母亲正看着他，眼睛有些潮湿，脸上却是极大的满足与疼爱。他的心，像琴弦被拨动了一下。这样的场景，似曾相识。

小时候，家里非常穷，他又馋得很。他常常在傍晚，偷偷去捡别人吃剩的西瓜皮，拿到河水里冲一下，便贪婪地啃起来。母亲知道了，用了三个晚上编织草绳，又用编草绳挣的钱给他买西瓜，然后看着他小猪一样吃着。

他怔怔地看着母亲，将满嘴西瓜咽下。那一刻，他忽然理解了母亲。艰难时，母亲靠着勤劳与节俭，供他上学，将他养大；富足时，勤俭作为母亲的生活方式，依然能带给她满足与幸福。而现在，富足的他却换不来时间陪母亲说一会儿话，母亲用这四个小时换来的，是与儿子共同相处的时光！

他的脸上露出笑容，庆幸今天终于耐住性子陪母亲省下六元钱。这六元钱，跟自己在公司创造的上万元相比，是等价的。因为，许多时候，时间与金钱就该为爱而存在。

两元钱的力量

男孩自小便是问题少年，在家父亲打，在校老师罚。

父亲时常用"肉蒲扇"扇他嘴巴，左右开弓，直打得他鼻血飞溅，脸肿得像馒头，才罢手。母亲也不管，只是悄悄流泪。但第二天，他照样该怎么着还是怎么着。

有一次，父亲盛怒之下将他抡起来，扔了出去，他闪避不及，头撞在了天花板上，也是从那次起，他落下了流鼻血的毛病。他由此发现了一个有趣的现象：只要轻轻一敲打鼻梁，鼻血就像得到指令似的，狂奔而出。从此，每当老师罚他，他就会趁老师不注意，轻叩鼻梁，老师一看他流鼻血，就慌了神，马上不罚了。每当父亲打他的时候，他也如法炮制，体罚每次都是见血即止，他屡试不爽，从此学会了欺骗。

当体罚成为家常便饭，体罚便一点用处也没有了。他变本加厉，常常极为熟练地掏父母挂在衣架上的衣服口袋里的钱，几十块到几百块，他连眼都不眨。他学会了偷。

直到有一天，他因父亲的一句话而改变。那天，父亲出远门，下了车站到家还得坐一趟公车。为了省两元钱，父亲步行几十里走了回来。

父亲一进门，累垮一般，一边躺下，一边对母亲说："为了心疼两块钱，我步行回来的。"他已成惯偷，又忍不住把手伸进爸爸挂在墙上的外套口袋。但翻来翻去，只翻出两张一元的纸币。那纸币已揉得快烂了，黑黑的，很脏。

平时，他偷了钱喜欢去玩网络游戏，或买爆米花什么的。但那天，他在街上逛了好几圈，始终不忍心将那两元钱花出去。

"为了心疼两块钱，我步行回来的。"父亲的话不断在他脑中回响，触动了他心中最柔软的一处，父亲的不易，自己的可耻。他第一次为自己的行为产生了不安、内疚和痛苦。最后他像逃跑一样地跑回家，将手心中碳块般的两元钱重新放进父亲的衣袋里。

后来，他一次又一次地将偷来的钱重新放回到父母的口袋中。反复几次后，他终于找回了内心善良的自己，再也没有将手伸到任何不该到达的地方。

男孩后来虽然没能飞黄腾达，但一直做着中规中矩的一介良民，而他的改变，不是源自什么拳棒的领教，而仅仅是源自两元钱的教育！

盲女后来看到的

多年以前，一位40岁的母亲带着失明的女儿沿街乞讨。母亲教女儿用手指感触野花的嫩瓣和成旋的春草，帮女儿把大自然的色彩系扎在胡琴的顶端，一路唱去，唱到又一个冬天里的春节。

她们躲在一间废弃的草房中看别人过年。有善良的人送来饺子，但是不多。母亲端给女儿说："妞儿，吃饺子吧。""妈，您吃。""妈这儿还有一大海碗呢！"女儿看不见，但是女儿信任母亲，母亲从来没骗过她。所以她吃得心安，吃得香甜。

女儿没听到母亲吃饺子的声音，就问了，母亲说："我就吃。"然后细致地出声地咀嚼着女儿剩下的一点饺子汤。

多年以后，女儿被一位业余剧团发现，团长收留了她们母女。不久母亲因长期的生活磨难而病入膏肓。临终前一天，女儿摸索着为母亲包了一碗三鲜馅的饺子，母亲大口地一连吃了十个半，微弱而肯定地称赞女儿："包得好，真好吃！"女儿留下了这碗饺子。第三天，孤独的女儿重新将那饺子摸索出来，体味着那碗边上母亲遗留的手温，然后慢慢地吃起来，但是女儿发现：饺子放盐太多，咸得没法吃。女儿失明的眼里流下了泪水。

给树浇水的父亲

一个小男孩，从小得了脊髓灰质炎，腿瘫了，这个病还导致他长了一口参差不齐的牙齿，很不好看，所以这孩子从小就备受冷落。小伙伴们都觉得他又瘫又不好看，就都不跟他在一起玩。

有一天，他的父亲拿了一把小树苗回来，跟他的多个儿女说，你们一

理解父母的苦心与艰辛

个人拿一棵树苗去种，看谁的树种得最好，我就给他买礼物。

这个小男孩跟他的哥哥姐姐一起拿了树苗种下去。这个孩子呢，由于老受冷落，就有一种自暴自弃的心态。他给那棵树苗浇了一两回水以后，心里就有一种很消极的想法。他想，我不管了，还不如让我那棵树早早死了吧，我反正是不受人喜欢的孩子，我再想要礼物，也不会得到它的。他就再也不给那棵树浇水了。

可是，后来他却发现，他那棵树就是长得比别人的好。那棵树长得特别快，树叶长得特别鲜亮。这是一棵特别苗壮的小树。父亲不断地对他说："天啊，儿

美国总统富兰克林·罗斯福铜像

子，你长大会成为一个植物学家的。你真是天才，你的树怎么这么好呢?"

过了一段时间，父亲说："大家都看见了，在这些树苗中，只有这个孩子种得最好，我的礼物得买给他。"于是父亲给这个小男孩买了一个他特别喜欢的礼物。

后来，这孩子不断受到鼓励，他就想，这是天意。有一天半夜，他睡不着觉，心想，书上说植物都是在半夜生长，我去给我的树再浇点水吧。

他跑出来的时候，惊讶地发现，他父亲在那棵树边正一勺一勺浇水呢。他突然明白，他的父亲每天夜里都在悄悄地为他浇着这棵小树。这棵小树就是父亲在他心里种下的一个意识，让这个孩子自信起来。

看见这一幕以后，这个孩子的生命态度就改变了。后来，他没有成为植物学家，而是成了美国总统。他就是富兰克林·罗斯福。

跪下，叫一声娘

国庆节学校放假 7 天，热恋中的女友忽然提出来，要和我一起回一趟老家，见一见我的父母，我顿时变得惶恐不安。

从踏上列车的那一刻起，我就下定决心，要告诉女友自己家庭的真实情况。看到头一次出远门的她是那样的意趣盎然，又不忍心扫了她的兴致。

经过一夜颠簸，火车停靠在古城邯郸。我们又转乘汽车，坐了将近 6 个小时，才回到我的家乡，一个偏远的山区小城。此时，灰头土脸的女友已经累极了，靠在我身上，勉强笑了笑，问："咱们到家了吧？"我不敢看她的眼睛，嗫嚅着："不，还要转车。"女友很奇怪："你的父母不是在县委工作吗？""可是……可是……"我的脸烫得厉害："他们都住在乡下。""那上下班多不方便呀！"单纯的女孩没有多想，说："不过，这样也好，乡下空气新鲜，我还没去过乡下呢。"

我有些苦涩地叹了口气，拉着她，上了一辆开往乡下的破旧的公交车。车上已经坐了不少人，但迟迟没有开走的意思，在零乱肮脏的车站里很慢地兜圈儿。女友百无聊赖，不停地左顾右盼着，忽然一个女人的声音引起了她的注意——"报纸杂志，谁看报纸杂志……"

"喂，有《当代青年》吗？"女友推开窗，向外喊。"有，有。"那个中年妇女急忙向这边跑。她满脸油汗，皮肤黑红，一身沾满灰尘的衣服已辨不出本来的颜色。我立刻惊叫一声"啊……"旋即弯下腰，用手遮住脸，躲在女友的背后。

女友挑出一份《当代青年》，从车窗里递出去钱，但中年妇女却不接，她脸上堆满了卑微的笑，说："5 元一份。""可是，这本书的定价是 4.5 元。""姑娘，我在车站里卖书，是要交管理费的。"

中年妇女的嗓门很大，而且沙哑，这对于有着良好家教的女友来说，无疑是种不可忍受的噪音。她厌恶嘟囔了一句"无商不奸"，正要掏钱，两个穿制服的年轻人走了过来，嘴里骂骂咧咧地，边往外推搡那个中年妇女边说:"你这个月的管理费还没交呢,谁让你又来了?"

我稍稍抬起头,向外张望,只见中年妇女脸上的笑容更加卑微了,她不停地向那个和他儿子差不多大的年轻人鞠着躬,赔着不是,解释说:"月底我一定把管理费补齐,您知道吗?我儿子在外面读大学,学费很高,最近又交了一个女朋友……说出来你们怕是不信,你们别看我臭婆子不怎么样,可我未来的儿媳妇却是大学校长的女儿哩!"

"就你这样子,还能有个上大学的儿子,还想娶大学校长的女儿当儿媳妇?"两个年轻人放肆地大声笑着,顺手推了中年妇女一把,她猝不及防,一下子跌倒了,头碰在水泥台阶上,顿时流出了鲜血。两个年轻人毫不在意,用嘲讽的目光看着地上呻吟的中年妇女,甚至想把她拖出去,以免挡了别人的路。

"住手!"我忽然站起来,忽然大吼,我喊得那么响,车站里所有的人都吃了一惊,包括我的女友,他们都呆呆地望着我,傻了一般。

我跳下车,冲过去,推开两个年轻人,搀起那个中年妇女。我站在车站的台阶上,声音不高但是很有力地说:"是的,她只是个乡下妇女,很穷。她没有钱,却有超出常人的自尊,她甚至连自己的名字都不会写,但她却培养出一个上了名牌大学的儿子……"说到这里,我眼眶一热,猛地转过身,扑通一声跪在中年妇女面前,泪流满面地、声嘶力竭地、撕心裂肺地,喊了一声:"娘!——"

后来,女友在我家住了三天。三天里,我、女友、爹,都没有什么话。娘躲了出去,不愿见我的女友。我知道,尊贵的、城里来的准儿媳第一次上门,却遇上了这种事,娘心里不安。第四天,女友没打招呼,独自一人回城。爹给她的红包,她没有要,放在枕头边。那里是1万元钱,二老让我们毕业后结婚用的。

回到学校后,我没再去找过她,她也没再找过我。偶尔见了面,也只是互看一眼,淡淡的。我想,她是不会原谅我,我也不会。我欺骗了她,也欺骗了自己的良心,我亵渎了我们的感情,也亵渎了自己的娘亲。

可是没想到,毕业后,女友最终还是回到了我身边。我们一直没有再谈那件事,好像什么也没有发生过。直到新婚之夜,我问她为什么可以原谅我，她才平静地说：　"只为你在那种场合下能够跪下来，叫她一声娘……"

让儿子自己洗衣服

"你已经7岁了，要学着自己洗衣服，"母亲没有接儿子递过的脏衣服，"你是小男子汉了，要自立！"

"我们班上的小朋友都是他们妈妈洗的衣服，"儿子噘嘴说，"为什么你不给我洗衣服？"

"因为你已经是一个小男子汉了！"母亲依然没有接。"哼！"儿子气愤地把衣服扔在地板上。"我洗吧！"父亲拾起儿子的衣服。"不，"母亲将衣服从父亲手里拿过来，并放在沙发上，"让他自己洗！"

洗衣服的孩子们

儿子的衣服每脏一件，就让母亲给他洗一次。每次，母亲总拒绝给他洗衣服，也不让父亲给他洗衣服，一次又一次要他自己动手去洗。而他依然气愤地把衣服甩在地板上，这时，母亲总是心平气和地从地板上拾起放在沙发上。

沙发上的脏衣服越来越多，儿子的干净衣服越来越少。直到有一天，儿子将所有的衣服都穿脏了。

"妈妈，给我洗洗衣服吧！"儿子眼巴巴地望着母亲，"好妈妈，给我洗洗吧！"

"孩子，"母亲双手轻轻地摩挲着他圆圆的脑袋，"你已经是一个小男子汉了，要学会自立！懂吗？"

"我洗吧！"父亲将双手伸向沙发上的脏衣服。"不，"母亲阻止了父亲的双手，"让他自己洗！"母亲将一盆清水端到儿子面前，并将一袋洗衣粉放在他面前，满眼柔情地望着他。

儿子撅着嘴将洗衣粉胡乱地倒入脸盆中，又胡乱地搅了几下，然后把衣服放在水中，泪水顺着儿子胖乎乎的小脸滑落下来，一阵手忙脚乱过后，他将衣服从水中捞出。洗过几次后，脸盆中的水依然很黑。这时，母亲从儿子手里接过衣服，挂在衣架上。等儿子洗完衣服后，母亲微笑着在他布满泪痕的脸蛋上轻轻地吻了一下："儿子长大了！"

第二天早上，儿子发现自己洗的衣服竟然非常干净。母亲笑吟吟地对父亲说："看咱儿子多乖！看咱儿子洗的衣服多干净！"

从此，儿子所有的衣服都是自己洗，而且一次比一次干净。儿子在学校经常对小伙伴们说："看，我自己洗的衣服！多么干净！我自立了！"

一天深夜，儿子起来去卫生间。他发现卫生间里的灯亮着，而且有洗衣服的声音传来。他轻轻地走进卫生间：原来母亲在洗衣服！而且洗的正是今天自己刚刚洗过的衣服！

一位父亲的公开信

贴在南京某大学公告栏上的一封父亲给大学儿子的信，引发了社会各界和大学师生的广泛关注和讨论。

亲爱的儿子：

尽管你伤透了我的心，但你终究是我的儿子。虽然，自从你考上大学，成为我们家几代里出的唯一一个大学生之后，心里已分不清咱俩谁是谁的儿子了。从扛着行李陪你去大学报到，到挂蚊帐缝被子买饭菜票甚至给你挤牙膏，这一切，在你看来是天经地义的，你甚至感觉你这个不争气的老爸给你这位争气的大学生儿子服务，是一件特沾光特荣耀的事。

的确，你考上大学，你爸妈确实为你骄傲。虽然现今的大学生也不一定能找到工作，但这毕竟是你爸妈几十年的梦想。我们那阵，上大学不是凭本事考的，要看手上的茧子和出身成分，有些人还要用贞操和人格去换。

这也就是我们以你为荣的原因。然而，你的骄傲却是不可理喻的。在你读大学的第一学期，我们收到过你的 3 封信，加起来比一份电报长不了多少，言简意赅、主题鲜明，通篇字迹潦草，只一个"钱"字特别工整而且清晰。你说你学习很忙，没时间写信，但同院里你高中时代的女同学，却能收到你洋洋洒洒几十页的信，而且每周一封。每次从收发室门口过，我和你妈看着你熟悉的字，却不能认领。那种痛苦是怎样的，你知道吗？

后来，随着你读二年级，这种痛苦煎熬逐渐少了，据你那位高中同学说，是因为你谈恋爱了。其实，她不说我们也知道，从你一封接一封的催款信上我们能感受到，言辞之急迫、语调之恳切，让人感觉你今后毕业大可以去当个优秀的讨债人。

当时，正值你妈下岗，而你爸微薄的工资，显然不够你出入卡拉 OK 酒吧餐厅。在这样的状况下，你不仅没有半句安慰，居然破天荒来了一封长信，大谈别人的老爸老妈如何大方。你给我和你妈心上戳了重重一刀，还撒了一把盐。最令我伤心的是，今年暑假，你居然偷改入学收费通知，虚报学费。这之前，我在报纸上已看到这种事情。没想你也同时看到这则新闻，一时间相见恨晚，及时娴熟地运用这一招，来对付生你养你爱你疼你的父亲母亲。虽然，得知真相后我并没发作，但从开学到今天，两个月里，我一想到这事就痛苦，就失眠。这已经成为一种心病，病根就是你——亲手抚养大却又倍感陌生的大学生儿子。不知在大学里，你除了增加文化知识和社交阅历之外，还能否长一丁点儿善良的心？

一位辛酸的父亲。

上了"发条"的母亲

像中国大多数母亲一样，陈玉蓉的个人信息乏善可陈。一家媒体描绘了她的生活：居住在武汉一个堤坝底下的农村，家境普通，丈夫在做杂工；她 55 岁，身材不高，脸上已有了皱纹和生活所赐的忧愁。

在过去的 7 个月里，这位母亲花上大部分时间用来走路，每天 10 千米。她希望借此减肥，但并不是为了她的身材，而是为了拯救自己的儿子。31

理解父母的苦心与艰辛

岁的儿子正等待她捐出一只肝脏来救治某种先天性的疾病，前提是，捐献人陈玉蓉必须首先治愈自己的脂肪肝。

这是一个寻常的悲苦故事，日日发生在我们周围。在陈玉蓉的故事里，她拒绝了丈夫的捐肝要求，独撑这分责任。她的理由冷静而现实：丈夫需要养家。

在经过了31年的照料和疼爱以后，这位55岁的母亲能为儿子做的已经没有更多了。于是，从7个月前的一个夜晚开始，她决心走路减肥。支持她的是一个没有太多根据的信念：这样可以对付她的重度脂肪肝。

这并不是一段艰辛的路程，事实上，这段路有点平淡和乏味。据说，有时候是凌晨，天还没亮；有时候是夜晚，需要借助微弱的灯光辨路。见到这一幕的记者描述，她"像上了发条一样"，笔直有力的快速走着。

这7个月时间，世界风云变幻，但在中国南部一条长长的堤坝上，陈玉蓉在一个狭小而单调的世界里坚持，很难引起什么注意。她只是一遍又一遍地来回走同一段路程而已。但也许在一个母亲眼里，这已经算得上全世界最重大的事了。

她瘦了16斤，并且，医生最近宣布，她的确成功了：那个妨碍她救儿子的可恶的疾病，已经不复存在。这是一个令人欣慰的结局。如今，这故事被刊登出来，并隐藏在巨大而纷繁的新闻之中。

一个平凡至此的故事，一位母亲为了儿子所能付出的一切，也许，看上去微不足道。但我们为之震撼，为一条历时7个月的漫长路途，为一颗急迫而真切的爱子之心，为一个坚忍的母亲。

我们坚持认为，每个人都应不时将目光投向如同陈玉蓉一样的故事。这样，我们可以在为生活争论或奋斗的时候，经常审视自己内心深处的平和与温暖，并藉此应对生活的种种成功和磨难。

就如同陈玉蓉那样，一位小人物、一位母亲，面对生活，她拥有每个人都值得羡慕和追求的内心力量。

理解父母的平凡与伟大

血　奶

年轻的母亲正在温馨的家里一边织着毛衣，一边用脚轻轻拨动着摇篮里年幼的孩子。

突然间地震发生了，母子一同坠入了废墟和黑暗中。万幸的是，母子都没有受伤，母亲把孩子紧紧抱在怀中，等待援救。

一天过去了，两天过去了。孩子吃尽母亲双乳里的最后的两滴奶，哭声渐渐衰弱，再不获救，孩子将被渴死饿死，先于母亲而去。

绝望中的母亲两手乱扒，企图从钢筋水泥中获取食物，她的手触到了织衣针，心中一阵狂喜：孩子有救了。

一周之后，母子俩终于重见天日，孩子安然无恙，母亲却永远闭上了眼睛，脸色苍白得很。人们惊奇地发现，母亲每个手指上方都扎了一个小孔，孩子正是靠吸吮母亲的血存活下来的。

喂奶的母亲

这是个真实的故事，发生在当年的唐山大地震中。

血色地标

东欧有对母女感情上有了裂痕，13岁的女儿一直认为是母亲的卑微地位，使她在人前抬不起头。母亲终日忙碌辛苦，也不能使女儿快乐起来。2002年2月，母亲邀女儿去阿尔卑斯山滑雪。母女俩在滑雪途中，由于缺乏经验偏离滑雪道迷路了，又遭遇了可怕的雪崩。母女俩在雪山中挣扎了两天两夜，几次看见前来搜寻她们的直升机，都因为她们身穿的是银灰色的滑雪装，而未被发现。终于，女儿因体力不支昏迷过去，醒来时发现自己躺在医院里，而母亲已不在人世了，医生告诉她，是母亲用生命救了她。原来，是母亲割断自己的动脉在雪地里爬行，用自己的鲜血染红一片白雪。直升机因此发现了她们。

孩子他爸

市里举办了一个书画展，观众络绎不绝。展览中有一幅画，画面上洪水滔天，淹没了地面，连树木也被洪水吞掉了，只留下水面上零星竖着的几根树枝：一个母亲浑身湿透，头发凌乱地贴在脸上，大水已经淹到她的腰部，她前弓着腰，努力推着一块木板，木板上坐着一个两三岁的小孩子……

看到这幅画的观众，都被画面感动了。有人感叹："好伟大的母亲啊！"有人赞扬："母爱的力量是无穷的！"还有人为母子俩祈祷："但愿苍天保佑，愿她们平安渡过灾难……"

有一个中年妇女，一直站在这幅画的前面，定定地看着画。听到别人的议论，她皱着眉头，不住地摇头："不对，不对的……"可是，没有人注意她。

这时，有个年轻的姑娘叫了起来："咦？画面的标题怎么是《孩子他爸》？不通呀！"姑娘的话引起了其他人的注意，大家一看，果然如此，也露出了疑问的神情。那中年妇女松了口气，似乎看到一线希望。又有人叫道："我发现一个问题，你们看洪水都已经盖过树叶了，怎么可能只淹到画面上这位母亲的腰部呢？"中年妇女更高兴了，带有一丝开导的语气说："对呀，怎么会这样呢！你认真想一想啊！"有人不以为然地说："树叶比较远嘛，可能远处的水深呀！"

观众们议论了几句，找不出更合理的解释，也就走开了。直到傍晚，中年妇女一直寸步不离地守在那里，现在的她和那幅画一样，孤零零地呆在一个角落，没有人愿意多看一眼。

展厅的广播响起来，画展就要结束了。这时，中年妇女像是终于下定了决心，快步走到展厅中央，挡在准备离去的观众前面，大声说道："各位先生女士，请允许我耽搁你们几分钟时间，解释一下这幅画好吗？"

观众都停住脚步，诧异地望着她。中年妇女说："我就是这幅画的作者，画面上是一个真实的故事，画面中的母亲就是我，那个孩子也就是我的儿子。"观众们顿时安静下来，静静地听着下文。

中年妇女回忆起了那个永生难忘的场景："当时，大水铺天盖地涌来，连一些房屋都被淹没了，何况是人？为什么画面上的洪水只到达我的腰部呢，因为我的下面有一个人在用肩膀驮着我，他就是我的丈夫，我孩子的父亲！我骑在丈夫的脖子上，他那样顶着我，在水底一步步地走着把我和孩子送上一个高坡，他却消失在水中，再也没有上来……现在，你们知道我为什么要把自己和孩子从画面上涂掉了吧？因为，这幅画的主角不是我们，而是孩子他爸……"

母爱无敌

张丽萍加完班回到家，发现家里黑着灯。她稍微愣了一下，才记起来，丈夫带女儿去医院看门诊了。想起女儿，张丽萍的心一阵抽搐。女儿只有18岁，却不幸染上了眼疾，眼球慢慢萎缩，最后的结局是完全失明，唯一的希望是眼球移植。

张丽萍掏出钥匙打开门，拉开灯，被眼前的景象惊呆了：家里所有的橱门都敞开着，显然是被人撬过了。天哪，给女儿准备的手术费！张丽萍冲进卧室，在床下的一个夹缝里摸索了一会儿，谢天谢地，银行卡还在。

"藏的好严实啊！"突然，一个彪形大汉闪身出来，手里握着一柄寒光闪闪的尖刀。张丽萍脸色煞白，浑身不由自主地哆嗦着："你……你……想干什么？"大汉凶相毕露："干什么？抢劫！要命的话，把银行卡交给我！""求求你，这是给我女儿看病的钱……"歹徒却不给她思考的时间："快，把银行卡扔过来！我只抢钱，不想杀人！"

张丽萍只得把银行卡丢过去。歹徒拾起银行卡，塞进衣兜里，用尖刀逼着张丽萍："把密码告诉我！别打歪主意，如果你用假密码欺骗我的话，当心你的女儿！"

张丽萍说："密码……我……我记不起来。"歹徒"劝导"说："你好好想想，你是不是记在什么地方了？""我想想，你能不能……离我远点儿？我还怕。"

歹徒看着她，觉得这个弱不禁风的女人对他不成什么威胁，于是向后退了两步。"我可能……记在一个小本子上了。我能不能找找看？"歹徒有点不耐烦了："快点！"

张丽萍站起身来，走向梳妆台，拉开一只小抽屉。歹徒紧张起来，把尖刀一挑，随时准备扑过来。张丽萍一直把抽屉拉出来，举给歹徒看。里面只有一些化妆用品，还有一个小本子。张丽萍打开小本子，一页页寻找着翻看。可是卧室太暗了，张丽萍只好吃力地把小本子举到眼前，几乎贴到脸上了。"我能不能插上台灯？"张丽萍问歹徒。歹徒点点头。张丽萍心里一阵狂喜，不动声色地把台灯的插头插到电源的插座上。只见火光一闪，啪的一声，整个屋子陷入一团漆黑。保险丝烧断了！这只没有来得及修理的短路的台灯立了大功！

"怎么回事？"歹徒被这意外的变故吓了一跳。他瞪大双眼，可是无济于事。屋外没有路灯，屋子里除了黑暗还是黑暗。"要命的话，你就别乱来！"歹徒警告着，挥舞着尖刀。

电话铃突然嘟嘟地响起来，然后是三声急促而连贯的拨号声，接着一个甜润的女声让歹徒胆战心惊：你好，这里是110报警中心……"歹徒冲着声音响起的方向一个箭步冲过去，一手挥舞着尖刀，一手摸着找到电话，用力扯断电话线。

刀子没有扎到张丽萍。歹徒倒退着想原路退到门边，却被梳妆凳绊了一下，扑通一声重重的跌倒在地。当他吼叫着爬起来时，就再也找不到方向了。屋子里一片骇人的寂静。歹徒狂躁起来，这么耗下去，形势会越来越对他不利。他用尖刀开路，试探着朝一个方向摸过去，碰到了一块布。啊，那是窗帘。他抓住窗帘，一把扯开，却大失所望，窗外依然是漆黑一团，连一丝光也没有。

"嗨！"那女人在身后叫他。他猛一转身，瞪大双眼在黑暗中搜寻那女人，正好被扑面而来的气雾杀虫剂喷了个满眼。歹徒双眼一阵刺痛，惨叫一声，忙拼命用手去揉。

卧室的房门响了一声，虽然很轻微，歹徒还是听到了。他朝着响声摸过去。门是开着的。门外就是客厅，客厅的门直通向院子，只要到了院子里，他就算逃过了这一劫。君子报仇，十年不晚！

歹徒朝客厅摸过去，却碰到了茶几。不对啊，明明记得房门就在这个方向啊。歹徒摸出打火机，嚓的一声打着火，高举起来四望。他看到了，那女人就站在不远处对他怒目而视，手里拿着暖水瓶！歹徒再想躲避，已经晚了，热水哗的一下泼向歹徒持刀的右手。歹徒手里的尖刀应声落地。黑暗中，张丽萍飞起一脚踢向尖刀，尖刀当的一声在墙上撞了一下，就不知落到什么地方了。

"大姐，银行卡我还给你，你高抬贵手放我走吧！"歹徒颤着声哀求道。"那好，你先把银行卡给我放下。往前走三步，再往左走两步，前面是电视柜，就放在那上面。"无可奈何的歹徒只好顺从，果然在那里摸到电视柜。歹徒放下银行卡，就听女人又说："现在，原路退回去。"歹徒照办，不料一脚踩进套索里。套索猛地收紧，歹徒重重地摔倒在地上。他挣扎着去解套索，却听到一声断喝："不准动！我还有一壶开水呢！乖乖躺着吧，否则把你的脑袋煮成熟鸡蛋！"

外面警笛尖厉地鸣叫着，由远而近，在附近停了下来，然后就听人声杂沓。歹徒有气无力地瘫倒在地上，心有余悸地问张丽萍："大姐，你让我死个明白，你是不是有特异功能，会夜视？"

张丽萍冷冷一笑，回答说："你错了，我不会什么夜视。从女儿的眼病确诊那一天，我就准备把我的眼球移植给她了，那以后，我就一直训练自己在黑暗中生活，现在看来，成绩还不错。"

直到被押上警车，歹徒才痛悔地想清楚：你可以欺凌一个女人，但千万不能招惹一位母亲啊。

父亲的爱

他本在一家外企供职，然而，一次意外，使他的左眼突然失明。为此，他失去了工作，到别处求职却因"形象问题"连连碰壁。"挣钱养家"的担子落在了他那"白领"妻子的肩上，天长日久，妻子开始鄙夷他的"无能"，像功臣一样对他颐指气使，居高临下。

她日渐感到他的老父亲是个负担，拖鼻涕淌眼泪让人看着恶心。为此，她不止一次跟他商量把老人送到老年公寓去，他总是不同意。有一天，他们为这件事在卧室吵了起来，妻子嚷道："那你就跟你爹过，咱们离婚！"他一把捂住妻子的嘴说："你小声点儿，当心让爸听见！"

第二天早饭时，父亲说："有件事我想跟你们商量一下，你们每天上班，孩子又上学，我一个人在家太冷清了，所以，我想到老年公寓去住，那里都是老人……"

他一惊，父亲昨晚果真听到他们争吵的内容了！"可是，爸——"他刚要说些挽留的话，妻子瞪着眼在餐桌下踩了他一脚。他只好又把

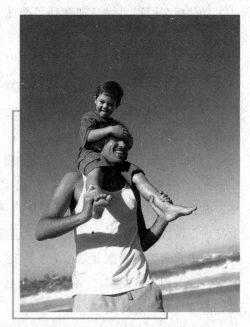

父 子

话咽了回去。

第二天，父亲就住进了老年公寓。

星期天，他带着孩子去看父亲，进门便看见父亲正和他的室友聊天。父亲一见孙子，就心肝肉地又抱又亲，还抬头问儿子工作怎么样，身体好不好……他好像被人打了一记耳光，脸上发起烧来。"你别过意不去。我在这里挺好，有吃有住还有的玩……"父亲看上去很满足，可他的眼睛却渐渐涌起一层雾来。为了让他过得安宁，父亲情愿压制自己的需要——那种被儿女关爱的需要。

几天来，他因父亲的事寝食难安。挨到星期天，又去看父亲，刚好碰到市卫生局的同志在向老人宣传无偿捐献遗体器官的意义，问他们有谁愿意捐。很多老人都在摇头，说他们这辈子最苦，要是死都不能保个全尸，太对不起自己了。这时，父亲站了起来，他问了两个问题：一是捐给自己的儿子行不行？二是趁活着捐可不可以——"我不怕疼！我也老了，捐出一个角膜生活还能自理，可我儿子还年轻呀，他为这只失明的眼睛，失去了多少求职的机会！要是能将我儿子的眼睛治好，我就是死在手术台上，心里都是甜的……"所有人都结束了谈笑风生，把震惊的目光投向老泪纵横的父亲。屋子静静的，只见父亲的嘴唇在抖，他已说不出话来。一股看不见的潮水瞬间将他裹围。他满脸泪水，迈着庄重的步伐，一步步走到父亲身边，和父亲紧紧地抱在一起。

当天，他就不顾父亲的反对，为他办好有关手续，接他回家，至于妻子，他已做好最坏的打算。临走时，父亲一脸欣慰地与室友告别。室友一把眼泪一把鼻涕地埋怨自己的儿子不孝，赞叹他父亲的福气。父亲说："别这样讲！俗话说，庄稼是别人的好，儿女是自己的亲，打断骨头连着筋。自己的儿女，再怎么都是好的。你对小辈宽容些，孩子们终究会想过来的……"说话间，父亲还用手给他将将衬衣上的皱褶，疼爱的目光像一张网，将他兜头罩下。他再次哽咽，感受如灯的父爱，在他有限的视力里放射出无限神圣的亮光。

母爱无言

这是关于两个母亲的故事。

一个发生在一位游子与母亲之间。游子探亲期满离开故乡，母亲送他去车站。在车站，儿子旅行包的拎带突然被挤断，眼看就要到发车时间，母亲急忙从身上解下裤腰带，把儿子的旅行包扎好。解裤腰带时，由于心急又用力，她把睑都涨红了。儿子一直把母亲这根裤腰带珍藏在身边，多少年来，儿子一直在想：他母亲没有裤腰带是怎样走回几里外的家的？

另一个故事则发生在一个犯人同母亲之间。探监的日子，一位来自贫困山区的老母亲，经过乘坐驴车、汽车和火车的辗转，探望服刑的儿子，在探监人五光十色的物品中，老母亲给儿子掏出用白布包着的葵花仁。服刑的儿子接过这堆葵花仁，手开始抖。她千里迢迢探望儿子，卖掉了鸡蛋和小猪崽，还要节省许多开支才凑足路费。来前，在白天的劳碌后，晚上在煤油灯下嗑瓜子。自己没有舍得吃一粒，十多斤瓜子嗑亮了许多夜晚。服刑的儿子垂着头。作为身强力壮的小伙子，正是奉养母亲的时候，他却不能。在所有探监人当中，他母亲衣着是最褴褛的。儿子"扑通"给母亲跪下，他忏悔了。

骆驼妈妈

有一个美国旅行者在非洲撒哈拉沙漠看到这样的一幕：

无人区里有一只母骆驼带着几只小骆驼一路低着头，不时地停下来闻着干燥的沙子。按照常识，美国人知道这是骆驼在找水喝。它

沙漠中的骆驼

们显然渴坏了，几只小骆驼无精打采地走着。在太阳的炙烤下，它们的眼睛血红血红的，看起来要支撑不住了。

旅行者还发现，小骆驼们紧紧地挨着骆驼妈妈，而母骆驼总是根据不同的方向驱赶孩子们走在她的阴影里。

终于，它们来到了一个半月形的泉边，它们停住了。几只小骆驼兴奋异常，打着响鼻。

可是，泉水离地面太远了，站在高处的几只小骆驼不论怎么努力也无法把嘴凑到泉水边上去。

惊人的一幕发生了。那只骆驼妈妈围着她的孩子们转了几圈，突然纵身跃人深潭……水终于涨高了，刚好能让小骆驼们喝着。

母爱不疯

23 年前，有个年轻的女子流落到我们村，蓬头垢面，见人就傻笑，且毫不避讳地当众小便。因此，村里的媳妇们常对着那女子吐口水，有的媳妇还上前踹几脚，叫她"滚远些"。可她就是不走，依然傻笑着在村里转悠。

那时，我父亲已有 35 岁。他曾在石料场子干活被机器绞断了左手，又因家穷，一直没娶媳妇。奶奶见那女子还有几分姿色，就动了心思，决定收下她给我父亲做媳妇，等她给我家续上香火后，再把她撵走。父亲虽老大不情愿，但看着家里这番光景，咬咬牙还是答应了。结果，父亲一分未花，就当了新郎。

娘生下我的时候，奶奶抱着我，瘪着没剩几颗牙的嘴欣喜地说："这疯婆娘，还给我生了个带把的孙子"。只是，我一生下来，奶奶就把我抱走了，而且从不让娘靠近。

娘一直想抱抱我，多次在奶奶面前吃力地喊："给，给我……"奶奶没理她。我那么小，像个肉嘟嘟，万一娘失手把我掉在地上怎么办？毕竟，娘是个疯子。每当娘有抱我的请求时，奶奶总瞪起眼睛训她："你别想抱孩子，我不会给你的。要是我发现你偷抱了他，我就打死你。即使不打死，我也要把你撵走。"奶奶说这话时，没有半点儿含糊的意思。娘听懂了，满

理解父母的平凡与伟大

RANGQINGSHAONIAN XUEHUI LIJIE FUMU DE 150GE GUSHI

脸的惶恐，每次只是远远地看着我。尽管娘的奶胀得厉害，可我没能吃到娘的半口奶水，是奶奶一匙一匙把我喂大的。奶奶说娘的奶水里有"神经病"，要是传染给我就麻烦了。

那时，我家依然在贫困的泥潭里挣扎。特别是添了娘和我后，家里常常揭不开锅。奶奶决定把娘撵走，因为娘不但在家吃"闲饭"，时不时还惹是生非。一天，奶奶煮了一大锅饭，亲手给娘添了一大碗，说："媳妇儿，这个家太穷了，婆婆对不起你。你吃完这碗饭，就去找个富点儿的人家过日子，以后也不准来了，啊？"娘刚扒了一大团饭在口里，听了奶奶下的"逐客令"，显得非常吃惊，一团饭就在嘴里凝滞了。娘望着奶奶怀中的我，口齿不清地哀叫："不，不要……"奶奶猛地沉下脸，拿出威严的家长作风厉声吼到："你这个疯婆娘，犟什么犟，犟下去没你的好果子吃。你本来就是到处流浪的，我收留你两年了，你还要怎么样？吃完饭就走，听到没有？"说完奶奶从门后拿出一柄锄头，像佘太君的龙头杖似地往地上重重一磕，"咚"地发出一声响。娘吓了一大跳，怯怯地看着婆婆，又慢慢低下头去看面前的饭碗，有泪水落在白花花的米饭上。

在奶奶的逼视下，娘突然有个很奇怪的举动，她将碗中的饭分了一大半给另一只空碗，然后可怜巴巴地看着奶奶。

奶奶呆了，原来，娘是向奶奶表示，每餐只吃半碗饭，只求别赶她走。奶奶的心仿佛被人狠狠揪了一把，奶奶也是女人，她的强硬态度也是装出来的。奶奶别过头，生生地将热泪憋了回去，然后重新板起了脸说："快吃快吃，吃了快走。在我家你会饿死的。"娘似乎绝望了，连那半碗饭也没吃，跟跟跄跄地出了门，却长时间站在门前不走。奶奶硬着心肠说："你走，你走，不要回头。天底下富裕人家多着呢！"娘反而走拢来，一双手伸向婆婆怀里。原来，娘想抱抱我。

奶奶忧郁了一下，还是将襁褓中的我递给了娘。娘第一次将我搂在怀里，咧开嘴笑了，笑得春风满面。奶奶却如临大敌，两手在我身下接着，生怕娘的疯劲一上来，将我像扔垃圾一样丢掉。娘抱我的时间不足三分钟，奶奶便迫不及待地将我夺了过去，然后转身进屋关上了门。

当我懵懵懂懂地晓事时，我才发现，除了我，别的小伙伴都有娘。我找父亲要，找奶奶要，他们说，你娘死了。可小伙伴却告诉我："你娘是疯子，被你奶奶赶走了。"我便找奶奶扯皮，要她还我娘，还骂她是"狼外婆"，甚至将她端给我的饭菜泼了一地。那时我还没有"疯"的概念，只知道非常想念她，她长什么样？还活着吗？没想到，在我6岁那年，离家5年的娘居然回来了。那天，几个小伙伴飞也似地跑来报信："小树，快去看，你娘回来了，你的疯娘回来了。"我喜得屁颠屁颠的，撒腿就往外跑，父亲奶奶随着我也追了出来。这是我有记忆后第一次看到娘。她还是破衣烂衫，头发上还有些枯黄的碎草末，天知道是在哪个草堆里过的夜。娘不敢进家门，却面对着我家，坐在村前稻场的石碾上，手里还拿着个脏兮兮的气球。当我和一群小伙伴站在她面前时，她急切地从我们中间搜寻她的儿子。娘终于盯住我，死死地盯住我，裂着嘴叫我："小树……球……球……"她站起来，不停地扬着手中的气球，讨好地往我怀里塞。我却一个劲儿地往后退。我大失所望，没想到我日思夜想的娘居然是这样一副形象。一个小伙伴在一旁起哄说："小树，你现在知道疯子是什么样了吧？就是你娘这样的。"

我气愤地对小伙伴说："她是你娘！你娘才是疯子，你娘才是这个样子。"我扭头就跑了。这个疯娘我不要了。奶奶和父亲却把娘领进了门。当年，奶奶撵走娘后，她的良心受到了拷问，随着一天天衰老，她的心再也硬不起来，所以主动留下了娘，而我老大不乐意，因为娘丢了我的面子。

我从没给娘好脸色看，从没跟她主动说过话，更没有喊她一声"娘"，我们之间的交流是以我"吼"为主，娘是绝不敢顶嘴的。

家里不能白养着娘，奶奶决定训练娘做些杂活。下地劳动时，奶奶就带着娘出去"观摩"，说不听话就要挨打。过了些日子，奶奶以为娘已被自己训练得差不多了，就叫娘单独出去割猪草。没想到，娘只用了半小时就割了两筐"猪草"。奶奶一看，又急又慌，娘割的是人家田里正生浆拔穗的稻谷。奶奶气急败坏的骂她"疯婆娘谷草不分……"奶奶正想着如何善后时，稻田的主人找来了，竟说是奶奶故意教唆的。奶奶火冒三丈，当着人家的面拿出根棒一下敲在娘的后腰上，说："打死你这个疯婆娘，你给老娘滚远些……"娘虽疯，疼还是知道的，她一跳一跳地躲着奶奶的棒槌，口里不停地发出"别，别……"的哀号。最后，人家看不过眼，主动说："算了，我们不追究了。以后把她看严点就是……"这场风波平息后，娘歪在地上抽泣着。我鄙夷地对她说："草和稻子都分不清，你真是个猪。"话音刚落，我的后脑勺挨了一巴掌，是奶奶打的。奶奶瞪着眼骂我："小兔崽子，你怎么说话的？再怎么着，她也是你娘啊！"我不屑地嘴一撇："我没有这样的傻疯娘！""嗬，你真是越来越不像话了。看我不打你！"奶奶又举起巴掌，这时只见娘像弹簧一样从地上跳起，横在我和奶奶中间，娘指着自己的头，"打我、打我"地叫着。我懂了，娘是叫奶奶打她，别打我。奶奶举在半空中的手颓然垂下，嘴里喃喃地说道："这个疯婆娘，心里也知道疼爱自己的孩子啊！"我上学不久，父亲被邻村一位养鱼专业户请去守鱼池，每月能赚50元。娘仍然在奶奶的带领下出门干活，主要是打猪草，她没再惹什么大的乱子。

　　记得我读小学三年级时的一个冬日，天空突然下起了雨，奶奶让娘给我送雨伞。娘可能一路摔了好几跤，浑身像个泥猴似的，她站在教室的窗户旁望着我傻笑，口里还叫："树……伞……"一些同学嘻嘻地笑，我如坐针毡，对娘恨得牙痒痒，恨她不识相，恨她给我丢人，更恨带头起哄的范嘉喜。当他还在夸张地模仿时，我抓起面前的文具合，猛地向他砸过去，却被范嘉喜躲过了，他冲上前来掐住我的脖子，我俩撕打起来。我个子小，根本不是他的对手，被他轻易压在地上。这时，只听教室外传来"嗷"的一声长啸，娘像个大侠似地飞跑进来，一把抓起范嘉喜，拖到了屋外。都说疯子力气大，真是不假。娘双手将欺负我的范嘉喜举向半空，他吓得哭爹喊娘，一双胖乎乎的小腿在空中乱踢蹬。娘毫不理会，居然将他丢到了学校门口的水塘里，然后一脸漠然地走开了。

　　娘为我闯了大祸，她却像没事似的。在我面前，娘又恢复了一副怯怯的神态，讨好地看着我。我明白这就是母爱，即使神志不清，母爱也是清醒的，因为她的儿子遭到了别人的欺负。当时我情不自禁地叫了声："娘！"这是我会说话以来第一次喊她。娘浑身一震，久久地看着我，然后像个孩子似的羞红了脸，咧了咧嘴，傻傻地笑了。那天，我们母子俩第一次共撑一把伞回家。我把这事跟奶奶说了，奶奶吓得跌倒在椅子上，连忙请人去把爸爸叫了回来。爸爸刚进屋，一群拿着刀棒的壮年男人闯进我家，不分青红皂白，先将锅碗瓢盆砸了个稀巴烂，家里像发生了九级地震。这都是范嘉喜家请来的人，范父恶狠狠地指着爸爸的鼻子说："我儿子吓出了神经病，现在卫生院躺着。你家要不拿出1000块钱的医药费，我他妈一把火烧了你家的房子。"

1000块？爸爸每月才50块钱啊！看着杀气腾腾的范家人，爸爸的眼睛慢慢烧红了，他用非常恐怖的目光盯着娘，一只手飞快地解下腰间的皮带，劈头盖脸地向娘打去。一下又一下，娘像只惶惶偷生的老鼠，又像一只跑进死胡同的猎物，无助地跳着、躲着，她发出的凄厉声以及皮带抽在她身上发出的那种清脆的声响，我一辈子都忘不了。最后还是派出所所长赶来制止了爸爸施暴的手。派出所的调解结果是，双方互有损失，两不亏欠。谁再闹就抓谁！一帮人走后，爸看看满屋狼籍的锅碗碎片，又看看伤痕累累的娘，他突然将娘搂在怀里痛哭起来，说："疯婆娘，不是我硬要打你，我要不打你，这事下不了地，咱们没钱赔人家啊。这都是家穷惹的祸！"爸又看着我说："树儿，你一定要好好读书考大学。要不，咱们就这样被人欺负一辈子啊！"我懂事地点点头。

2000年夏，我以优异成绩考上了高中。积劳成疾的奶奶不幸去世，家里的日子更难了。恩施的民政局将我家列为特困家庭，每月补助40元钱，我所在的高中也适当减免了我的学杂费，我这才得以继续读下去。

由于是住读，学习又抓得紧，我很少回家。父亲依旧在为50元打工，为我送菜的担子就责无旁贷地落在娘身上。每次总是隔壁的婶婶帮忙为我抄好咸菜，然后交给娘送来。20千米的羊肠山路亏娘牢牢地记了下来，风雨无阻。也真是奇迹，凡是为儿子做的事，娘一点儿也不疯。除了母爱，我无法解释这种现象在医学上应该怎么破译。

2003年4月27日，又是一个星期天，娘来了，不但为我送来了菜，还带来了十几个野鲜桃。我拿起一个，咬了一口，笑着问她："挺甜的，哪来的？"娘说："我……我摘的……"没想到娘还会摘野桃，我由衷地表扬她："娘，您真是越来越能干了。"娘嘿嘿地笑了。

娘临走前，我照例叮嘱她注意安全，娘哦哦地应着。送走娘，我又扎进了高考前最后的复习中。第二天，我正在上课，婶婶匆匆地赶来学校，让老师将我喊出教室。婶婶问我娘送菜来没有，我说送了，她昨天就回去了。婶婶说："没有，她到现在还没回家。"我心一紧，娘该不会走错道吧？可这条路她走了三年，照理不会错啊。婶婶问："你娘没说什么？"我说没有，她给我带了十几个野鲜桃哩。婶婶两手一拍："坏了坏了，可能就坏在这野鲜桃上。"婶婶问我请了假，我们沿着山路往回找，回家的路上确有几棵野桃树，桃树上稀稀拉拉地挂着几个桃子，因为长在峭壁上才得以保存下来。我们同时发现一棵桃树有枝丫折断的痕迹，树下是百丈深渊。婶婶看了看我说："我们到峭壁底下去看看吧！"我说："婶婶你别吓我！"婶婶不由分说，拉着我就往山谷里走……

娘静静地躺在谷底，周边是一些散落的桃子，她手里还紧紧攥着一个，身上的血早就凝固成了沉重的黑色。我悲痛得五脏俱裂，紧紧地抱住娘，说："娘啊，我的苦命娘啊，儿悔不该说这桃子甜啊，是儿子要了你的命……娘啊，您活着没享一天福啊……"我将头贴在娘冰凉的脸上，哭得漫山遍野的石头都陪着我落泪……

2003年8月7日，在娘下葬后的第100天，湖北大学烫金的录取通知书穿过娘所走过的路，穿过那几株野桃树，穿过村前的稻场，径直"飞"进了我的家门。我把这份迟到的书信插在娘冷寂的坟头："娘，儿出息了，您听到了吗？您可以含笑九泉了！"

鳝鱼护子

中国古代，有一位名叫周豫的读书人，有个朋友送了生猛海鲜给这位叫周豫的读书人，正是他最嗜吃的鳝鱼，刚巧这一天闲来无事，周豫一时技痒，便想亲自动手，试试自己久未展露的手艺，好好地将这些朋友送来的鳝鱼，煮上一锅清炖鳝鱼汤来尝尝。

鳝 鱼

周豫将鱼放入锅中，只见那些鳝鱼仍自由自在地在锅子里游着，在锅子底下用小火缓缓加热，水温逐渐变高，鳝鱼在锅中丝毫未觉水温的变化，慢慢地就会被煮熟了，这就是周豫过人的厨艺所在。据说，用这方式煮熟的鳝鱼，因为不会经历被杀的过程，没有挣扎所以它的肉质也就不会紧绷，相对地口感自然好上许多。

随着那一锅汤慢慢煮沸了，周豫将锅盖掀起来看看，却发现了一个奇特的现象，锅中有一条鳝鱼的身体竟然向上弓起，只留头部跟尾巴在煮沸的汤水之中；这条身体弓起的鳝鱼，整个腹部都向上弯了起来，露出在沸汤之外，一直到它死了，身体犹然保持弯起的形状而不倒下。

周豫看到这种情形，心中感到十分好奇，便立刻将这条形状奇特的鳝鱼捞出汤中，取了一把刀来，将鳝鱼弯起的腹部剖开来，想要看个清楚，它究竟是为何，需要如此辛苦地将腹部弯起。在剖开的鳝鱼腹中，周豫惊奇地发现，那里面竟藏着满满的卵子，数目之多，难以计算。

原来这条母鳝鱼为了保护肚子里的众多卵子，情愿将自己的头尾浸入沸汤之中，直至死亡；护子心切而将腹部弯起，得以避开滚热的汤水。周豫看到这一幕，呆呆地不知在原地站了多久，泪水不自禁地潸潸流个不停，寻思鳝鱼犹舍命护子，自己对母亲，却仍于孝道有亏；周豫感慨之余，发誓终身不再吃鳝鱼，并对母亲加倍地尊敬与孝顺。

母子神灵

在皖中庐江县名镇——罗河镇，这里有全国知名的非物质文化遗产——母子陵，中华母子陵文化旅游便是人们度假旅游的最佳选择。

母子文化起源于北宋、发展于元明、鼎盛在清朝，延续至今，已经形成独特的体系。千百年来，民间自发维系着母子香火的兴盛。母子坟（内有母子不腐真身）、母子碑林、母子亭和母子庙全面展现了圣地的壮丽辉煌，显示其厚重的历史积淀，折射出母子文化的深刻内涵及强大的生命力。现代文化与历史文化浑然一体，交相辉映。无愧于全国20多万母子信众的朝圣和八方游客的旅游胜地。

从当地一块祖传的旧碑中，可依稀分辨出几行篆文：景德四年圣母郭氏携皇子佑此龙脉之地。

圣母郭皇后原名郭喧，是继福建莆田妈祖18年后出世。出生于仕宦之家，为宣徽南院使郭守文的次女。父亲郭守文，母亲张氏，他们行善积德。张氏梦见观音菩萨慈祥地对她说："你家行善积德，当得慈济之赐。"于是便怀了孕。北宋977年7月7日清晨，张氏分娩，见一道霞光，从窗户外射入室中，光辉夺目，香气飘荡，久久不散。又听得天地隆隆作响，好似春雷轰鸣，地变红色，郭喧此时顺利降生。父母因其生得奇，甚为疼爱。出生时号哭不止，惊动四邻，故父亲给她取名"喧"。

赵佑在宋真宗的四个皇子相继死去后，北宋咸平二年（999年）出生。据说郭喧当年做了一个梦，梦见天干地裂，口渴难忍，突然天上乌云密布，一蛟龙入怀，不久便发现怀上了身孕，生下了五皇子赵佑。

郭喧幼年时比大姐聪明颖悟，6岁从塾师启蒙读书，不但能过目成诵，而且能理解文字

母子石像

的义旨。十岁余，她信佛焚香念经，早晚不懈，她以行善济人为事，专心致志地做慈善公益事业，平素精研医理，为人治病，教人防疫消灾，人们都感颂她。她性情和顺，热心助人。只要能为人排难解纷，她都乐意去做。还经常引导人们避凶趋吉。人们遇到困难，也都愿意跟她商量，请她帮助。17岁时，已具母仪天下之才，名声大振，倾国倾城，无人不知，无人不晓。宋太宗知道此事，立即指婚与三皇子襄王赵桓，受封为鲁国夫人，不久又晋封秦国夫人。宋太宗至道三年三月癸巳日，59岁的宋太宗赵光义病逝，赵桓继承了皇位，册立郭喧为皇后。北宋咸平二年（999年）。郭喧做梦，

蛟龙入怀，生下了五皇子赵佑。庐州罗场（即现在罗河镇）凤凰山，山光水色，灵秀神奇，观长江，依白荡，如白练横空，天水一色；东望黄山寨，雄峨耸立，紫气东来；西眺龙王岭，石小姐婀娜仙姿，飘然盛世。

皇后郭喧在景德四年（1007年）正月，随同赵桓往西京朝陵。在祭扫了祖父母、伯父母、父母的陵墓后，夜间，梦见了太宗跪拜脚下，哭诉道："我毒杀太祖，编造'金匮之盟'，继承了皇位；上天惩罚我儿，欲断皇脉，绝子孙。如今四个孙子相继去世，五皇孙赵佑虽是天上仙童玉灵下凡，但我皇家也无福拥有，你乃天上仙女下凡，惩恶扬善，拯救人间疾苦，如今只有你能庇佑大宋江山永继顺昌，子孙兴旺。庐州罗场凤凰山，是我大宋的龙脉所在。跪请圣母皇后和五皇子不动声色，化为平民百姓，去镇守宋朝龙脉，天机万万不可泄露。"说罢三拜九叩，飘然而去。郭喧醒后，感到梦得蹊跷，慌忙找到真宗皇帝说："先皇托梦与我，要我和五皇子以平民百姓的身份镇守龙脉。何时走？怎么走？到何处？都属不可泄露的天机。"皇帝赵桓非常相信，说一切听从皇后安排。皇后说："先皇之命不可违，我们母子走，不带走宫廷任何物品和随从，到二月初一，打听不到我们母子任何消息时，就诏告天下，宣布我们病世。"一切

母子陵碑林

安排妥当，皇后焚香，对天祈祷。转瞬间，天空下起了鹅毛大雪，天地间变成了冰清玉洁的洁白世界，母子二人乘长风而去，按照太宗皇帝在梦中所示，以平民百姓普通母子的身份羽化升天，赵佑脱胎换骨，魂魄附于同年同月同日同时出生的庐州人包拯，佑使包拯飞黄腾达，步步高升，保住了大宋江山，并为后人树立了清正廉洁的楷模。

母子二人历经千难万险来到庐州罗场凤凰山下，正遇一张姓阉猪匠，骑马至钱桥一带阉猪，阉猪匠见雪地里有母子二人命在旦夕，便脱下随身

穿的长衫，盖于母子二人身上，即策马回家，将所见告之祖母，张母为人惟德，邻里皆知。闻听此事正色道："生者抬回，汤药调养，倘有不测，死为义女，以厚礼安葬"。张阉猪匠遵祖母命复回时，母子均已气绝身亡。张氏见此，掩面而泣，便着人准备后事。是时，天空瞬间刮起大风，平地刮起积雪，飞砂走石，天昏地暗。不一会儿，雪过天晴，待张氏众人睁眼细看时，母子二人的尸体早已被掩埋在沙壑之中，一墓冢突兀眼前。后张氏为其重修时，见母子二人面色红润，形如酣睡，更为诧异。随遵祖母命，刻碑立其为祖母义女，年年祭奉。从此，张氏财运亨通，求阉猪者络绎不绝，且族丁昌盛，千百年来，久盛不衰。直到建国前夕，还有"行善母子坟，富贵张家院"的民谣。由此，"母子坟"显灵佑福的故事远播千里。

自从母子二人，合葬于此，护国安民，皇宫内发生了"狸猫换太子"惊天大案，也没有断绝皇家血脉。当地人非常相信母子显灵，每至农历单日，善男信女，顶礼膜拜；远近香客，纷至沓来，终年香火不断，香客20万之多。许愿得成的香客，自愿立碑，表示感谢，如今母子陵墓碑林立近10万块，堪称世界之最。

当地人说母子经常显灵，乡亲们时常能看到有母子二人在山岩之上，或盘坐于彩云雾霭之间，或朱衣闪现林中。常示梦显圣，救人急难，护国佑民。

乾隆五十年（1785年），乾隆南巡九华山带来佛光，建起庙宇寮房，香火旺盛，成了"土桥街"（即母子庙）；嘉庆八年（1803年），庙宇亭台、金字佛匾、铁香炉、铜烛台，香客云集，兴盛至极。咸丰七年（1857年），兵荒马乱，太平军占据此地，致使愿碑、庙宇尽毁。建国以后，文革中母子陵又一次遭到毁灭性的破坏。然而，时事的变迁仍然阻隔不了信徒们的心路历程。

嘉庆八年（1803年），地属枞阳大桂庄村民唐世宽专营木材生意，屡次亏本，闻听母子坟之灵验，随备祭品前来，祈求生意兴隆。后去江南贩运木材，随木排沿长江顺流而下，突然发现江面上散飘着大批的木材，唐大喜，即驻守江口，收集木材，后积木成山，获利万贯，顿成富翁。回家后，唐世宽慷慨解囊，在母子坟建造了"母子亭"，亭呈八角飞檐，雕梁画栋，龙盘凤翔，工艺奇特，蔚然壮观。

道光三十年（1850年）五月，连月大雨，河溪暴涨，母子坟周围的田地全被洪水淹没，一片汪洋，可母子坟所在的地方，任洪水怎样肆虐，总也漫不过坟冢，远远望去，她象一叶方舟稳稳地飘浮于汪洋之上，令人惊奇不已。自此，母子神灵闻名遐迩，大江南北，中华内外，各行各业的善男信女们千里迢迢前来朝拜，每逢农历初一、十五，更是人山人海，数里之外，可闻爆竹声声，香火之甚堪比九华。

抗战时期，罗河张柏龄老先生身得一病，远近求医，不见好转。老伴许氏笃信神灵，于母子坟前焚香祷告，祈求"仙丹"（母子陵山地下，生有一种金黄色自然粒状晶珠），果真是"丹"到病除，不日痊愈，继续开馆教学。后为母子亭撰联云：

遭岁歉，母子流支，仙骨痊桥边，数百年，灵爽常悟，问雨祈晴诚有验；

值国难，忧思成疾，拙荆拜墓下，十余日，病魔远去，神功圣德永无忘。

父母两重山

一天深夜，一场突如其来的特大泥石流吞没了小山村。次日，当救援人员循着哭声刨开泥土，掀开屋顶，发现一个光着身蜷缩在屋梁下的两三岁小女孩竟然活着。救援人员赶紧将小女孩抱出来，可她死活都不肯离开，边用小手指着边哭喊起来："妈妈……爸爸……"救援人员沿着隐约露出的一双泥手小心翼翼地往下刨，眼前现出一幅惊心动魄的画面：一个半身赤裸的女人，呈站立姿势，双手高高举过头顶，仿佛一尊举重运动员的雕塑，身体早已僵硬。而她的身下，又刨出一个昂首挺立的男人！女人正是站在男人肩上，双手高举小女孩，小女孩才奇迹般地成为这场泥石流中唯一的幸存者！

起跳的姿势

一天早晨，城西老街一幢居民楼起了火。这房子建于20世纪40年代，砖木结构，木楼梯、木门窗、木地板，一烧就着。顷刻间三家连四户，整幢楼都葬身火海。

居民们纷纷往外逃命，才逃出一半人时，木质楼梯就"轰"地一声被烧塌了。楼上还有9个居民没来得及逃出来。下楼的通道没有了，在烈火和浓烟的逼威下，这些人只有跑向这幢楼的最顶层四楼。这也是目前唯一没被大火烧着的地方。

9个人挤在四楼的护栏边向下呼救。消防队赶来了。但让消防队员束手无策的是，这片老住宅区巷子太窄小，消防车和云梯车都开不进来。灭火工作一时受阻。

眼看大火一点一点地向四楼蔓延，消防队长当机立断：先救出被困的居民！没有云梯车，他只有命令消防队员带着绳子攀壁上楼，打算让他们用绳子将被困的人一个一个地吊下来。

两个消防队员遵命向楼上攀爬，但才爬到二楼，他俩藉以攀抓的木椽烧断了，两个人双双掉了下来。没有了木椽，就没有了附着点，徒手是很难爬上去的。而就在这时，底层用以支撑整幢楼的粗木柱被烧得"咯吱咯吱"响，只要木柱一断，整幢楼就有倾塌的危险。

什么样的救援都来不及了，现在被困的人，唯一能做的，就是自己救自己了。

没有时间去准备，消防队长只有随手抓过逃出来的一个居民披在身上的旧毛毯，摊开，让手下几个人拉着，然后大声地冲楼上喊："跳！一个一个地往下跳，往毛毯上跳！背部着地！"为了安全起见，他亲自示范，做着类似于背跃式跳高的动作。只有背部着地，才是最安全的，而且毛毯太旧，背部着地受力面大些，毛毯才不容易被撞破。

站在四楼护栏最前面的，是一个穿着大衣的妇女。无论队长怎么喊叫，她就是不敢跳，一直犹豫着。她不跳，就挡住了后面的人没法跳，而每耽搁一秒，危险就增大一分，楼下的人急得直跺脚，只得冲楼上喊："你不敢跳就先让别人跳，看看别人是怎么跳的。"

那妇女让开了。一个男人来到了护栏边，在众人的鼓励下，他跳了下来，动作没有队长示范的那么规范，但总算是屁股着地，落在毛毯上，毫发无伤。队长再次示范，提醒大家跳的方式。接着，第二个人跳下来了，动作规范了许多，安全！第三个，第四个……第八个，都跳下来了，动作一个比一个到位，都是背部着地，落在毛毯上，什么事也没有。

楼上只剩下一个人了，就是那个穿大衣的女人，可她仍在犹豫。楼下的人快急疯了，拼命地催促她。终于，她下定了决心，跨过护栏，弯下腰来，头朝下，摆了个跳水运动员跳水的姿势。

队长吓了一跳，这样跳下来还有命在？他吼了起来："背朝下！"但那女人毫不理会，头朝下，笔直地坠了下来。所有人的心都提到了嗓子眼，只见她像一发炮弹笔直地撞向毯子，由于受力面太小的缘故，毯子不堪撞击，"嗤"地一声破了，她的头穿过毯子，撞到了地面上。

"怎么这么笨啊？前面有那么多人跳了，你学也应该学会了嘛！"队长慌忙奔了过去，他看到，那女人头上鲜血淋漓，已是气息奄奄。女人的脸上却露出了苍白的一点笑意，她抚了抚自己的肚子，有气无力地说："我只有这样跳，才不会……伤到我的……孩子。"

队长这才看到，这女人，是个孕妇。

女人断断续续地说："如果我不行了，让医生取出我肚子里的……孩子，已经……9个月了……我没……伤着他，能活……"所有的人顿时肃然动容，人们这才明白，这女人为什么犹豫，为什么选择这么笨的方式跳下。她犹豫，是因为，她不知道怎样跳，才不会伤到孩子。选择头朝下的方式跳下来，对她来说，最危险，而对她肚子里的孩子来说，最安全！

妈妈的答案

在一次朋友聚会上，一位在医院工作的朋友，给我们讲了这么一件事：

有一位年轻的母亲，带着才5岁的儿子一起到动物园玩。当时，动物园的管理人员，正准备将黑熊搬到室内过冬，已经将笼子外侧的铁丝网拆除了一部分。当这位母亲带着儿子走到饲养黑熊的铁笼前时，调皮的儿子趁母亲不注意，竟迈过刚刚卸下的铁丝网。尔后，他走近内侧铁笼，将手中一块糖果隔着铁笼伸到黑熊的嘴里——朋友说到这里的时候，便停了下来，问我们道："在这个千钧一发的关头，你们想那位母亲会怎么做？"

此时，我们还认为朋友是拿一个脑筋急转弯来考验我们的智力。

于是，一位朋友回答道："那位母亲弯腰拾起一根木棍，将黑熊吓跑了。"

另一位朋友回答道："那位母亲怒吼一声，'熊蛋滚开'！把黑熊给吓跑了。"

还有一位朋友的回答更加荒唐可笑，她说："黑熊吃了小男孩的糖果，还给母子俩鞠了一个躬。"

听完大家的答案，那位朋友摇了摇头，然后神情凝重地说："在那千钧一发的关头，母亲毫不犹豫地将自己的一只手喂给狗熊，然后用另一只手来护住儿子的小手——"

听到这儿，我们一个个脸上的笑容都凝固了。然后，急切地询问母子俩以后的命运。沉吟了一会儿，朋友才声音有些哽咽地说："尽管旁边的工作人员，紧急奔上前来救助，用木棍将黑熊击打开了。但是，那位母亲的手仍被咬得惨不忍睹，一只手的肌腱已经断裂，而儿子的手因为有了母亲的保护，毫发无损！"

朋友镜片后的眼睛泛出了泪花，他郑重地解释道："这不是一个智力题，而是一件真实的事情，就发生在我们的身边！"

在场的每一个人，都被那位母亲的壮举给深深地感动了。

记住我爱你

在汶川大地震中，抢救人员发现她的时候，她已经死了，是被垮塌下来的房子压死的。透过那一堆废墟的的间隙可以看到她死亡的姿势，双膝齐跪，整个上身向前匍匐，双手触地佝偻般支撑起身体，看上去有些像古人行跪拜礼，只是身体被压的变形了，形状有些诡异。

救援人员从废墟的空隙伸手进去确认了她的死亡，但并不死心，又冲着废墟喊了几声，用撬棍在砖墙上重重地敲了几下。里面依然没有任何回应。

当人群悻悻地走到下一个建筑物，救援队长忽然往回跑，边跑边喊"快过来！"他又来到她的尸体前，费力地把手伸到女人的身体底下摸索。突然，他高喊："有人！有个孩子！还活着！"

经过一番努力，人们很小心地把压着她的废墟清理开。在她的身体下面躺着她的孩子，包在一个红色带黄花的小被子里，大概有三、四个月大。因为有母亲身体的庇护，他毫发未伤，抱出来的时候，他还安静地睡着。他熟睡的脸让所有在场的人感到很温暖。

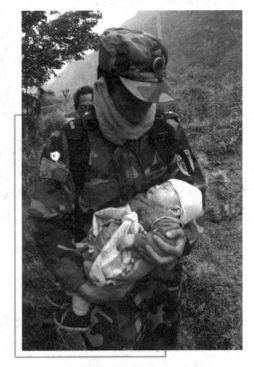

从地震中脱险的孩子

随行的医生过来解开被子准备做些检查，发现有一部手机塞在被子里，医生下意识的看了下手机屏幕，发现屏幕上是一条已经写好的短信：

"亲爱的宝贝，如果你能活着，一定要记住我爱你。"

看惯了生离死别的医生却在这一刻落泪了。手机传递着，每个看到短信的人都忍不住热泪盈眶。

🌸 生命的乳汁

2008 年 5 月 13 日下午，也就是汶川大地震发生后的第二天，在都江堰河边一处坍塌的民宅里，数十救援人员在奋力挖掘，寻找存活者。突然，一个令人震惊的场景出现在了志愿者龚晋眼前：一名年轻的妈妈双手抱着一个三四个月大的婴儿蜷缩在废墟中，她低着头，上衣向上掀起，已经没有了呼吸。怀里的女婴依然惬意地含着母亲的乳头，吮吸着，红扑扑的小脸与母亲粘满灰尘的双乳形成了鲜明的对比。

英雄医生龚晋

"我们小心地将女婴抱起，离开母亲的乳头时，她立刻哭闹起来。"龚晋说，看到女婴的反应，在场的人无不掩面而泣。

"我无法想象，一个死去的妈妈还在为自己的孩子喂奶，从母亲抱孩子的姿势可以看出，她是很刻意地在保护自己的孩子，或许就是在临死前，她把乳头放进了女儿的嘴里。"龚晋抽泣着说。这个30岁的妇科医生，见惯了初生的妈妈给自己孩子喂奶的场景，而此时此刻，却让他产生无法抑制的悲痛。

平凡的母爱

她20岁时嫁给丈夫，新家只有竹制的一张桌子，几个凳子，一张大床。但她很满足。

许多年过去了，她生了4个孩子。在那段日子里，她的心都在孩子身上。

孩子上学以后，有一次女儿问她："妈，你读过尼采吗？"

她说："没有。"女儿又问："读过世界名著吗？"她说："没有。"女儿心里有些不解：母亲竟然是个没学问的人。她没有注意到女儿的想法，她只说："孩子，吃饭吧，今天是你最喜欢吃的菜。"

又过了很多年，女儿也成了家庭主妇。当女儿照着她的样子照顾家人时，忽然理解了她。

她的一生，非常平凡，但她是伟大的。多年的家庭生活，孩子从来没有看到一次她抱怨的样子，她是一个永远不生气的人。这不是因为她软弱，而是因为她坚强。40多年里，她似乎生活在"无我"的意识里，但她如一棵大树，在生活的风雨里，护住4个孩子和丈夫，她没说过一句爱丈夫的话，可是丈夫迟归一会儿，她总叫孩子们先吃饭，自己等丈夫，年年如此。

母爱的姿势

一家人住在一套用木板隔成的两层商铺里。母亲半夜起床上厕所，突然闻到一股浓浓的烟味，便意识到家中出事了。等丈夫从梦中惊醒，楼下已是一片火海，全家2个女儿3个儿子以及2个雇工都被困在大火中。孩子们被叫醒后，个个如受惊的小兔子，逐一聚拢到母亲身边。幸好阁楼上的天花板只有一层，砸开它，就可以攀上后墙逃生。绝望之余，父亲带着两个雇工砸开天花板，并第一个抢先翻过墙头。父亲出去后，再也没回来，他只顾呼唤邻居救火。高墙里面，大火离母亲和5个孩子越来越近了，5个孩子中，最高的也只有154厘米，而围墙竟有两米多高，他们没有一个人能够单独攀上去。幸运的是，墙头上有一个雇工留了下来。他一手抓紧房顶横梁，另一只手伸向墙内的母亲和孩子。"别怕，踩着妈妈的手，爬上去!"母亲蹲在地上，抓牢大儿子的脚，大儿子用力一蹬，抓住雇工的手攀上墙头翻身脱离了险境。用同样的办法，母亲把二儿子和小儿子一一举过了墙。

此刻，火舌已舔到脚掌，母亲奋力抓起二女儿。此时，她的力气已用尽，浑身不停地颤抖。大女儿急中生智，协助妈妈把妹妹举过了墙。火海中，仅剩母亲和大女儿。大火已卷上了她们的身体，烧着了她们的衣服。大女儿哭着让妈妈离开，但母亲坚决地将大女儿拉了过来，拼尽最后一口气，将大女儿托过墙头。当雇工再次把手伸向母亲的时候，她竟然连站立的力气也耗尽了。转眼间，便被大火吞没了。墙外，五个孩子声泪俱下地捶打着墙，大喊着"妈妈"。而墙内的母亲再也听不见了，永远地闭上了眼睛。

消防人员赶到，20分钟便将大火扑灭。人们进去寻找这位母亲，看到了极为悲壮的一幕：母亲跪在阁楼内的墙下，双手向上高高举起，保持着托举的姿势。

这个故事就发生在深圳，人们也将永远铭记这位英雄母亲的名字——卢映雪。

忍着剧痛哺乳

一辆从昆明方向驶往泸州的卧铺车在嵩待路收费站被一辆货车撞翻，致使15人死亡，19人受伤。在幸存者中，年龄最小的是一名未满一岁的婴儿。

"哇哇"直叫的孩子躺在一直昏迷不醒的母亲身边哭了将近一个小时了，护士们用手轻轻抚摩着孩子冰凉的小手，细声细语地说："她可能是饿了。"除此之外，便是氧气通过净化水时发出"突突"的响声。

两个小时过去了，躺在病床上的母亲好像被孩子的哭声"闹"醒了。但不能说话更动弹不得，滚烫的泪珠从她的眼角无声地流下来。她眼睁睁地望着记者，好像想说什么。

记者看着还在不停哭闹的孩子，突然明白了母亲的意思。在护士的帮助下，把头上插着输液管的女婴抱到了母亲的身边。孩子果然是饿了，她迫不及待地将小嘴伸到了母亲的怀里，咬住乳头吸吮起来，哭声戛然而停。此时，母亲焦虑的表情也缓和了下来。

站在一旁的记者、护士无不为此情景黯然泪下。

这母女俩分别是此次车祸18名幸运者中，年龄最小的伤者和伤势最重的人，母亲张红敏因在事故中腹部受到重力挤压，腹腔内淤积了600毫升淤血，至今还未脱离危险。而孩子阳阳由于在撞车时被母亲紧紧护住，伤势较轻。

车祸发生后的第三天早上，记者再次来到医院，刚刚能张口说话的张红敏用微弱的声音告诉记者，她家是云南昭通大关人，丈夫在一年前外出打工，不慎摔死。现在家有3个孩子，最大的男孩刚满4岁。而那个最小的孩子正是躺在她怀里不谙世事的女婴，当天正好是阳阳的周岁生日。

小白鼠的母爱

　　他是一个医务工作者，用一只母白鼠做肿瘤实验，他给那只白鼠移植了癌细胞，过了几天，肿瘤在关在笼子里的白鼠的身上越长越大，可他惊讶地发现一个异常的景象，那只白鼠焦躁不安，随后痛苦地用嘴撕咬身上的肿瘤，并将咬下来的一块块肿瘤吞噬下去，伤口上血迹斑斑，几乎露骨。

　　又过了两天，他又发现那只白鼠产下了一窝晶莹透亮的小白鼠，那只母白鼠奄奄一息地带着惨不忍睹的伤口，躺在笼子里，嗷嗷待哺的小鼠崽喝着母亲的乳汁，一天天长大，白鼠母亲的身体日渐消瘦，拖着只剩下皮包骨头的身子，在癌细胞无情的肆虐下，用无与伦比的顽强和神奇的意志，用自己身体里所有的能量化为生命的乳汁，喂养着这一窝鼠崽，终于有一天，母鼠永远倒在笼子里，没有了一丝呼吸，一群被喂养长大的小白鼠把它围在中间……

　　他一直都在观察这个奇异的现象，母鼠在产下鼠崽后，整整活了21天，他心里惊呼道："21天，恰好是白鼠平时正常的哺乳期，此后，小白鼠就可以脱离母亲而生存了，这只母鼠在正常情况下，因移植了癌细胞在身体内，早就应当死亡了啊！"

　　面对此情此景，面对这种伟大而悲壮的动物的母爱！他潸然泪下……

母亲的破背心

　　母亲不习惯城里的生活，住在乡下很少进城。我也由于工作忙很少回老家，更多的是电话里问候一下母亲。去年夏季，母亲突然进城来了。我以为有什么急事，风风火火赶回家。母亲笑笑说："没啥事，就是想心心了，有半年没见了，怪想的，来看看。"

　　听着母亲的话，我心里酸酸的。可不是？细细算来，现在距春节我和女儿心心一起回老家已半年有余！只是自己每天忙忙碌碌不觉得时间过得有如此之快而已。

晌午吃饭了，天太热，我让母亲脱去外面的衣服凉快凉快。母亲有些迟疑。我说在自己家中怕什么。我替母亲挂好衣服，猛回头看见母亲贴身穿的背心有几个洞。我走上前，摸着背心问："妈，你怎么穿着烂衣服？""这衣服烂是烂了，可穿时间长了，贴身穿还蛮舒服的，舍不得扔。再说，我老太婆了，也不那么讲究，有衣服穿就行了。"

母亲在我心中是最漂亮的。小时候，我一直把母亲与样板戏《龙江颂》中的女主角相媲美。猛一听母亲称自己是老太婆，心中怪怪的。

我坐在母亲对面，细细看着母亲。母亲确实老了，头发花白，肌肤松弛，再加上那旧背心，十足的乡下老太太。看着上年纪的母亲，我暗暗问自己："母亲确实衰老了，自己怎么竟没有发现？母亲穿着烂背心，自己为母亲买过几次衣服？想想，这些年来，自己对母亲的关心太少了，对母亲太疏忽了。也许一件好的衣服能让母亲年轻几岁。"

我越看越想心中越不是滋味，鼻子有点发酸。母亲也发现我有些异样，问我怎么了。我说："吃过饭，我陪你到商场买件衣服。"母亲连说："不用了。乡下的衣服便宜。"

午饭后，我强拉着母亲走进商场的老年服装区。母亲试了一件又一件，总是问一问价钱又放回原处。时间一分一秒过去，母亲一件没有看中，倒吸引了不少来此购物的老太太的目光。她们指着我问母亲："大姐，买衣服呢？这是谁呀？"母亲看看我，自豪地说："这是我大孩子！"旁边老太太啧啧地说："你看看这位大姐多有福气，儿子亲自陪着买衣服。"

听着老太太的话，母亲脸上更是洋溢着幸福的微笑。而我此时，愈是看着母亲微笑的脸庞，心中愈不是滋味。三十多年来，自己对母亲少有给予，更多的只是索取，想不到仅仅一次相陪，就让母亲如此满足。

母亲终于在试完一件衣服后同意买下来了。我问服务员多少钱。服务员说30元。30元！天呢！我不敢相信自己的耳朵，这个商场里竟有卖30元一件的衣服！母亲竟为买一件30元的衣服，转了近两个小时的商场！想想自己第一次为母亲买衣服，竟买只有30元的衣服，我坚决不同意，说："这几百块的衣服你不挑，怎么挑这30块钱的烂衣服！"

母亲一听不高兴了，说："30元怎么了？那也是钱！你相不中，我相中了！"一看母亲认真了，我感到刚才那句话说得不太合适，赶忙解释说："妈，我不是那个意思。我是说，我给你买一次衣服，怎么能买30元一件的呢？我现在也不是给你买不起好衣服！"母亲说："我知道你的心意。衣服吗？能穿就行。你们在城里不比农村，花销大。再说，心心上学还要花钱，还是省着点好！"

转眼一年过去了。前不久，由于电力部门的原因，导致我家中的电器意外起火，酿成了火灾。面对烧成一塌糊涂的家，我真有点一筹莫展。找电力部门理论，"电老大"的作风令我伤透了脑筋。我正准备起诉，母亲打来电话，说她从别人那儿听说我家中着了火，很是着急，想进城来看看。着火后，我对母亲严密封锁消息，怕母亲知道为我操心。可没有不透风的墙，母亲最终还是知道了。为了不让母亲操心，我轻描淡写地给母亲说没烧什么，再简单装修一下就行了，并告诉她准备和电力部门打官司。谁知母亲一听打官司更急了，说："打官司最劳神了，你装修吧，妈有钱，装修完了，妈给你钱！"为让母亲放心，我连说是是是。

房子一装修完，我就领着老婆孩子回老家，想告诉母亲，让她老人家放心。

母亲见我们一家子回来非常高兴，非要亲自下厨房做饭，我和妻子拦也拦不住。

不一会儿，母亲就汗流浃背，把外面的衣服脱了下来，又露出了那件背心，只是背后打了几个补丁。我一见不禁问："妈，这背心怎么还穿着呢？"母亲说："在农村，能穿就行！"妻子说："下次回来，给妈买件好的！"母亲说："别破费了，新三年、旧三年、缝缝补补又三年。"

下午，我们要走了，母亲忽然叫住我，说："文，来，妈这儿有一千块钱，你拿走，弥补弥补你的损失！"我一时呆在那儿，不知道说什么好。妻子在旁接过话说："妈！我们有钱，怎么能要你的钱？"我接着说："妈，我都这么大了，怎能还要你的钱，再说我也不缺钱。"母亲拿着钱硬往我的口袋里塞，我使劲往外掏，在推推搡搡中，只听"嘶"的一声，母亲的背心裂开了个大口子。母亲停住了手，我的眼泪下来了。

我拉着母亲说："妈！我都快四十的人了，怎么还能要你的钱！"母亲轻轻帮我擦着泪水说："傻孩子，妈没病没灾，用不着钱，你拿着吧。再说，你再大，也是妈的儿呀！拿着吧！"

0.018 秒的母爱

2005年9月5日中午。和往常一样，陈静送女儿去学校。

从家里走到纸坊实验小学得经过一道铁路桥，桥下是潮湿黑暗的涵洞。接连几天下着雨，涵洞里积满既深且黑的水，大概可以淹没李纯的膝盖吧，捂着鼻子也没法走过去呀。陈静带着女儿沿台阶登上了铁路桥。

母女俩以往也常从铁轨上穿过的。

李纯有一次站在铁路边上看火车呼啸而过，伸长脖子遥望远方，许久痴痴地对身边陈静说："妈妈，火车可以去很远的地方，那是我将来要去的地方。"

陈静许久没有吭声。直到将女儿送过铁轨，独自踱步回家时她的泪才缓缓淌落下来，也不知是欣喜还是忧伤。

12时35分，铁轨上静静停着一列货车。很长，庞然大物一般，正好挡住李纯上学的路。如果想绕过火车，估计得往前走上十来分钟，而且远处可以绕过去的地方没有台阶走下铁路桥。

母女俩对视一眼，李纯笑着对母亲挥了挥手，嘴里说着"妈妈再见"就朝火车跑去。她一边跑还一边回头看着母亲，所以她是将腿和身子先伸到货车下方的。就在那一刻，火车轰隆隆启动了，汽笛拉响，白雾向着天空喷了出来。

李纯小小的身体一震，就僵在火车底下动也不能动，她还没有完全钻进去，火车车轮眼看就要从女孩的胸部碾过去。

陈静正站在离女儿近5米远的地方。她离弦的箭一样冲向了火车下正处于生死存亡关头的女儿。她闪电一样冲向启动的火车，往前奔的力量是如此之大，以至于她根本无法将女儿从铁轨上拔出来，而是一把拽起女儿的小小身体，两个人都直接冲到了火车车厢底下。

没有任何犹豫，陈静用身体将女儿压在身下，她的脸一头栽到铁轨枕木间的石头上，登时鼻青眼肿，她感觉不到；车厢底部的铁板和每两节车厢间牵引的铁钩从她的背部硬生生地刮了过去，鲜血从单薄的衬衣里大面积渗了出来，她感觉不到；她的右脚仓促间撞到车厢底部，当场骨折，这刺骨的疼痛她感觉不到；她满目满耳满身心全是另一种钻心的痛苦——李纯的生命保住了，然而她来不及缩到车厢底下的右手却被车轮碾过。

火车全然没有察觉地越开越快，越走越远。陈静站起身，一把将女儿背到肩上，一手拾起地上女儿的断手，迈开步子就往铁路桥下冲。

她竟然走了几步才发现自己的姿势不对劲，然后身体不受控制地倒了下去。是的，她怎么可能行走甚至奔跑呢？她的脚已经骨折了。

陈静尽可能仰面以最大面积着地，这样女儿就可以摔倒在她的身上，而她的紧紧抓住的女儿的断手，一直指向天空，她怕弄脏了它。

一个小时后，陈静母女俩被从江夏区人民医院转送到广州军区武汉总医院。陈静背部大面积严重擦伤，脚也骨折，但没有生命之虞。女儿李纯除了腕部碾断外，全身几乎没有伤痕……

2005 年 6 月 14 日，国际田联超级大奖赛在雅典举行，那一天已经保持了 3 年之久的男子百米世界纪录被打破，田径史上将铭记 22 岁牙买加选手阿萨法·鲍威尔的名字。他创造了"9 秒 77"的新世界纪录，当时他的起跑反应达到了惊人的 0.150 秒。

2005 年 9 月 5 日，中国武汉一处铁路旁，一个平凡女子只用一刹那的时间便完成了起跑、冲刺近 5 米远的全过程。

一刹那有多久？"一刹那者为一念，二十念为一瞬，二十瞬为一弹指，二十弹指为一罗预，二十罗预为一须臾，一日一夜有三十须臾。"科学家经过精确计算表明，一刹那等于 0.018 秒。

这位平凡女子的名字也许不会被世人记住，虽然她创造了她自己永不可能再创造的奇迹，速度与起跑反应超越世界纪录的奇迹，然而她的另一个名字必将永远被人们牢记，那就是——母亲。

做好总统的前提

RANGQINGSHAONIAN XUEHUI
LIJIE FUMU DE 150GE GUSHI

法国前总统戴高乐，不仅是法兰西人民心目中的民族英雄，也是一位值得称赞的父亲。

戴高乐夫人将要分娩时，不幸遇到了车祸，当场昏死过去，经医生及时的抢救才转危为安。不久，女儿小安娜便诞生了，遗憾的是，由于夫人在治疗过程中服用大量的药物，致使小安娜生下来就是一个迟钝弱智的孩子。

当时的舆论很大，各种媒体纷纷传言戴高乐夫妇将会丢弃那个孩子。面对这样的现实，戴高乐夫人没有一点厌烦的表示，她对丈夫说，宁可放弃自己所有的地位和金钱，也要让安娜享受一个正常孩子的欢乐。戴高乐十分同意妻子的解释，他激动地说："不是安娜自己要求到人间的，我们两个人的责任，就是让孩子获得真正的幸福。"

为了使安娜生活在一个更祥和、无人打扰的环境里，戴高乐夫妇节衣缩食购买了一处环境优美的住宅，使安娜既可以避开众人古怪的目光，又可以安静地与父母在一

戴高乐

起。让安娜从心理上感觉自己是一个和别人一样的孩子。

戴高乐身材魁梧，智力超群，身居高职，外表看上去十分威严，似乎令人难以接近，但对这个女儿却十分慈祥。他对安娜的每一个要求尽量满足，从不拒绝。随着小安娜的逐渐长大，每天饭后，戴高乐总牵着女儿的手围着花园散步，还不时地为她讲故事、唱一些快乐的歌儿。

有一次，小安娜不知为什么总是哭哭啼啼，不愿吃饭，也不愿睡觉，戴高乐想了很多办法哄女儿，可安娜却怎么也哄不好。于是戴高乐想，哄女儿的方法，恐怕安娜已经腻了。于是戴高乐绞尽脑汁地想，可是三天过去了，女儿的情绪还是没好转。戴高乐想既然哄不好她，那就分散她的注意力吧，于是他手舞足蹈地乱比划一气，谁知安娜竟看着戴高乐不哭了。戴高乐以为女儿的情绪好了，高兴极了，谁想他一放下手，小安娜又"哇哇"大哭起来。戴高乐仿佛又找到了小安娜的嗜好似的，立刻又充满激情地舞动起来，这次他不是乱舞，而是有情节、有表情，像是哑剧，看得小安娜发出"咯咯"的笑声。戴高乐也笑了，要知道让这样一个孩子发出一声幸福的笑声是多么不容易啊！从此，只要戴高乐一有空就陪女儿听音乐，给女儿表演哑剧，甚至，他自己工作累了，也以给女儿表演哑剧来放松心情，因为他在享受一种叫"天伦之乐"的幸福。

戴高乐是唯一能使小安娜发笑的人，为了和女儿进行沟通，戴高乐在女儿很小的时候，就去聋哑学校学一些标准的手势，回来教给女儿，他要让女儿学会和别人进行沟通。他还经常带安娜出去玩耍，安娜玩起来很疯，不管自己多累，每次戴高乐都坚持到最后，一直到小安娜玩得疲倦了，伏在爸爸的怀里甜甜地睡着。多少年如一日，戴高乐陪伴女儿的时候，从来没有急躁和厌烦过。即使在二战流亡期间，他也没忘记把女儿安娜带在自己身边。戴高乐一生节俭，却为安娜设立了专用的委托金，并以自己撰写回忆录的版权费作了抵押。

安娜在即将欢度20周岁生日的时候，不幸被肝炎夺去了生命。安葬仪式结束后，戴高乐夫妇含着热泪，站在女儿的墓前久久不愿离去，好像还有许多话要和孩子倾诉。天已经黑了，戴高乐才对妻子说："走吧，现在她已经和别人一样了。"安娜去世后，戴高乐总统在痛苦中决定：将安娜生前住过的房子改建为"安娜·戴高乐基金会"办公处，决定继续帮助和女儿一样弱智的孩子。

小安娜是不幸的，她一生下来就是一个弱智的孩子，小安娜又是幸运的，她有一个戴高乐这样的父亲。尽管戴高乐是一个国家的总统，尽管他日理万机，正是这种责任与爱的双重作用，让他的一生焕发着人性的光辉，他说："要做好一个国家的总统，首先得做好一个孩子的父亲。"

忍着不死的母亲

一位从越南归来的美国战地记者给 MBA 学员放影一卷他在战场上实拍的影片：画面上有一群人奔逃，远处突然传来机枪扫射的声音，小小的人影，就一一倒下了。放完了，他问同学们看见了什么。

"是血腥的杀人画面！"他没有说话，把片子摇回去，又放了一遍，并指着其中的一个人影："你看！大家都是同时倒下去的，只有这一个，倒得特别慢，而且不是向前仆倒，她慢慢地蹲下去……"看到同学们还是看不懂的神色。他居然抽搐了起来："当枪战结束之后，我走近看，发现那是一个抱着孩子的年轻妈妈，她在中枪要死之前，居然还怕摔伤了幼子，而慢慢地蹲下去。她是忍着不死啊。"

其实世界上远不止人类有母爱。每一种生物，都有伟大的母爱！到南美洲考察的科学家在风雪中经常看到成千上万的企鹅，面朝着同一个方向立着。是什么原因使它们能如此整齐地朝同一个方向呢？细细观察后，考察队员们终于发现，每一只大企鹅的前面，都有着一团毛绒绒的小东西。原来它们是一群伟大的母亲，守着面前的孩子，因为自己的腹部太圆，无法俯身在小企鹅之上，便只好以自己的身体，遮挡刺骨的寒风。

拨打同一个号码

哈尔滨的冬天寒冷多雪。一场大雪后，路上的积雪被穿梭的车辆碾压、摩擦得胜冰面。汽车蜗行牛步，仍是意外频频。

1月3日下午4点钟左右，我刚刚从车流中小心地挪过马路，一声尖厉的汽车刹车声冲入耳中。扭头望过去，一辆汽车前，被撞飞到半空中的一个女子正在落下来，路人一下围拢过去。

女人三十多岁的样子，已昏死过去，黑色皮大衣上雪屑和血渍错杂刺目。女人的脸上仍有血淌出，丝丝血气狰狞恐怖，路面上点点渐大着的殷红更让人窒息。当肇事司机终于拦住一辆车，将女人抱向车内时，女人醒了过来，迷蒙着眼望望众人，因为疼痛吧，嘴角不停抽搐着："求求你们打电话给我丈夫，快去学校接女儿，去晚了会冻坏孩子……"尽管女人的声音微弱、断续，但围观者的嘈杂声还是戛然而止。瞬息静寂后，有十几个人几乎同时掏出手机，拨打起女人刚刚说出的电话号码……"

爱在地震瓦砾中

在土耳其旅游途中，巴士行经1999年大地震的地方，导游趁此说了一个感人却也感伤的故事，发生在地震后第二天……

地震后，许多房子都倒塌了，各国来的救难人员不断搜寻着可能的生还者。两天后，他们在缝隙中看到一幕不可置信的画面——一位母亲，用手撑地，背上顶着不知有多重的石块；一看到救难人员便拼命哭喊着："快点救我的女儿，我已经撑了两天，我快撑不去了……"她七岁的小女儿，就躺在她用手撑起的安全空间里。

救难人员大惊，卖力地搬移在上面、周围的石块，希望尽快解救这对母女，但是石块那么多、那么重，怎么也无法快速到达她们身边。媒体到这儿拍下画面，救难人员一边哭、一边挖，辛苦的母亲一面苦撑等待着……

透过电视、透过报纸，土耳其人都心酸地掉下泪来。更多的人，放下手边的工作投入救援行动。

救援行动从白天进行到深夜，终于，一名高大的救难人员够着了小女儿，将她拉出来，但是……她已气绝多时。母亲急切地问："我的女儿还活着吗？"以为女儿还活着，是她苦撑两天的唯一理由和希望。

这名救难人员终于受不了，放声大哭："对，她还活着，我们现在要把她送到医院急救，然后也要把你送过去！"他知道，如果母亲听到女儿已死去，必定失去求生意志，松手让土石压死自己，所以骗了她。

母亲疲累地笑了，随后，她也被救出送到医院，她的双手一度僵直无法弯曲。

115

隔天，土耳其报纸头条是一幅她用手撑地的照片，标题是"这就是母爱"。

长得壮硕的导游说："我是个不轻易动感情的人，但是看到这则报道，我哭了。以后每次带团经过这儿，我都会讲这个故事。"其实不只他哭了，在车上的我们，也哭了……

爸爸是圣诞老人

"爸爸！没有圣诞老公公吧？我们同学说那是大人编来骗小孩的！"他望着五岁的儿子，虽说着早熟的言语，但眼神却露出童稚的期待，他一时不忍，脱口就说："有啊！凡是满五岁的小孩，每年圣诞老公公都会送他们礼物，一直到他们十岁才停止。"

"骗人！才没有圣诞老公公！"儿子一脸狐疑，但其实已信了八成。"真的没有骗你，真的有喔！"他既扯了谎只好继续下去。"可是圣诞老公公是外国人，怎么会来我们这里？"儿子提出有力的疑问。"上帝会在每一个国家挑选出一个大好人，来做圣诞老公公。"他越扯越远、越说越心虚，还好儿子已经信了九成九，也没再继续问下去。

隔天儿子放学回家，脸颊上紫青了一块，衣服也扯破了。原因是跟同学争执圣诞老公公的问题，妻子怪罪要他没事别跟孩子胡扯，他看着儿子满心愧疚，没想到自己一事无成，失业、复业数次，生活早已没有尊严，而今儿子竟以性命相拼来信任他，这一来他怎么可以失信！

平安夜，他要儿子早点去睡，

圣诞老人

然后瞒着老婆背上攀崖装备，直上七楼公寓的屋顶，他钩着楼梯将绳索放下楼，纵身踩上屋顶边缘。想当年他可是特战队退伍的，所以毫不考虑地纵身就往下跳，果不其然就像电影上打击犯罪的特警队，几个跳跃就到了他家铁窗外，只是日久生疏，煞车时动作有点狼狈，身体撞上墙并随着绳子晃荡起来，抓铁窗又溜了手，结果一俯身失了平衡，让他摔到一楼的塑料顶棚。

还好他家在二楼，刚才的距离还不到一人的高度，但也让他摔了个眼冒金星、手脚擦伤，这一声巨响还惊吵到一楼的邻居，"谁！是谁！"直性子的老赵紧张地冲到后阳台，他赶紧压低声音响应："是我！我老林！"经过他说明原由之后，老赵感动得说不出话来，挥手要他在外等一会，转身回房拿出了一架小飞机："老林！麻烦你顺便将这飞机，挂在我儿子的窗外好吗？"

踩了人家的顶棚只得答应人家的请求，挂好了飞机正要爬上自家的铁窗，三楼的陈太太开灯也到阳台跟我挥手："林先生！赵先生打电话跟我说，你可以帮我们代送圣诞礼物？"这下可惨了！为了送三楼的礼物，他只好改变计划先回到地面，再重新爬一次楼梯、跳一次楼。

才一下子老赵就跑出来，送给他一顶红帽子和一个大袋子，眼神充满着鼓励和崇拜，他一开门上楼，整楼的家长都在家门外等他，有些原先并没有准备要送礼物的，据说都是受了他的行为而感动，七楼的老徐还给他一个拥抱："老林！原本我是想送女儿一台钢琴的，你是知道的，她很有这方面的天分！"

他吓出一身冷汗："老徐！这……可有点难！"

"喔！不是，我是要你帮我把这张圣诞卡，夹在她的窗户上。"

老徐靠近他的耳边小声说："你也知道的，今早我被公司遣散了！"

难过的老徐紧抓住他的手，似乎把对女儿的爱都交到他的手上。

他重新站上屋顶，咒骂了几声死老赵后开始逐层送礼，他如飞贼一般七纵八跃，两三下就汗流浃背、双手发软，花了大半小时好不容易全部送完，只剩下要给儿子的廉价小汽车，他小心地打开窗户，伸手将礼物放在儿子桌上，这时儿子却探出小脑袋瓜，伸出双手搂住他汗湿脖子："爸爸！

我就知道你是上帝挑选出来的大好人！"

他喘气发愣："你看到我在送礼物啊？"

"嗯！人家好怕你掉下来呦！"

奇迹的名字叫父亲

1948 年，在一艘横渡大西洋的船上，有一位父亲带着他的小女儿，去和在美国的妻子会合。

海上风平浪静，瑰丽的云霓交替出现。一天早上，男人正在舱里用腰刀削苹果，船却突然剧烈地摇晃，男人摔倒时，刀子扎在他胸口，人全身都在颤，嘴唇瞬间乌青。

6 岁的女儿被父亲瞬间的变化吓坏了，尖叫着扑过来想要扶他，他却微笑着推开女儿的手："没事，只是摔了一跤。"然后轻轻地拾起刀子，很慢很慢地爬起来，不引人注意地用大拇指揩去了刀锋上的血迹。

以后三天，男人照常每晚为女儿唱摇篮曲，清晨替她系好美丽的蝴蝶结，带她去看大海的蔚蓝。仿佛一切如常，而小女儿尚不能注意到父亲每一分钟都比上一分钟更衰弱、苍白，他看向海平线的眼光是那样忧伤。

抵达的前夜，男人来到女儿身边，对女儿说："明天见到妈妈时候，请告诉妈妈，我爱她。"

女儿不解地问："可是你明天就要见到她了，你为什么不自己告诉她呢？"

他笑了，俯身，在女儿额上深深留下一个吻。船到纽约港了，女儿一眼便在熙熙攘攘的人群里认出母亲，她在喊着："妈妈！妈妈！"

就在这时，周围忽然一片惊呼，女儿一回头，看见父亲已经仰面倒下，胸口血如井喷，刹那间染红了整片天空……

尸解的结果让所有人惊呆了：那把刀无比精确地洞穿了他的心脏，他却多活了三天，而且不被任何人知觉。唯一可能的解释是因为创口太小，使得被切断的心肌依原样贴在一起，维持了三天的供血。

这是医学史上罕见的奇迹。医学会议上，有人说要称它大西洋奇迹，有人建议以死者的名字命名，还有人说要叫它神迹……

"够了。"那是一位坐在首席的老医生，须发俱白，皱纹里满是人生的智慧，此刻一声大喝，然后一字一顿地说："这个奇迹的名字，叫父亲。"

爸爸总会和你在一起

1989 年发生在美国洛杉矶一带的大地震，在不到 4 分钟的时间里，30 万人受到伤害。

在混乱和废墟中，一个年轻的父亲安顿好受伤的妻子，便冲向他 7 岁儿子上学的学校。他眼前，那个昔日充满孩子们欢声笑语的漂亮的三层教室楼，已变成一片废墟了。

他顿时感到眼前一片漆黑，大喊："阿曼达，我的儿子！"跪在地上大哭了一阵后，他猛地想起自己常对儿子说的一句话："不论发生什么，我总会跟你在一起！"他坚定地站起身，向那片废墟走去。

他知道儿子的教室在楼的一层左后角处。他疾步走到那里，开始动手。

在他清理挖掘时，不断地有孩子的父母急匆匆地赶来，看到这片废墟，他们痛哭并大喊："我的儿子！""我的女儿！"哭喊过后，他们绝望地离开了。有些人上来拉住这位父亲说："太晚了，他们已经死了。"这位父亲双眼直直地看着这些好心人，问道："谁愿意来帮助我？"没有人给他肯定的回答，他便埋头接着挖。

救火队长挡住他："太危险了，随时可能发生起火爆炸，请你离开。"

警察走过来："你很难过，难以控制自己，可这样不但不利于你自己，对他人也有危险，马上回家去吧。"

这位父亲总是只有一句话："谁愿意帮助我。"

人们都摇头叹息着走开了，都认为这位父亲因失去孩子而精神失常了。

而这位父亲心中只有一个念头："儿子在等着我。"

他挖了 8 小时、12 小时、24 小时、36 小时，没人再来阻挡他。他满脸灰尘，双眼布满血丝，浑身破烂不堪，到处是血迹。到第 38 小时，他突然听见底下传出孩子的声音："爸爸，是你吗？"

119

是儿子的声音！父亲大喊："阿曼达！我的儿子！"

"爸爸，真的是你吗？"

"是我，是爸爸！我的儿子！"

"我告诉同学们不要害怕，说只要我爸爸活着就一定会来救我，也就能救出大家。因为爸爸说过：'不论发生什么，爸爸总会和你在一起！'"

"你现在怎么样？有几个孩子活着？"

"我们这里有 14 个同学，都活着，我们都在教室的墙角，房顶塌下来架了个大三角形，我们没被砸着。"

父亲大声向四周呼喊："这里有 14 个孩子，都活着！快来人！"

过路的几个人赶紧上前来帮忙。

50 分钟后，一个安全的小出口开辟出来。

父亲声音颤抖地说："出来吧！阿曼达。"

"不！爸爸。先让别的同学出去吧！我知道你会跟我在一起，我不怕。不论发生了什么，我知道你总会和我在一起。"

这对了不起的父与子在经过巨大灾难的磨难后，无比幸福地紧紧拥抱在一起。

理解父母的唠叨与批评

17 颗糖果

小林的父亲是一位数学老师。一天，父亲在外面吃喜酒，带回了一包糖果。父亲先给了小林一颗糖果。他望着正要剥开糖来吃的儿子，忽然想起了一道传统的数学题，觉得这是一个启发儿子的机会，便将他拦住了。

父亲又从那包糖果里数出 17 颗，一颗一颗地摆在桌面上。他要小林把这 17 颗糖果分成三份——爸爸一份，妈妈一份，他自己一份。要求小林的一份是桌上糖果的 1/2，妈妈的一份是糖果的 1/3，爸爸的一份则是糖果的 1/9。不能把糖掰开，也不能剩。这下可把小林难坏了。17 不能被 2、3 和 9 整除，怎么也不可能按父亲的要求分开的呀！他急得抓耳挠腮，还是无可奈何。

糖 果

父亲见状，在一旁叹了一口气说："要是有 18 颗糖果就好分了，是不是？"

121

小林是一个非常机灵的孩子，一听这话，知道是父亲在提醒自己，就赶紧把手里那颗还没来得及吃的糖果拿出来，凑成了18颗。这样难题就迎刃而解了——更令他高兴的是，最后他先得到的那块糖剩了下来，还属于他。

父亲想了想，对他说："孩子，这下明白了吧，'舍得'是解这道题的关键。你要是舍不得拿出来自己手里的糖果，这道题将永远无法解开；你若舍得，就能很容易地解开这道题。而且，一旦你舍得了你已经有的东西，你往往什么都不会损失。解题如是，与人相处何尝不是如此呢？孩子，你要记住，人生也是一道题，你要舍得，时时处处都要。"

父亲的叮咛

我对父亲的感觉是在当兵以后才慢慢体会到的。在家上学时，父亲很少说我，但对我管教很严，因为我学习有时不太认真，不像小妹，别看年龄小，干什么都很自觉。

父亲读书多，时常用带启迪性的幽默教给我和妹妹一些生活的知识，在我们兄妹俩幼小的心灵中早早播下了做人的道理。但大多时候，父亲总是以他那一贯的沉默、如弓的腰身在黄土地上耕耘，在他收获着微薄粮食的同时，也收获着我和妹妹对他的回报。然而，我没等到参加高考，就走下了高中这趟列车。我颓废地站在父亲面前，希望接受他的教训，父亲没有责怪我，只是简单地说了一句："我不希望你难为自己，人都有自己的生活轨道，不行就回来修地球，干什么不都是吃饭……庄稼不收，但还得年年种。"听到此话，我的眼泪当即扑扑地落在了地上。

我准备用另一种方式耕耘自己的庄稼。我报名参军了，临行前的晚上，父亲用酒来麻痹自己难舍亲子的情绪，我感到一向开朗的父亲顿时苍老了许多，我返身回到自己的屋子，抱着一种喜悦后的依恋进入了梦乡。一觉到天亮，我看到外屋的灯还亮着……

我当兵来到了新疆乌鲁木齐天山脚下的一个部队。在部队我种过菜、当过卫生员、干过通信员，最后定格在了炊事班。期间一次回乡探亲，我穿着朴实的士兵服，亲朋好友从我身上散发出的淡淡菜香中吮吸到别样的滋味，我从他们微妙的目光中，读出了他们的失望与沮丧。在别人眼里，我早就应该出息了，然而我没有。

我不时地偷看父亲愈加苍老的眼睛，脸不由自主地涨得通红，父亲依然保持着那份开朗，却没说什么。归队的前一天晚上，我同父亲说了很多很多的话，他唯独没有问及我在部队从事的工作。我正纳闷呢，父亲说："路就在自己的脚下，而每条路都有自己的坐标方向，不管处在什么位置，平面上的点是平等的，没有高低贵贱之分，有的只是你勇往直前的毅力，希望你把握机遇，趁着年轻，把理想付诸于行动，真正走出一条属于自己的路，属于有志者的路。"

回到部队后，我鼓足干劲，抱起了久违的书本，次年九月，我考上了军校。当父亲听到此消息时，脸上露出了欣慰的笑容，眼里涌动着泪花……

军校放寒假时，父亲早已到村西头公路翘首期待我的到来。见到满脸沧桑的父亲，我好生心酸，激动的泪水还是在与父亲团聚的喜悦中流了下来。父亲走路和说话没有以前利索了，他不仅要干农活家务，还要同母亲照顾上学的妹妹，特别是在农忙时，一切的操劳都压在父亲的肩头。虽说我考上了军校，家中的情况却没有多大的变化。

现在，我告别了西安，告别了培养我成才的军校，来到了克拉玛依。站在事业的起跑线上，我想起了父亲的话语："希望你们兄妹二人经过艰苦的磨练之后，不是挣来大堆的金钱，而是成为社会的栋梁之材"。

青春无悔，人生无悔，父亲的叮咛是一笔财富。

完美的答案

有个孩子对一个问题一直想不通：为什么他的同桌想考第一一下子就考了第一，而自己想考第一却只考了全班第21名？

回家后他问道："妈妈，我是不是比别人笨？我觉得我和他一样听老师的话，一样认真地做作业，可是，为什么我总比落后？"妈妈听了儿子的话，感觉到儿子开始有自尊心了，而这种自尊心正在被学校的排名伤害着。她望着儿子，没有回答，因为她不知道怎样回答。

又一次考试后，孩子考了第 17 名，而他的同桌还是第一名。回家后，儿子又问了同样的问题。她真想说，人的智力确实有三六九等，考第一的人，脑子就是比一般的人灵。然而这样的回答，难道是孩子真想知道的答案吗？她庆幸自己没说出口。

应该怎样回答儿子的问题呢？有几次，她真想重复那几句被上万个父母重复了上万次的话———你太贪玩了；你在学习上还不够勤奋；和别人比起来还不够努力……一次来搪塞儿子。然而，向像她儿子这样脑袋不够聪明，在班上成绩不甚突出的孩子，平时活得还不够辛苦吗？所以她没有那么做，她想为儿子的问题找到一个完美的答案。

儿子小学毕业了，虽然他比过去更加刻苦，但依然没有赶上他的同桌，不过与过去相比，他的成绩一直在提高。为了对儿子的进步表示赞赏，她带他去看了一次大海。就是在这次旅行中，这位母亲回答了儿子的问题。

现在这位做儿子的再也不担心自己的名次了，也再没有人追问他小学时成绩排第几名，因为他去年以全校第一名的成绩考入了一所名牌大学。寒假归来时，母校请他给同学及家长们做一个报告。其中他讲了小时候的一段经历："我和母亲坐在沙滩上，她指着前面对我说，你看那些在海边争食的鸟儿，当海浪打来的时候，小灰雀总能迅速地起飞，它们拍打两三下翅膀就升入天空；而海鸥总显得非常笨拙，它们从沙滩飞入天空总要很长时间，然后，真正能飞越大海横过大洋的还是它们。"这个报告使得很多母亲流下了眼泪，其中包括他自己的母亲。

温暖的手心

我的爸爸是个矮个子的好男人，脸上总是带着和善的笑容。因为他个子矮的缘故，我总是埋怨爸爸，是因为他我才长得这么矮的。每一次我对着爸爸发脾气，他总是笑着对我说："这个丫头，这么没大没小的。"

那个时候，爸爸是炊事员，妈妈是家属，家里的生活很不富裕。

我 6 岁的时候，妈妈回老家去照顾生病的外婆。家里就剩下了我、爸爸和弟弟，爸爸总是拿来他们食堂里的饺子、肉等好吃的给我们吃，要不就带着我和弟弟一起下饭馆，那段时间，我和弟弟好开心。后来，当爸爸告诉我们，妈妈就要回来了的时候，我和弟弟都哭了起来。爸爸急忙安慰我们说："别哭，妈妈很快就回来了。"其实，爸爸不知道，我和弟弟就是因为妈妈很快要回来了，再也不能下馆子了，才哭的。

7岁时的一天，我趁爸爸午睡的时候，从爸爸口袋里拿走了一元钱，带着弟弟来到了冰棍房，一下子就买了10根冰棍。等到吃完冰棍，回到家，才知道爸爸和妈妈为了找那一元钱都快把家翻了个遍。胆小的弟弟赶紧向爸爸揭发了我这个"贼"姐姐，爸爸狠狠打了我一顿。爸爸很少打我，但这一次打，让我彻底吸取了教训，不仅如此，因为这顿打我的学习也进步了不少。从此以后，爸爸总是用这件事教育弟弟，应该如何知错就改。我就这样因祸得福，成了弟弟的"榜样"。

我上大学的时候，有一次放假回家，向爸爸说起同学在学校打工的事，并且告诉爸爸自己也很想打工赚钱，这样可以锻炼自己的能力，另外也可以负担一部分学费。原本以为是一件很好的事，没想到却在家里引起了轩然大波。一贯温和的爸爸，竟然一反常态，坚决不同意我在上学期间打工。从来只享受爸爸疼爱的我，第一次感受到了爸爸给我的压力。其实，我明白，爸爸是心疼我，不想让我过早吃苦，这些我都理解。我以为，爸爸知道我长大了，却没想到，他依然想让我留在他温暖的手心。

孟母断织教子

孟子小的时候，有一次放学回家，他的母亲正在织布，见他回来便问道："学习怎么样了？"孟子漫不经心地回答说："跟过去一样。"孟母见他无所谓的样子，十分恼火，就用剪刀把织好的布剪断。孟子见状害

孟母教子石像

怕极了，就问他母亲："为什么要发这样大的火？"孟母说："你荒废学业，如同我剪断这布一样。有德行的人学习是为了树立名声，学问才能广博，所以平时能平安无事，做起事来就可以避开祸害。如果现在荒废了学业，就不免于做下贱的劳役，而且难于避免祸患。"孟子听后吓了一跳，自此，从早到晚勤学不止，把子思当做老师，终于成了天下有名的大儒。

更多更长的爱

那一年我上高二。我为了这次约会策划了好几周。拉彻娜同意出来和我见面了！全校的人都知道，她是一个高傲的女孩子。全校的人都知道，她的父母对她管教得很严，就像我的父母对我管教得很严一样。

我对父母撒谎说，学校将组织一次短途旅行，这样我就争取到了一天的约会时间。

我和拉彻娜在一家小饭店吃了午餐，然后手拉手去看了一场电影。傍晚，我们漫步在大街上边走边谈。生活一下子变得美妙无比。

突然，路对面的行人当中有一个人闪入我的眼帘并让我的心为之一颤。我认出了这个人。糟糕的是，这个人正穿过马路朝我走来，更糟糕的是这个人不是别人，正是我的父亲！

刹那间，所有的罗曼蒂克都从我心中消失得一干二净，取而代之的是恐惧。我知道，严厉的父亲不会容忍我撒谎，更不会容忍我早恋，将在大庭广众之下责骂我，让我难堪，让我在拉彻娜面前出丑。

我恨不得地上有一道缝，好让我钻进去逃之夭夭。但是，我无处可逃。然而，一件让我想不到事发生了。

父亲走到了我的身边，但是和其他的陌生行人一样，他从我身边擦肩而过了，仿佛根本没有认出我来。我提到嗓子眼上的心落了下来。我说不出当时心中是怎样一种心情。

晚上，我回到了家，恐惧又重新袭上心头。晚饭时，我一点食欲也没有。然而，让我吃惊的是，一切和往常一样。除了我之外，全家人表情轻松，谈笑自如，没有人提我那档子事。我匆匆吃完饭，跑进自己的房间，不知怎么心中更加忐忑不安了。

过了一会儿，父亲走进了我的房间，在我身边坐下。我吓得不敢出声，但是我从他的眼神里看到了柔和。他语气平和地问道："小伙子，今天的约会怎么样？我看，她长得很漂亮，也很可爱！"

像被催眠术迷惑住一样，我一五一十地将我第一次约会的情况和盘托出，然后补充说道："爸爸，我感到一天过得很快，就像只有几分钟似的，一晃而过了。"

听了我的叙述，父亲笑了起来："你知道，爱因斯坦说过，当你手放在热锅上，一分钟像一小时，当你与一个美女谈心，一小时像一分钟。这便是相对论，表明你珍惜你所拥有的，是一种美好的感觉。"

父亲从来没有这样和我谈过话。此刻，他更像我的朋友，而不是监护人。我感到在他面前心中的事不吐不快。我感到他比我还了解我自己。

我们谈了一个多小时，我现在甚至觉得，我的第一次约会与其说约的是我的梦中女孩，不如说约的是我的父亲。在这一个小时的谈话中，我多次想告诉他，我不该撒谎，不该早恋；我更想问他，为什么他在街上看到我时不朝我发火，为什么现在只有我们两人时他也不明确地指出我不对的一面。

父亲离开房间时，说了一句话，让我至今言犹在耳："小伙子，你的女朋友爱你，但是你的老爸比她多爱你18年！"

母亲的三句话

母亲没什么文化，小学只念到三年级，也没出过远门，几十年只在小山村里跟着日升日落忙活。然而，母亲常常能说出一些很有道理的话来。在心中，我牢记着母亲的三句话。

第一句：说不冷不冷，也就不冷了

小时候，每年冬天都要下好大的雪，铺得漫山遍野。为了让家里养的两头猪能在年前卖个好价钱，母亲每天都要给猪们喂得饱饱的。母亲每天都会到白雪覆盖的地里去砍一担白菜回来。有一次我跟母亲到地里去，空旷的野地里北风呼啸，刮得人裸露的皮肤生疼。我们从雪层下扒出白菜，只一下两下，我的手就冷得刺骨。看母亲，却见她一点也没有冷的意思，哗啦哗啦地扒开结冰的雪层，拔出已被冻结的白菜，扔到雪地上去。我又扒了几下，实在忍受不了，便袖手站在一旁，问母亲不冷么。母亲说："不冷。"见我很惊讶的样子，母亲继续说："对自己说不冷不冷，也就不冷了。"

我一下怔在那里，忽然第一次懂得了母亲。我学着母亲的样子弯身下去，一下、两下、三下，扒开厚厚的雪层，掘出一棵又一棵白菜。

当母亲跟我把满满一担白菜堆起来的时候，我们把冰块一样的双手拢在一起搓着。母亲把我的手放到她的毛衣里暖着，不知是泪水还是雪花朦胧了我的眼睛。

从此每当我遇到困难时，都会轻轻但坚定地对自己说：不冷不冷。就是这句话，伴我走过人生中一个又一个冬季。

第二句：别把绳子牵得太紧

黄昏时我把牛从五里外的邻村牵回家。那时候我还没学会骑在牛背上赶牛，只会在前面远远地拉着牛绳走。然而这牛却跟我作对：我牵得紧，牛却偏要走得慢。我用力拉，它就使上性子不肯迈步。这牛脾气！

眼看着天色越来越黑，沿路的村庄里昏暗的灯一盏盏都亮了起来。我心一急，就从路旁折了一根薪条，绕到牛屁股后面狠狠地抽了它一下。这下可好，牛一惊，挣脱了牵在我手中的缰绳就向前狂奔起来。

当我没命地跑了半个多小时终于赶上牛的时候，牛正悠闲地停在村口的路边吃草，母亲也站在那里等我。我把牵牛的事一说，母亲反倒开始笑我了，母亲说："你把绳子牵得太紧，牛鼻子就疼，牛鼻子疼了，它当然不会跟你走了！"我若有所悟。

18岁那年的高考，由于我思想压力太重，平时成绩一直名列前茅的我竟失利了。后来母亲跟我说："别把考大学看得跟命一样重！想起你小时候牵牛的事么？绳子牵得太紧，牛反倒不跟你走了！"

第二年夏天，我终于以优异的成绩被江南一所著名大学的中文系录取。离家上学那天，母亲送我到村口，眼睛红红地对我说："你现在长大了，我不能把你永远拴在身边……"

第三句：没事儿时你就小声唱歌

毕业后到一个企业里工作，由于对工作不是很满意，心里觉得很委屈。两个月后的一天，老板批评我整天板着脸孔，要扣我奖金。我一时火起，跟老板吵了几句，气得他拂袖而去。

正好那几天母亲到城里来看我，知道这件事后，她说："孩子，一头牛不可能永远拴在一个桩上，你也不会永远呆在一个地方，但是干什么都要尽量干好。你不顺心我知道，我可以告诉你一个办法：有事儿没事儿时，你就小声唱歌。"

我记起来，小时候和母亲一起下地，母亲总一边干活一边在嘴里小声地唱歌。在母亲的歌声里，那些繁重而枯燥的农活不知不觉被我们一样一样干完。

后来我养成这样一个习惯，不管是在骑自行车上班的路上，还是在工作的休息时间里，我都轻轻地唱歌给自己听。我相信，母亲从小教我的那些旋律，一定是世界上最美的音乐。一年后我被老板赏识提拔为公司副经理。

跟父亲掰手腕

每个男孩子的面前，都站立着一个强大的父亲，"父亲"是现实意义的，又是精神层面的。男孩子征服世界的欲望从战胜父亲开始。

儿时，我喜欢与父亲掰手腕，总是想像父亲的手腕被自己压在桌上，一丝不能动弹，从而在虚幻中产生满心胜利的喜悦。

可是，事实上，父亲轻轻一转手腕，就将我的手腕压在桌上。他干这些事时轻而易举，像抹去蛛丝一样轻松。直到我面红耳赤、欲哭无泪，父亲才心满意足、收兵罢休，并指着门前的一棵树："臭小子，想跟我较劲，除非你能将门前的那棵树掰弯！"

于是，我从 10 岁一直掰到 13 岁。开始那棵树纹丝不动，渐渐地树叶乱晃，直到后来树向我弯腰臣服。期间，有与父亲的"明争"，更有与树的"暗斗"。直到有一天，我竖起胳膊，意外地发现自己的瘦瘦如丝瓜般的胳膊上，竟长出了肱二头肌。

掰手腕

我喜出望外，庄严地举起瘦瘦的胳膊，向父亲发出挑战。我一点点地将父亲的手腕压下去。到了关键时刻，顷刻间，父亲故伎重演，终于又将我的手腕压了下去。这次，我沮丧得哭出声来。母亲走过来，嗔怪地问父亲："你比孩子大还是比孩子小？你就不能让他赢一次？"

"让他？"父亲翻翻眼睛，"除了我能让他一次，这个世界，没有第二个傻瓜会给对手一次赢自己的机会。"

但在我的力量足够强大之前，我 13 岁那年父亲早早地病故了。这十几年来，我没少跟一些人和事掰手腕。与时间、与困境、与失败、与沮丧，甚至与自己。时而输也时而赢。靠的全是信心、毅力、耐力和实力来说话。没有一次心存侥幸，赢得明白，输得坦然。

因为，我心里一直明白：即便是自己的父亲，一旦成为对手，他都想赢你；这个世界上，没有谁愿意输给你，哪怕是一次！

母亲的非典叮咛

街头到处贴着预防"非典"的宣传画，上了公交车，车厢里面没几个人，弥漫着消毒剂的味儿，司机、售票员也都戴着大大的口罩。和他们不同的是，我的双手还多了一次性的塑料手套。明天表弟结婚，我是家里的代表。

表弟住在黄石黄思湾。我们在铁山就听说那地方最近出了个非典病人，弄得家人很紧张。来的时候，母亲坚持要自己做全家的代表，免得万一被传染，她年纪大了不要紧。

后来我们反复告诉她这病与人的体质有关，体质弱了容易感染，而我是家里身体最强壮的，理应让我去。这样母亲才极不情愿地松了口。临行时，母亲帮着我戴上了两层口罩，而且还坚持让我戴上她老人家专门买的一次性的手套，又再三嘱咐车上不要碰那些扶手，更不能与生人近距离说话，千万千万不能把口罩摘了，到了表弟家一定要立即洗脸洗手，洗手时要用清水多冲一会儿。

直到我出了门从楼上下来，母亲还站在楼上冲我喊："一定要小心啊!"母亲的反复叮嘱让我感到母亲像是送我上战场。到了黄思湾走在大街上，我发现这里的情况并没有我们想象的那样严重，行人几乎没有戴口罩的，更没有像我这样戴着塑料手套的，他们的神情和步态安详而轻松。到了表弟家，他们见我如此"全副武装"禁不住笑我"精神过敏"。人还未进屋，表弟就已告诉我，母亲已来了两次电话，问我是否到了。我忙给母亲回了电话报平安。电话里，母亲又在叮嘱赶紧洗手、洗脸，别耽误了。我一边应诺着，一边自叹自己不长进，已进而立之年，却还如此让母亲牵挂。

回来的时候我买上一束康乃馨，祝母亲远离非典、健康长寿。

不要在冬天砍树

一个孩子与父亲一起来到一个小农场。在玩耍时孩子发现几棵无花果树中有一棵已经死了。它的树皮已经剥落，枝干也完全枯黄了。孩子伸手碰了一下，结果"吧嗒"一声，枝干折断了。

孩子对爸爸说："爸爸，那棵树早就死了，把它砍了吧! 我们再种一棵。"可是爸爸阻止了他。他说："孩子，也许它的确是不行了。但是，冬天过去之后它可能还会萌芽抽枝的——它正在养精蓄锐呢! 记住，孩子，冬天不要砍树。"

果然不出父亲所料，第二年春天，那棵好像已经死去的无花果树居然

131

真的重新萌生新芽，和其他树一样在春天里展露出生机。其实这棵树真正死去的只是几根枝杈，到了春天，又绿阴重挂，和其他的伙伴差别不大。

那个昔日的孩子后来成了一名小学教师。在他20多年的教学生涯中，他不止一次地遇到类似的情形。小时候背起字母来都结结巴巴的皮埃尔，现在竟成了一位小有名气的律师；而当年那位最淘气、成绩差得一塌糊涂的巴斯克，后来是大学的优等生，毕业后自己创办了一家红火的公司。最不可思议的是自己的儿子布朗，他幼时不幸患了小儿麻痹症，几乎成了废人。可是小学教师记住了爸爸的话，不放弃对儿子的希望，一直鼓励他不要灰心丧气。现在，布朗顺利地完成了大学课程，担任了公共图书馆的管理员。要知道，布朗只有左手的3个手指能动弹，就是扶一扶鼻梁上的眼镜也十分困难！

"别在冬天砍树"这句话时常有鼓舞着当年的那个小男孩，他靠着这句话顺利地度过了一个又一个家庭和事情业上的危机。

有一种爱叫罗嗦

实在受不了老妈的罗嗦了，三天两头的给我打电话，一打就是老半天，也没什么大事，罗嗦一堆家庭琐事，简直快烦死了。

有一天，我终于受不了她的罗嗦，对她发了一通脾气："我知道您老人家是为我好，关心我，我心领啦。我现在很忙，你没有重要的事情少打电话给我，我的手机是双向收费的，很贵的。"然后挂断了电话，觉得心情格外舒畅。你说我也老大不小了，还得老妈每天提醒着穿多少衣服吃多少饭么？好笑。

第二天一早，我正睡的迷糊，手机又玩命的叫起来，声音悠长而凄厉。我抓过手机一看号码，天，又是老妈。

"喂，什么事啊。"我没好气的问。"没什么事啊，我看报纸上说吃油条对身体不好，含好多铅和铜，都是重金属，你早餐可千万别吃油条啦。"我简直无话可说，就为了这么一点小事她也打个电话过来，还这么早就打过来。

"哦，知道了，你下次别这么早打电话，我没起床呢。"我准备挂电话了。"我就是想早点打给你，怕你起床去买油条吃啊，能早通知你当然早通知你啊，少吃一顿油条就是少吃一克铅啊。"她又罗嗦起来了，我晕。"恩，我记住了。"我再次准备挂电话。

"好，那我们就放心了。我知道你接电话要钱，也知道电话费很贵，我让你爸给你寄了五百块钱，你拿去交电话费吧。我不想和儿子打电话还要想着省那几毛钱，我就想和你多说几句话。"妈的声音里拖着哭腔。那一刻，我突然觉得鼻子好酸，狠狠地给了自己一个耳光。我怎么这么不懂事呢？娘肚子里十个儿，儿肚子里却没有一个娘。

"妈，你不要给我寄钱，接老妈几个电话的钱我还是有的，以后我会常常打给你们的，我爱你们。"我大声的哭起来，为了世界上无处不在的最平凡又最伟大母爱而哭。

后来我习惯了和母亲在电话里聊天，我喜欢听她罗嗦，因为我明白了世界上有一种爱叫罗嗦。

妈妈，再打我一次

小时候不止一次挨过母亲的打，时间长了，已记不得是为什么了。总之是惹了母亲不高兴，母亲恨铁不成钢，拿打来做惩罚，让我记下教训。长大之后曾就这个事问过母亲，母亲承认打过我，可究竟为什么，她也说不清。问多了，母亲显得不安，很遗憾地说："真是的，小时候你最听话，不顽皮也不惹事，兄妹七个之中，就你养着省心，怎么就会挨打呢？怎么就会打你呢？真是的!"母亲的无奈之情溢于言表，母亲那么检讨自己，使我觉得很是惭愧。我知道，小时候之所以挨母亲打，绝对是我不对，母亲没错，错在我自己!

说起来，小孩挨大人的打，算不上什么稀奇事，小时候我家住在一个大院里，大院里有很多家庭，那时的家庭就像一棵大树，孩子们就是树上的叶子，叶子多得数都数不清，又爱乱晃悠。那时的树叶可没有如今树叶这么金贵，孩子不挨打的少，其实静下心来想一想，孩子是母亲十月怀胎生下的，从小到大，倾注了母亲一生的心血，吃饭别噎着，读书别留级，娶妻嫁郎别找错了人，甚至还得操心孩子的孩子。母亲呕心沥血，拿自己一生的辛劳来盼望自己的孩子生子当如孙仲谋，生女须如花木兰，望子成龙的心情使得母亲动点"家法"的事是在所难免的。这个世上从小到大没有挨过打而又有出息的人即使有，恐怕也很少，相反，挨过打又有出息的孩子不在少数，俗话说：棍子底下出好人。

近日里读《诗经》，读到一段这样的句子："陟彼岵兮，瞻望父兮；陟彼屺兮，遥望母兮。"意思是登上长满草的山坡，看父亲回来没有，登上没有草木的山坡，看母亲回来没有。这两句话让我呆呆地捧着书，很久没有放下来。

为什么是登上有草木的山坡看父亲回没回来？为什么是登上没有草木的山坡看母亲回没回来？是不是作者盼望母亲心切，老往山坡上爬，把草都踩死了呢？我不明白，但心中有些隐隐作痛的感觉，且茫然。

有一个故事叫"伯愈泣杖"，说的是汉朝孝子伯愈和他母亲的事。伯愈少年丧父，由母亲含辛茹苦地带大，伯愈长大以后很孝顺母亲，是远近闻名的孝子，伯愈的母亲对他也很严格，如果他做错了什么事，就用棍子来打他，使他知道这件事做错了，要吸取教训，下次别再重犯。有一次，伯愈又做错了事，母亲又拿出棍子来打伯愈，伯愈失声痛哭起来，母亲很是奇怪，问伯愈："过去打你，你从来不曾哭过，怎么今天打你，你却这么伤心？"伯愈答道："过去母亲打我打得很痛，我知道母亲身体健康，所以放心，自然不会哭。今天母亲打我打得不痛，知道母亲年迈了，没有力气了，所以伤心。"

我只记得小时候母亲打我了，到我自己有了孩子了还记得这件事，并且耿耿于怀，要拿这件往事反复地问母亲，似乎要讨个清白，没有母亲的打，我能考上大学享受高等教育？没有母亲的打，我能成为"优秀企业家"？成为能写豆腐块的"文人"？

母亲现在老了，不会再打我，也打不痛我了，我有了放纵，却失去了一个反省的机会。我倒是真想再回到童年，犯了错的时候，让妈妈再打一次，我一定不会躲避，一定不会叫痛，我知道母亲为了我好，我与她十指连心，打在我身上，痛在她心里！

一块地总有种子适合它

有一个女孩，没考上大学，被安排在本村的小学教书。由于讲不清数学题，不到一周就被学生轰下了台。母亲为她擦了擦眼泪，安慰说："满肚子的东西，有人倒得出来，有人倒不出来，没必要为这个伤心，也许有更适合你的事情等着你去做。"

后来，她又随本村的伙伴一起外出打工。不幸的是，她又被老板轰了回来，原因是剪裁衣服的时候，手脚太慢了，品质也过不了关。母亲对女儿说："手脚总是有快有慢，别人已经干很多年了，而你一直在念书，怎么快得了？"

女儿先后当过纺织工，干过市场管理员，做过会计，但无一例外，都半途而废。然而，每次女儿沮丧地回来时，母亲总安慰她，从没有抱怨。

30岁时，女儿凭着一点语言天赋，做了聋哑学校的辅导员。后来，她又开办了一家残障学校。再后来，她在许多城市开办了残障人用品连锁店，她已经是一个拥有几千万资产的老板了。

有一天，功成名就的女儿凑到已经年迈的母亲面前，她想得到一个一直以来想知道的答案。那就是前些年她连连失败，自己都觉得前途渺茫的时候，是什么原因让母亲对她那么有信心呢？

母亲的回答朴素而简单。她说："一块地，不适合种麦子，可以试试种豆子；豆子也长不好的话，可以种瓜果；如果瓜果也不济的话，撒上一些荞麦种子一定能够开花。因为一块地，总有一粒种子适合它，也终会有属于它的一片收成。"

听完母亲的话，女儿落泪了。她明白了，实际上，母亲恒久而不绝的信念和爱，就是一粒坚韧的种子；她的奇迹，就是这粒种子执着而生长出的奇迹。

理解父母的唠叨与批评

理解父母的错误与弱点

美丽的伤疤

何至在大宁河中学读高一，这天，他正在操场打篮球，突然倒地不起了。同学们将他送进医院，经过抢救终于醒过来。可医生诊断了好半天，始终查不出他患的是啥病。

班主任何丽老师终于舒出一口气来，她正要给何至喂水时，何至身上的手机响了，是他妈妈打来的。何至的妈妈已知道儿子得了急病，哭着询问到底怎么样。何至挣扎起来，还笑出几声，表示他没事了。他听到妈妈说要进城来看他，便急了，要求妈妈不要进城，只把两千块钱打在他卡上就行了。何至接完电话，装作没事的样子又躺下了。

何至为何不让妈妈进城来看他？是他心理作怪呢！病室里有四位同学，还有班主任何丽老师。他不想让同学看见他妈妈，因为他妈妈左脸颊动过手术，凹陷得很厉害，下巴还少了块骨头，让人看着很恐怖。何至为了掩饰心里的不安，对何老师一笑，还请求何老师回校上课去。

何老师见何至好像真的没事了，她说了一阵安慰的话语后，便走出病室去了。

何老师走后不久，一位男医生和一位女护士进来了。男医生手里拿着一些器械，护士捧着一个塑料袋。护士到了病床前，把塑料袋递给何至。何至打开一看，里面是厚厚的一叠钱呢！何至大喜，问道："阿姨，这是我妈妈请人带来的？她不是说打在我的卡上么？"

女护士戴着大口罩，不便于说话，只听到"嗯"了两声。护士弯腰，接过男医生手里的瓷盘，准备给何至重新输液。

何至立即甩甩手臂，摇摇脑袋，表示他真的没事，不需要输液。何至立即坐起身来，把几张票子交给一位女生，请她帮着去缴纳医药费。等女生走后，何至便数着手里那一叠百元钞票。

男医生站在病床前，看着何至数着钞票，忽然问道："你不输液行了？在医院里是我说了算，不是你当家！"

何至急了："叔叔，本来是你说了算，但为了替我妈妈节约钱，此时，就让我说了算吧？"

何至的话音刚落，病室的同学都"嗤嗤"地乐了。

护士身子一颤，摸摸何至的额头，依然一声不吭地坐着。

男医生取下口罩："能体谅你母亲挣钱的艰难，不输液也行！"男医生将体温表插进何至的腋窝里，问道："你家里还有哪些人？"

何至说他只有妈妈了，爸爸在他十一岁时就去世。何至忽然笑了，说他妈妈很漂亮，只是腿有些残疾；妈在家养殖着几百只土鸡，销路很不错。

男医生死死盯着何至："你妈妈真是腿有残疾？"

何至连连点头，说他从来不会撒谎。

男医生怔一怔，还要继续发问时，见护士脑袋颤抖几下，身子侧偏着，臀部已大半悬在木椅外。护士右手攥着手巾，暗自擦着木椅。男医生吃惊了，问护士怎么了？护士摇摇头，说她没啥事，起身走出病室去了

何至感到有些奇怪，他仔细一看，见木椅上面被什么水渍浸湿了，木椅边沿还残留着血一样的痕迹。何至正要发问时，见男医生起身朝外跑去。

何至和同学们不知护士阿姨发生了啥事，都七嘴八舌嚷嚷着。

一会儿，男医生回到病室来，他把何至的几位同学请出病室后，忽然喝道："何至同学，你体温正常，身体各个部位好像都没事！你到底哪里不好受？"

何至大惊失色，指着腹部说疼得厉害。

男医生"啪"地一声拍在病床上，厉喝道："有位同学告诉我，说你是装病！他说你伙同几位小混混偷盗人家的东西，被警察抓获，要是不赔偿

人家的东西，就得拘留你！可你身上没钱，就想出馊主意骗你母亲送钱来。何至，我说的没错吧？"

何至顿时傻眼了。过了好半天，他一把抓住男医生的手，眼泪都出来了，说他真是装病了，请求男医生不要把这事讲出去。

男医生忽然大笑起来："高中生啊，真是笨蛋！我看你眼神和举动不对头，早就断定你是装病！告诉你吧，没人告密，是你自己心虚，露出了马脚！告诉我，你骗母亲送来两千元干什么？只要你说出实情来，我绝对替你保密！"

何至浑身哆嗦起来，说他与几位男生在寝室里赌博，欠下了一千七百块赌债。同学逼着他付钱，没有办法，他就只好欺骗母亲了。

男医生气得身子直发抖："何至，你刚才看见那护士阿姨？她患有严重的子宫囊肿，成天流血不止。刚才她还亲自守着你，生怕你出问题！护士留在椅子上的血迹，你看见了么？你好好看看啊！"

何至顿时呆若木鸡。

男医生又问："据说你妈妈脸上有朵菊花瓣一样美丽的伤疤，下巴上还有道弧线像彩虹，对不对？"

何至身子抖颤着，问医生在哪里见到他妈妈了？

男医生叹息一声："孩子，刚才那'护士'不是真的护士，她求我带进病室来，想看看她儿子的病情！她穿上白大褂，戴上大口罩，脸上那美丽的伤疤被掩住了！她当时没注意，身上出血了，染红了木椅。她跑出去处理身上的血水时，我赶出去拦住她，待我问清情况后，要她留下动手术。可她说没钱了，换上一位护士的衣裤就走了。走时，她丢给我一百元钱，说她把护士服弄脏了，那一百元钱作为赔偿费！何至同学，你知道那护士是谁么？"

何至泪流满面说："医生，我知道了！那是我妈妈！"

父亲的绯闻

我与姐姐是听着同一个故事长大的。这个故事的大致情节如此：父亲在读中学时爱上了一个叫张菊花的女孩，后来发生了意外，张菊花被倒塌的危房砸伤，在她快死时，父亲当着老师和同学的面，拼命地、一声声地呼喊自己的爱情："我喜欢张菊花！张菊花，我喜欢你！"——在那保守的年头，父亲的举动无异于袖珍型的唐山大地震，早恋的他被赶出学校，并受到全村人的讥笑……

需要补充的是，这个伤感故事却有个美好的结局：母亲是父亲的同班同学，在听到父亲吼叫般的爱情表白后，惊呆了，但又暗暗佩服父亲作为一个男人的勇敢。张菊花死后第四年，母亲做了父亲的新娘。

父亲的绯闻在邻居口中不停传来传去，一直到我与姐姐逐渐长大，我们还能听到这个令我们姐妹俩无地自容的故事。邻居们说说倒还罢了，母亲也会时常提起。他们吵架时，气急的母亲会挂着泪朝父亲嚷：我知道，你喜欢的是张菊花，你从来不喜欢我。一听到这句话，父亲马上无话可说，只能尴尬的笑笑，然后低声下气的劝慰母亲，把所有家务承包下来哄母亲开心；而父母一旦甜蜜蜜时，母亲又会开玩笑：哦，你还想你的张菊花吗？说说看，张菊花有什么好？此时，父亲也还是尴尬的笑。他从不与母亲正面交锋。

说实话，那些年我恨死了父亲，因为他的浪漫多情，使我在小伙伴面前受尽了嘲笑，相信姐姐也有同样的感受。因此，我们拼命读书，终于如愿考取大学，逃离了令我们姐妹出尽洋相的家乡。

去年，是母亲 60 大寿，久不见爸妈的我终于回了趟老家。酒过三巡，姐姐快 10 岁的儿子突然问：外公，听说你小时候不爱外婆，你爱另外一个女孩，是真的吗……一屋子的热闹突然凝滞了，我们都尴尬地望着父亲。真想不到，父亲的绯闻要跨世纪地流传到我们的下一代去。

父亲这次没有尴尬的笑，而是轻轻抿了一口酒：其实，我从来没有喜欢过那个张菊花。父亲把脸转向母亲，继续说，丽香（母亲的名字），你记得不，那时张菊花的父母是'现行反革命分子'，被关起来了，剩下她与奶奶相依为命。她长得好看，但因为家庭出身问题，大家都瞧不起她，不愿跟她同桌，其实我也不愿意跟她交往，但我是班长，老师和我谈话要我帮助后进同学，就安排我跟她坐一条板凳……张菊花的爸妈其实不是什么反革命，都是学者，他们被抓起来后张菊花才被赶到乡下来的，她家有不少书。有一天，她把一本书偷偷带到学校来看，指给我看一段外国人写的文字。那里面写着，人的一生里，最大的三个遗憾是：小时候没有父母的爱，长大没有恋人的爱，年老没有儿女的爱……张菊花泪汪汪地告诉我，她的三大遗憾怕会全部凑齐的。后来，那天，下大雨刮大风，我们的破教室直摇晃，大家惊慌失措地往外跑，几十个学生争先恐后往外跑。你也知道，那门本来就破，哐地一声门框竟然倒了，上面的砖头就塌下来了……五六个同学压着了，张菊花的伤最重。那天晚上，医生对着一屋子围拢的老师同学和乡亲们摇头时，我们都吓坏了。也不知道为什么，我突然想起她说过的人生三大遗憾，一下子傻住了，就情不自禁地朝她喊了几嗓子"张菊花，我喜欢你"。其实，我并不喜欢张菊花，她没人照顾，身上总是有股味道。当时，我只是想让她少一点遗憾而已……

我们都呆住了，为父亲流传了多年的绯闻背后的真相。一屋子人久久无言。只有尚不懂事的小外孙，依旧拉着外公的衣角还在问些什么。

迟到的母爱

一个20岁聪明美丽的女孩，得了急性肾炎，两肾已坏死95%。经医生分析，只能做肾移植手术，而捐肾者必须是血型组织相配的亲人。

20年前，这个女孩的亲生母亲把她送给现在的养母。当亲生母亲得知女儿需要换肾时，毅然决定捐肾给女儿。尽管她已多年未见女儿，而且与女儿相隔千里，她还是以最快的速度来到女儿治病的医院。

在手术前的晚上，这对亲生母女团聚了。在这个晚上，做母亲的得到了她最渴望的东西：女儿的宽恕。

母亲不是圣人

前年母亲生日那天，我买了一件很普通的衣服，又封了一个50块钱的红包，骑自行车回去送给母亲。母亲连看也不看，就把红包放进口袋，把衣服放桌上，不冷不热地叫我："坐吧。"我蹬自行车出了一身汗，又累又渴，就去倒茶喝。

正喝着茶，就听见外面有小轿车的声音，那是大姐回来了。母亲好像听到命令一样，立刻迎出门去，守在小车旁边。大姐一下车，母亲就满脸笑容地请她进屋，问她累不累。大姐说："妈，我不累。"大姐坐小车回来，怎么会累呢？真正累的是我，应该问我累不累才对，可是母亲却没问我。

大姐也给母亲买了一件衣服，又漂亮又贵重。我在商场里见过，最少要1000元，比我送给母亲的那件贵10倍。大姐也给了母亲一个红包，比我的大得多。母亲双手捧起大姐送的衣服，小心翼翼地摆在桌上最显眼的位置，再把那个大红包放在衣服上，让众人欣赏。母亲亲手给大姐倒了一杯茶说："坐下喝茶。"

母亲对大姐的亲热，刺痛了我的心。我难受极了，一头扎进厨房拼命干活，油烟呛得我流下泪来。

第二年，母亲生日时我不再回去，只托哥哥带了一点礼物给母亲了事。

明天又是母亲的生日，我依旧买了点礼物，托哥哥带给母亲。可是哥哥却不干，说："去年妈生日你没回去已经不好了。明天你再不回去，大家还以为你对妈有意见呢。"我说："我就是对妈有意见，她对大姐好，对我不好。大姐钱多，能讨妈的欢心；我钱少，讨妈嫌。"哥哥说："不会吧，妈不是那种人。"我委屈地说："你没尝那滋味，当然不知道。你不帮我带东西给妈，我另找人带。"我一气之下，便把东西拿回了家。

我刚回到家一会儿，哥哥就追来了。他买了很多东西送给我，比我买给母亲的还多。我说："你买这么多东西干什么？"哥哥不说话，放下东西，拿起我给母亲的礼物就走。我送哥哥出门，一直送到楼下的马路边，哥哥这才说："以前我来你这里，你最多送我到门口。这回破例送我到马路边，是不是因为我这回买的东西多？"我生气地说："哥，你把我当什么人了？"哥哥说："我把你当平凡人。平凡人会受名利影响，抽到大奖会高兴，丢失钱财会伤心。我这次送给你的东西多，你就陪我多走几步路，这很正常。平凡的母亲也会受名利影响，哪个女儿给她东西多，她就会亲热一点；哪个女儿给她东西少，她就没那么亲热。我知道，你希望妈对你和大姐一样

理解父母的错误与弱点

亲热，可那要不受名利影响的圣人才能做得到。我们的妈不是圣人，但她确实是个好母亲，你给她买的衣服，她一直穿在身上，袖口磨破了都舍不得丢。妈并没有嫌弃你。"

我的泪水无声地流了出来，我哽咽着说："哥，别说了。我明天回去看妈。"

回去后，母亲依然对大姐很亲热，对我没那么亲热。但我不再怪怨母亲。因为我知道，母亲不是圣人，我们都不是圣人。

父亲的苹果树

5岁的罗斯呆呆地望着窗外院子里那棵果实累累的苹果树，明天父亲就要离开美国，到一个很远的地方去了，苹果树一直由父亲亲手照料，父亲走了以后，它会不会也感到寂寞呢？第二天一早，父亲抚摸着罗斯的脑袋，指着院子里的苹果树微笑着说："等它结果的时候，爸爸就回来啦!"就这样，罗斯拉着妈妈的手，看着父亲的身影越走越远。

罗斯一直牢记着父亲临行前的话——苹果树结果的时候，就是父亲回来的时候。那是一棵老树，枝繁叶茂、树干粗壮，罗斯坚持给它浇水、除虫，一有时间就坐在树下，和它讲悄悄话，问它准备什么时候结果，父亲什么时候回来。

第一年的春天，那棵老树竟然迟迟不肯结果，于是一直到寒冬来临，罗斯也没有等到父亲。罗斯从秋天一直哭到冬天，直到春来来了，老树抽芽了，他才抖擞精神，又精心照料起老树来。然而，这一年，老树还是颗粒无收。

罗斯并没有放弃，一年又一年过去了，罗斯渐渐长大，老树再也没有结果，可是他对老树的期待却一点也没有减少。那年秋天的晚上，18岁的罗斯和妈妈谈了一夜，他第一次从妈妈的口中知道，父亲是一位著名雕塑家，他从法国来到美国，和妈妈相爱，可是他们一直没有结婚，因为父亲在法国已经有一位妻子。父亲离开美国，本来是要回国离婚，可是这一去就再也没有回来。

母亲的话几乎使罗斯崩溃了，第二天一早，他冲出家门，砍倒了那棵老树。

　　就在罗斯还沉浸在失落中时，不幸的事发生了，他挚爱的母亲遭遇了车祸。罗斯无法忘怀母亲临死前注视着自己的眼神，他感到，那是母亲在自己脸上找寻着父亲的模样，没有见到那个令自己又爱又恨的男人，她死不瞑目。母亲的死使罗斯对父亲的爱彻底变成了恨，罗斯从报纸上找到了他那位大名鼎鼎的雕塑家父亲的最新消息——他将出席巴黎一个大型的艺术品展览会。罗斯萌生了一个恶毒的想法：他要在那个公众场合拆穿这个伪君子！

　　当罗斯踏进展览厅的时候，身上的每一个毛孔似乎都紧张得缩紧了。可是当他看见父亲的时候，他的心情又平静了下来——父亲满面皱纹，老态龙钟，和自己记忆里的完全不同，简直就像那棵老苹果树。几乎就在同一刻，父亲也注意到了罗斯，他的神情由疑惑变得惊讶然后又明显激动起来，显然，他认出了罗斯——他们父子是那么相像！

　　"罗斯，好久不见了……"父亲熟悉的声音在罗斯耳畔响了起来，他听得出其中蕴含的深沉和痛苦。就在这时，一个坐在轮椅上的女人突然出现了，父亲吻了吻她的面颊。接着推着轮椅重新走进了展览厅。在其他宾客的谈论中，罗斯了解了一切，他能想象父亲当年由于不忍心发妻受残疾之苦，才在责任面前，舍弃了爱情。在自己和母亲面前，父亲是有过错的，可是在他的家人面前，他完美而且可靠，自己真的要打破这份宁静，让原本幸福的人也和自己一样坠入深渊吗？心情矛盾的罗斯偷偷溜出了展览会。

　　回到美国后，罗斯收到了一封巴黎的来信，是父亲的："亲爱的罗斯，你母亲还好吗？那棵苹果树还好吗？由于某种原因，我无法给你应得的身份和遗产，但我会尽我所能补偿你。"难道我是为了这些才等了这么多年吗？罗斯自嘲地笑了，他在回信中写道："苹果树早已只剩下树根，你走之后，它再也没有结出过果实……"

　　罗斯不愿守着树根伤心度日，他离开了家，在纽约艰难生活。时间过了很久，罗斯渐渐地以为自己可以彻底摆脱父亲的阴影了，可是有一天，他在报纸上看到了一条惊人的消息——那位著名的雕塑家在一个深夜从危

理解父母的错误与弱点

重病房悄悄溜走了，他只留下一张纸条，疯疯颠颠地说自己要去找一棵苹果树。没有人知道他在说什么，他去了哪里，只有罗斯心急火燎地赶回了自己出生的城市。一下火车，他就听到人们纷纷议论——一个著名的雕塑家突然把自己关在本城郊区的一座小院里，直到临终前的那一刻。现在他的遗体就停在医院里，等待他的亲人从法国飞来安葬。

罗斯无法接受这个事实，他站在医院门口没有勇气进去，只能跌跌撞撞地向家中走去。在家门口，罗斯突然被一群莫名其妙的人拦住了，他们争先恐后地说愿意出一千万美金买下这个小院，只要罗斯肯卖，钱不成问题。罗斯笑了，谁会花一千万买个破院子，就算是艺术家住过的院子也不可能啊。

罗斯拨开人群，把自己独自一人锁在了院子里，当他把视线习惯性地投向老树的时候，他惊呆了——原来的树根不见了，取而代之的是一座精美的根雕，呈现着百果同篮的造型，惟妙惟肖。这难道就是父亲逃离医院的原因吗？这难道就是他用生命最后的时光倾尽全力完成的作品吗？他不是在用刻刀，而是在用生命雕塑这件作品啊，那根雕上面凝结着他生命最后一刻每一次滞重的呼吸。罗斯知道父亲没有食言，他最终还是回到了这个小院，他使老树重结硕果。

望着根雕，罗斯泪流满面，他知道这只根雕价值连城，可是他不会卖掉它，因为他已经得到了他想要的，那是老树最后的馈赠。罗斯的耳边又一次响起父亲的话："等它结果的时候，爸爸就回来啦！"他仿佛看到，红红的苹果挂满老树枝头，父亲正在树下向自己敞开怀抱……

爸爸妈妈在西藏

5岁时，她跟邻家小朋友玩，最顽皮的小强问："彩彩，你是不是像孙悟空一样，是从石头缝里蹦出来的？不然你怎么没有爸爸妈妈？"她伸手推了小强一把说："你还是天篷元帅猪八戒呢！"

她跑回家，问正在剥青豆的姥姥："我是从哪儿来的？"姥姥扶了扶老花眼镜，瞅了她一眼，低头剥了两个青豆说："你呀，是你姥爷在咱家花园里用铁锹挖出来的。晚上天黑，没人时，你姥爷想挖银子来着，结果一锹下去，就挖出你来了。"

她撇撇嘴："净骗人。"那天晚上，她缠着姥爷问，姥爷指着电视画面上的布达拉宫说："你爸你妈就在那儿，在那儿修公路呢！那儿的天哪，可蓝可蓝了，就像……就像大海……"她没见过大海，姥爷接着比喻："就像……就像你姥姥花园里的兰草花一样蓝。"她噘起了嘴，兰草花一点都不好看。不过，这有什么关系，最重要的是她知道她的爸爸妈妈在哪儿了。她跑出去，向伙伴们宣布："我爸我妈在西藏呢，那儿的天可蓝可蓝了，像我姥姥种的兰草花。"小伙伴们自然不知道哪儿是西藏，但是觉得她真幸福，有那么远那么远的爸爸妈妈。

接下来的日子，有好些年，她很留意电视，电视里一出现西藏的画面，她就会喊姥爷。姥爷搬了板凳，坐在电视前给她讲那仿佛在天边的故事。姥姥进来，看了，总会长长叹口气。

每隔一段时间，她就会收到妈妈的来信，信里说的都是修路的事。妈妈说，等那条路修好了，她就可以去拉萨了。

10岁那年，她出去跟小伙伴说西藏的事，有个女孩瞪着眼睛："你姥姥姥爷骗你呢，你妈蹲大狱了。"她怔住："你瞎说！我妈亲口告诉我的，他们在西藏！"然后，她的眼泪止不住地落下来。

12岁那年的冬天，她第一次跟姥姥一起，一路奔波到了那个叫依安的地方。她也不问姥姥这是去干什么，只是怯怯地拉着姥姥的手，沉默地跟在姥姥身后。

那里的围墙真高，门真小，那些警察的脸上一点笑容都没有。她跟着姥姥走进一道一道铁门，看到很多女人，穿着灰格子衣服，梳着一样的头发，其中一个向她和姥姥走来。那女人看到她，眼倏地亮了一下，又暗下去，蒙上了一层水雾。姥姥推了她一下，说："叫阿姨。"她怯生生地说了声"阿姨好"，然后就坐在她们身边东张西望，耳朵里却听得清清楚楚。姥姥说："彩彩上学了，当学习委员，学习上的事一点也不用操心，跟你小时候一样，就是有点倔，不爱说话。"女人抹着眼睛，拉过她的手，摸了摸她的头发和脸蛋。她有点不习惯，往后闪了闪。

依安的冬天干冷干冷的，她跟姥姥回到家，把手脚都冻了，感冒发烧，听到姥爷埋怨姥姥："说不让你带她去，你偏带，她还小……"她听不清姥姥在说什么，却想起高墙里那个女人忧郁的眼睛，想起左右邻居在她背后说的话："彩彩越来越像她妈了。她妈若是不出那事，现在没准都是明星了……"

她越来越不爱说话，呆在屋子里看书或者发呆。姥爷依然会给她讲那个叫西藏的地方，说她爸她妈如何如何，她便应承着姥爷，"拉萨多美呀，简直就像是天堂。"还说，"你看我爸我妈多没良心，也不说带咱们去那儿看看。姥爷，等我长大了，挣了钱，一定带你去西藏，咱们去布达拉宫。"姥爷笑着笑着，眼里就有了泪花。

夏天来时，她13岁了。一天，姥姥收拾东西要出门，她知道是要去那个叫依安的地方，拉住姥姥的衣襟嚷着要去。姥姥问："你去干嘛？"她说："我去看那个阿姨，我知道，她特别喜欢我。"姥姥的眼睛湿了，叹口气，给她准备出门的衣服。

阿姨换了短袖，人显得很精神，拉着她的手问："彩彩，喜欢阿姨吗？"她点点头。阿姨压低声音说："能叫我一声妈妈吗？"

她低了头，半晌，用蚊子叫似的声音叫了声"妈妈"。面前的女人又是笑又是哭，她抬起头看了看姥姥的脸，姥姥也是泪流满面。

回到家，姥姥问她："为什么管阿姨叫妈妈？"她一边给自己养的小竹子换水，一边说："她本来就是我妈妈。"

是的，她早就知道那是妈妈。姥爷收到的那些信都是从依安寄来的，那时她认字不多，姥爷教会了她查字典。她查过字典，认得那两个字是依安，跟西藏没什么关系。后来，很多次，她放学回来，只言片语地听到姥姥和姥爷的对话。

她在被窝里哭过很多次。她知道进了监狱的都是犯错误的坏人，但她恨不起来，那坏人是她的妈妈……

从父母身上理解爱的真谛

爱的对视

这一块高原凸起在中国的最西端，在地图上它的颜色好像是褚红色的，它是帕米尔高原，我的家乡。

我的身上有它明显的印迹，黑色的皮肤，粗糙的面容，我好像没有过青春，18 岁时的我和弟弟走在大街上像两个挖煤工人，我们相互取笑对方，露出一口白牙——这是单调的生活中不多的亮色。

按照优生学的说法，我们家的孩子应该是聪明的。因为我的爸爸是南京人，我的妈妈是山东人，各自离乡背井穿越了大半个中国相会在新疆，实在是很戏剧性的人生。我和弟弟时常埋怨他们为什么来到这么一个兔子不拉屎的地方。他们只是茫然地摇头，那个年代，谁都无法掌控自己的命运，如同草芥一般地卑微，如同漂流瓶一般地浮沉在 20 世纪的 60 年代。

年迈的父亲和母亲

16岁的爸爸是以支边青年的身分离开南京的，坐在火车上的他昨天还在科乡菜场卖着鱼，他捧着的那个肥硕的鱼头曾经给他的饥饿的弟妹带来多少欢乐。因为我的爷爷被打成右派下放，身为老大的他很小便担负起养家的重任。火车一路向西，再向西，他是生平第一次坐火车，车窗外的风景由青青麦田逐渐过渡为昏黄的戈壁滩，他这才感觉到恐惧，在彻底远离了他熟悉的一切之后，他喜欢上了糖，那些包装简陋的糖块在嘴里甜蜜地溶化，安稳熨帖了他不安的灵魂。后来妈妈把这当做笑话告诉我们，那时的爸爸，一天能吃一斤糖，再加上他南方人清秀的面容，就像女孩一样安静，也像女孩一样腼腆。

我的妈妈是因为实在活不下去了才在姐姐的带领之下去了新疆，她的家乡在山东半岛，离海很近，可她从来没有见过海。后来在家乡能吃到的只有树皮的时候，她没有丝毫留恋地离开了那个叫汪覃的小村庄。她不知道新疆是什么地方，她只知道那儿地方大，粮食多，肯定饿不着。我后来见过她初到新疆时的照片，肯定是吃饱肚子以后照的，微笑着，满足的，单眼皮里似乎还有一些紧张。黄军装，红宝书虔诚地举在胸前，背后是照相馆拙劣简陋的背景画。她的18岁是在食堂度过的，单薄瘦小的她比锅台高不了多少。她烙的厚锅盔两面金黄，中间暄软，有着浓郁的麦香味，和她一样的朴实安分。

他们相遇于一个普通的瞬间，只是因为需要一个家可以安放彼此孤单的灵魂。两个远离故乡没有任何背景的人心里暗藏的绝望缓缓消融，两张简陋的单人床并在了一起，充满希望的新生活开始了。他们生儿育女，早出晚归，安贫乐道，顺应命运的安排。他们生活的亮色就是四年一次的探亲假，辛苦积攒的钱抛掷在铁路上，毫不吝惜。只有短短两个月的假期，却足以照亮今后的日子。下雨的时候他们会想起自己的家乡，那儿雨水充沛，温润潮湿；而新疆，他们摇摇头，干燥得像一个噩梦。

现在，他们在大西北风沙的侵袭下过早地衰老了。他们面色黑黄，皮肤干燥，皱纹如同戈壁上干涸的河流。他们只能怅然地回望自己的青春，发出模糊的叹息。他们曾经抱怨过后悔过，但现在他们已经和这块土地血脉交融骨肉相连。他们的家四平八稳地站在这儿，他们的子女看着这块土地的单纯朴素，像小白杨一样的鲜活挺拔。他们的生活没有翅膀但也多姿多彩。并且他们之间有着深达肺腑的牵连，平常的日子，他们一前一后地去巴扎买菜，并且总会在买菜时发生争执，妈妈嫌爸爸不还价，爸爸说妈妈太挑剔，然后再一前一后气鼓鼓地回来。第二天早晨，爸爸会准时起床，陪着妈妈去散步，他们走出大门的时候，通常会互相看一眼，提醒对方注意脚下的门槛。因为羞涩，他们的手好像从来没有拉在一起，但两双手却出奇地相像，有点轻微的老人斑，青色的血管疲倦地静卧于手背，骨节粗大，手很粗糙，肉刺丛生。

　　他们从彼此的眼中看到幸福的泉源。

　　他们从对方的手上看到了彼此的一生。

芹菜饺子

　　母亲病了，在特别繁忙的工作中倒下，住进了医院，卧床不起。远在故乡的姥姥知道了，爱女心切，立即拖着臃肿的身体，从千里之外的南方小城心事焦灼地赶来看望母亲。

　　母女俩阔别已久，待病床前见面时，居然相拥而哭，惹得旁人也掉了眼泪，也被感动了。

　　姥姥开始不停的嘘寒问暖，唠唠不停，手也不停交互揉搓着，可见她心中的急切。

　　她问母亲："你到底感觉如何，气色这么不好？"

芹菜饺子

　　母亲微笑着说："感觉还好，就是没有什么食欲，米饭都不想吃。"

　　姥姥急了，说："孩子，不吃东西怎么行呀？你想想到底想吃点什么？"

　　母亲诡秘地笑了："其实我就想吃你包的芹菜饺子了。"

姥姥顿时微笑起来，仿佛终于找到治病的良方，拍膝而起，说："好！我去给你包，你小的时候最喜欢吃的就是芹菜饺子！"

说完便起身拉我回家，和面包饺子去了。

在家里和面包饺子的时候，姥姥不让我插手，因为我向来不进厨房，她怕我坏了她的好事。我在厨房门口，悄悄看着，姥姥包得极为细心，搓揉扭捏间，老泪轻流，看得我心事阑珊。

一个多小时后，芹菜饺子终于做好了，个个饱满鲜香，姥姥将它装进保温饭盒，扯着我就匆匆出门了。姥姥一路上步子走得很急，颤巍巍地，我知道她定然是怕饺子凉了！

到医院的时候，母亲见着饺子就高兴起来，仿佛犯馋很久了。连忙伸手去接，却忽然想起自己的手脏，于是要外婆去打点水回来洗手，外婆自然起身去了。刚去一会，母亲又对我说："儿子，这离卫生间有点远，去帮帮外婆端水。"于是我也去了。

把外婆接回来的时候，我们忽然看见母亲已经吃开了。母亲笑着说："嘴巴实在馋了，干脆吃了。"我看母亲的饭盒，里面只剩三两个饺子了。姥姥责骂她还是那样嘴馋，脸上却浮起笑容，因为母亲终于还是吃下东西了。

接下来的几餐，母亲依然病重，但食欲却变好了，总是把姥姥包的饺子吃个精光。

第二天晚上，我留下来陪母亲。母亲在一旁看书，而我坐在桌前写东西。

此间，一个不小心，笔掉在了地上，滚进了母亲的病床底下，于是伸手去摸，笔没摸到，却摸到一袋东西。拖出来一看，我满脸惊讶，竟然是一大袋饺子。

我连忙问母亲怎么回事，母亲叫我塞回去，红着脸说："待会你拿去扔了，不要让姥姥看见了。"

我问："饺子你都没吃呀？"

母亲叹气说："我一点食欲都没有，哪吃得下呀？不要让姥姥知道了，她知道我没有吃，会很担心的。"

"你没食欲，那你还叫姥姥包饺子干什么？"

"你姥姥千里迢迢来照顾我，要是帮不上忙，眼睁睁地看我生病，会很伤心的。知道不？"

我顿时被母亲的话震撼了，终于醒悟过来：原来母亲让姥姥包饺子却又用心良苦地深藏起来，居然只是成全老人的一番爱意，减轻老人担心而已。

我提着一袋沉甸甸的饺子来到病房后院，扬手一挥，饺子被隐没在黑色的夜里。秘密已经被我藏起来了，但是我知道有一种沉甸甸深藏心底的爱意，却永远挥之不去。

选择宽恕

20年前，我父亲遗留给我们母女的房子拆迁了，母亲因为工作忙的关系就叫她的四妹——我的四姨拿着户口本去街道办理有关手续。哪里知道，四姨却偷梁换柱，把户口本上的名字给改了。本来即将有一套新房子的我们，一夜之间便无立足之地了。

那时候我还小，可我清楚地看到了母亲的痛苦：青年丧夫的痛苦，失去安身之所的痛苦，姐妹背叛的痛苦，还有对未来茫然的痛苦。我记得母亲抱着我，在大街上失声痛哭的悲惨。

这件事的最后结果，是我们的房子变成了四姨的新房，我不明白当时的母亲是怎么处理的，只知道，母亲在诉讼的最后一刻放弃了诉讼。

时光荏苒，岁月如梭，当年小小的我也成了母亲。而母亲因为不屈服于苦难的个性，成了一名颇为成功的商人。而我的四姨一直不顺，不久前又成了下岗职工，连孩子学费都没有着落。

一个偶然的机会，我知道了母亲从钱到物一直没有放弃对四姨的帮助。我愤怒了，不追究当年四姨的残忍已经是网开一面了，怎么可以对一个那么没有人性的人这么好？我跟母亲大吵了起来。

"那么你想怎么样呢？"母亲也火了。

"至少不应该帮助她。"

"她是母亲的亲姐妹啊！"

"她伤害我们的时候有没有考虑过这些？"

"倘若我们睚眦必报，不就和她一样了吗？何况她已经悔改了，生活给了她太多的磨难，难道我们还要继续惩罚她吗？谁能没有过错呢？"

母亲的话，让我忽然想起了这样一个故事：从前，有一个美丽的妓女，谎话连篇，被判处用石块砸死。基督对广场中愤怒的民众说——请你们当中哪一位从来没有说过谎话的人，丢出第一块石头吧！结果没人能丢出第一块石头。而那位妓女感动于基督的宽恕，终于悔改，成为一名女圣徒。我想，基督和那名妓女非亲非故，尚且引导她弃恶扬善，母亲和四姨是亲姐妹，怎么可以不引导四姨，不救她呢？就算是关在监狱里的犯人，也有赎罪的机会，何况四姨近年来都在努力地弥补自己的罪过呢！

我沉默了。

我不再反对母亲帮助四姨了，我的表妹也顺利地读上了书。母亲用她的言行告诉我：面对亲人的伤害，我们只能选择宽恕。

爱 的 力 学

他是一个研究力学的专家，在学术界成绩斐然。他曾经再三提醒自己的学生们："在力学里，物体是没有大小之分的，主要看它飞行的距离和速度，一个玻璃跳棋弹子，如果从十万米的高空中自由落体掉下来，也足以把一块一米厚的钢板砸穿一个小孔。

那一天，他正在实验室里做力学实验，突然门被"砰"的一声推开了，他的妻子惊恐万分地告诉他，他们那先天有些痴呆的女儿爬上了一座四层楼的楼顶，正站在楼顶边缘要练习飞翔。

他的心一下子就悬到了嗓子眼儿，他一把推开椅子，连鞋都没有来得及穿就赤着脚跑出去了。他赶到那座楼下的时候，他的许多学生都已经惊慌失措地站在那里了。他的女儿穿着一条天蓝色的小裙子，正站在高高的楼顶边上，两只小胳膊一伸一伸的，模仿着小鸟飞行的动作想要飞起来。看见爸爸、妈妈跑来了，小女儿欢快地叫了一声就从楼顶上起跳了，很多人吓得"啊"的一声连忙捂住了自己的眼睛，他的很多学生紧紧抱住他的胳膊，平时手无缚鸡之力的他突然推开紧拉他的学生们，一个箭步朝那团坠落的蓝色云朵迎了上去。

随着一声惊叫，那团蓝云已重重地砸在他伸出的胳膊上，他感到自己像被一个巨锤突然狠狠砸下，腿像树枝一样咔嚓一声折断了，眼前一黑就什么也不知道了。

他醒来的时候，已经躺在医院的抢救室里两天了，他的脑子还算好，很快就清醒了，可是下肢打着石膏，缠着绷带，阵阵钻心的疼痛让他忍不住倒抽冷气。他那些焦急万分的学生们对他说："你总算醒过来了。你站在高楼下面接孩子真是太危险了，万一……"

他笑笑，看着床边自己那安然无恙的小女儿和泪水涟涟的妻子说："我知道危险，搞了半辈子力学，我怎么能不懂这个呢？只是在爱里边，只有爱，没有力学。"

在爱里，除了一种比钻石更硬的爱的合力之外，再没有其他力学，爱是灵魂里唯一的一种力。

生命时钟

朋友的父亲病危，朋友从国外给我打来电话，让我帮他。

我知道他的意思，即使以最快的速度，他也只能在 4 个小时后赶回来，而他的父亲，已经不可能再挺过4 个小时。

赶到医院时，见到朋友的父亲浑身插满管子，正急促地呼吸。床前，围满了悲伤的亲人。

那时朋友的父亲狂躁不安，双眼紧闭着，双手胡乱地抓。我听到他含糊不清地叫着朋友的名字。

时 钟

RANGQINGSHAONIAN XUEHUI
LIJIE FUMU DE 150GE GUSHI

每个人都在看我，目光中充满着无奈的期待。我走过去，轻轻抓起他的手，我说："是我，我回来了。"

朋友的父亲立刻安静下来，面部表情也变得安详。但仅仅过了一会儿，他又一次变得狂躁，他松开我的手，继续胡乱地抓。

我知道，我骗不了他。没有人比他更了解自己的儿子。

于是我告诉他，他的儿子现在还在国外，但四个小时后，肯定可以赶回来。我对朋友的父亲说，我保证。

我看到他的亲人们惊恐的目光。

但朋友的父亲却又一次安静下来，然后他的头，努力向一个方向歪着，一只手急切地举起。

我注意到，那个方向的墙上，挂了一个时钟。

我对朋友的父亲说："现在是 1 点 10 分。5 点 10 分时，你的儿子将会赶来。"

朋友的父亲放下他的手，我看到他长舒了一口气，尽管他双眼紧闭，但我仿佛可以感觉到他期待的目光。

每隔 10 分钟，我就会抓着他的手，跟他报一下时间。4 个小时被每一个 10 分钟整齐地分割，有时候我感到他即将离去，但却总被一个个的 10 分钟唤回。

朋友终于赶到了医院，他抓着父亲的手，他说："是我，我回来了！"我看到朋友的父亲从紧闭的双眼里流出两滴满足的眼泪，然后，静静地离去。

朋友的父亲，为了等待他的儿子，为了听听他的儿子的声音，挺过了他生命中最后的也是最漫长的 4 个小时。每一名医生都说，不可思议。

后来，我想，假如他的儿子在 5 小时后才能赶回，那么，他能否继续挺过一个小时？

我想，会的。生命的最后一刻，亲情让他不忍离去。

我 的 母 亲

我小时候身体弱，不能跟着野蛮的孩子们一块儿玩。我母亲也不准我和他们乱跑乱跳。小时不曾养成活泼游戏习惯，无论在什么地方，我总是文绉绉地。所以家乡老辈都说我"像个先生样子"，遂叫我做"穈先生"。这个绰号叫出去之后，人都知道三先生的小儿子叫做穈先生了。即有"先生"之名，我不能不装出点"先生"样子，更不能跟着顽童们"野"了。有一天，我在我家八字门口和一班孩子"掷铜钱"，一位老辈走过，见了我，笑道："穈先生也掷铜钱吗？"我听了羞愧得面红耳热，觉得大失了"先生"身份！

大人们鼓励我装先生样子，我也没有嬉戏的能力和习惯，又因为我确是喜欢看书，故我一生可算是不曾享过儿童游戏的生活。每年秋天，我的庶祖母同我到田里去"监割"（顶好的田，水旱无忧，收成最好，佃户每约田主来监割，打下谷子，两家平分），我总是坐在小树下看小说。十一二岁时，我稍活泼一点，居然和一群同学组织了一个戏剧班，做了一些木刀竹枪，借得了几副假胡须，就在村口田里做戏。我做的往往是诸葛亮，刘备一类的文角儿；只有一次我做史文恭，被花荣一箭从椅子上射倒下去，这算是我最活泼的玩艺儿了。

胡适

我在这 9 年（1895 年~1940 年）之中，只学得了读书写字两件事。在文字和思想的方面，不能不算是打了一点底子。但别的方面都没有发展的机会。有一次我们村"当朋"（八都凡五村，称为"五朋"，每年一村轮着做太子会，名为"当朋"）筹备太子会，有人提议要派我加入前村的昆腔队里学习吹笙或吹笛。族里长辈反对，说我年纪太小，不能跟着太子会走遍五朋。于是我便失掉了学习音乐的唯一机会。30 年来，我不曾拿过乐器，也全不懂音乐；究竟我有没有一点学音乐的天资，我至今不知道。至于学图画，更是不可能的事。我常常用竹纸蒙在小说书的石印绘像上，摹画书

 155

上的英雄美人。有一天，被先生看见了，挨了一顿大骂，抽屉里的图画都被搜出撕毁了。于是我又失掉了学做画家的机会。

但这9年的生活，除了读书看书之外，究竟给了我一点做人的训练。在这一点上，我的恩师便是我的慈母。

每天天刚亮时，我母亲便把我喊醒，叫我披衣坐起。我从不知道她醒来坐了多久了。她看我清醒了，便对我说昨天我做错了什么事，说错了什么话，要我认错，要我用功读书。有时候她对我说父亲的种种好处，她说："你总要踏上你老子的脚步。我一生只晓得这一个完全的人，你要学他，不要跌他的股。"（跌股便是丢脸出丑。）她说到伤心处，往往掉下泪来。到天大明时，她才把我的衣服穿好，催我去上早学。学堂门上的锁匙放在先生家里；我先到学堂门口一望，便跑到先生家里去敲门。先生家里有人把锁匙从门缝里递出来，我拿了跑回去，开了门，坐下念生书，十天之中，总有八九天我是第一个去开学堂门的。等到先生来了，我背了生书，才回家吃早饭。

我母亲管束我最严，她是慈母兼任严父。但她从来不在别人面前骂我一句，打我一下，我做错了事，她只对我一望，我看见了她的严厉眼光，便吓住了。犯的事小，她等到第二天早晨我眠醒时才教训我。犯的事大，她等到晚上人静时，关了房门，先责备我，然后行罚，或罚跪，或拧我的肉。无论怎样重罚，总不许我哭出声音来，她教训儿子不是借此出气叫别人听的。

有一个初秋的傍晚，我吃了晚饭，在门口玩，身上只穿着一件单背心。这时候我母亲的妹子玉英姨母在我家住，她怕我冷了，拿了一件小衫出来叫我穿上。我不肯穿，她说："穿上吧，凉了。"我随口回答："娘（凉）什么！老子都不老子呀。"我刚说了这句话，一抬头，看见母亲从家里走出，我赶快把小衫穿上。但她已听见这句轻薄的话了。晚上人静后，她罚我跪下，重重的责罚了一顿。她说："你没了老子，是多么得意的事！好用来说嘴！"她气得坐着发抖，也不许我上床去睡。我跪着哭，用手擦眼泪，不知擦进了什么细菌，后来足足害了一年多的翳病。医来医去，总医不好。我母亲心里又悔又急，听说眼翳可以用舌头舔去，有一夜她把我叫醒，她真用舌头舔我的病眼。这是我的严师，我的慈母。

我母亲23岁做了寡妇，又是当家的后母。这种生活的痛苦，我的笨笔写不出一万分之一二。家中财政本不宽裕，全靠二哥在上海经营调度。大哥从小便是败子，吸鸦片烟、赌博，钱到手就光，光了便回家打主意，见了香炉便拿出去卖，捞着锡茶壶便拿出押。我母亲几次邀了本家长辈来，给他定下每月用费的数目。但他总不够用，到处都欠下烟债赌债。每年除夕我家中总有一大群讨债的，每人一盏灯笼，坐在大厅上不肯去。大哥早已避出去了。大厅的两排椅子上满满的都是灯笼和债主。我母亲走进走出，料理年夜饭，谢灶神，压岁钱等事，只当做不曾看见这一群人。到了近半夜，快要"封门"了，我母亲才走后门出去，央一位邻居本家到我家来，每一家债户开发一点钱。做好做歹的，这一群讨债的才一个一个提着灯笼走出去。一会儿，大哥敲门回来了。我母亲从不骂他一句。并且因为是新年，她脸上从不露出一点怒色。这样的新年，我过了六七次。

　　大嫂是个最无能而又最不懂事的人，二嫂是个能干而气量很窄小的人。他们常常闹意见，只因为我母亲的和气榜样，他们还不曾有公然相骂相打的事。她们闹气时，只是不说话，不答话，把脸放下来，叫人难看；二嫂生气时，脸色变青，更是怕人。她们对我母亲闹气时，也是如此，我起初全不懂得这一套，后来也渐渐懂得看人的脸色了。我渐渐明白，世间最可厌恶的事莫如一张生气的脸；世间最下流的事莫如把生气的脸摆给旁人看，这比打骂还难受。

　　我母亲的气量大，性子好，又因为做了后母后婆，她更事事留心，事事格外容忍。大哥的女儿比我只小一岁，她的饮食衣服总是和我的一样。我和她有小争执，总是我吃亏，母亲总是责备我，要我事事让她。后来大嫂二嫂都生了儿子了，她们生气时便打骂孩子来出气，一面打，一面用尖刻有刺的话骂给别人听。我母亲只装做听不见。有时候，她实在忍不住了，便悄悄走出门去，或到左邻立大嫂家去坐一会，或走后门到后邻度嫂家去闲谈。她从不和两个嫂子吵一句嘴。

　　每个嫂子一生气，往往十天半个月不歇，天天走进走出，板着脸，咬着嘴，打骂小孩子出气。我母亲只忍耐着，到实在不可再忍的一天，她也有她的法子。这一天的天明时，她便不起床，轻轻的哭一场。她不骂一个人，只哭她的丈夫，哭她自己苦命，留不住她丈夫来照管她。她先哭时，

157

声音很低，渐渐哭出声来。我醒了起来劝她，她不肯住。这时候，我总听得见前堂（二嫂住前堂东房）或后堂（大嫂住后堂西房）有一扇房门开了，一个嫂子走出房向厨房走去。不多一会，那位嫂子来敲我们的房门了。我开了房门，她走进来，捧着一碗热茶，送到我母亲床前，劝她止哭，请她喝口热茶。我母亲慢慢停住哭声，伸手接了茶碗。那位嫂子站着劝一会，才退出去。没有一句话提到什么人，也没有一个字提到这十天半个月来的气脸，然而各人心里明白，泡茶进来的嫂子总是那十天半个月来闹气的人。奇怪的很，这一哭之后，至少有一两个月的太平清静日子。

我母亲待人最仁慈，最温和，从来没有一句伤人感情的话；但她有时候也很有刚气，不受一点人格上的侮辱。我家五叔是个无正业的浪人，有一天在烟馆里发牢骚，说我母亲家中有事总请某人帮忙，大概总有什么好处给他。这句话传到了我母亲耳朵里，她气得大哭，请了几位本家来，把五叔喊来，她当面质问他，她给了某人什么好处。直到五叔当众认错赔罪，她才罢休。

我在我母亲的教训之下住了9年，受了她的极大极深的影响。我14岁（其实只有12零两三个月）便离开她了，在这广漠的人海里独自混了二十多年，没有一个人管束过我。如果我学得了一丝一毫的好脾气，如果我学得了一点点待人接物的和气，如果我能宽恕人，体谅人——我都得感谢我的慈母。

——本文作者是我国现代著名学者胡适

树上是什么

夜晚，一位父亲和他的儿子在院子里散步。儿子已大学毕业，在外地工作，好不容易回一趟家。

父子俩坐在一棵大树下，父亲指着树枝上一只鸟问："儿子，那是什么？"

"一只乌鸦。"

"是什么？"父亲的耳朵近来有点背了。

"一只乌鸦。"儿子回答的声音比第一次大，他以为父亲刚才没听清楚。

"你说什么？"父亲又问道。

"是只乌鸦！"

"儿子，那是什么？"

"爸爸，那是只乌鸦，听到没有，是只乌———鸦！"儿子已经变得不耐烦了。

父亲听到儿子的回答后，没有说一句话。过了一会儿，他突然站起身，慢吞吞地走进屋里。几分钟后，父亲坐回到儿子身边，手里多了一个发黄的笔记本。

儿子好奇地看着父亲翻动着本子，他不知道那是他父亲的日记本，上面记载着父亲日常生活的点点滴滴。父亲翻到25年前的一页，然后开始读出声来：

"今天，我带着乖儿子到院子里走了走。我俩坐下后，儿子看见树枝上停着一只鸟，问我：'爸爸，那是什么呀？'我告诉他，那是只乌鸦。过了一会儿，儿子又问我那只鸟，我说那是只乌鸦……

"儿子反复地问那只鸟的名字，一共问了25次，每次我都耐心地重复一遍。很高兴能有这样的机会，我知道儿子很好奇，希望他能记住那只鸟的名字。"

当父亲读完这页日记后，儿子已经泪流满面了。"爸爸，你让我一下子懂得了许多，原谅我吧！"

父亲伸手紧紧抱住自己的儿子，布满皱纹的脸上有了一丝笑容。

父亲的情书

那天想找枚铜钱做个毽子给侄女踢，娘说在箱子底有几个，但记不清是哪个箱子了。于是，我在那两个漆迹斑驳的大红箱子里翻腾。箱子很旧，又笨重又难看，我们多次建议将它们"库藏"起来，可娘不采纳。记忆里这两个箱子也从未曾离开过堂屋最显眼的位置，娘说过，那是她结婚时的唯一家具。

没想到，箱子的最底层，在一摞娘多年前为我们纳的千层底儿下面我发现一个泛黄的老式信封，压得很平展，看来是特意保存的。我怀着强烈的好奇心悄悄拿出来，上面写着娘的名字。字歪歪扭扭，因年久而有些模糊，但写得相当认真。打开信封，里面只有薄薄一页纸，同样歪歪扭扭却认认真真的几行模糊的字：

"兰：

我平安到了工地，不要牵挂。等挣了钱买几件家当，俺就去娶你，俺会一辈子对你好！

忠远

1976年春"

我的大脑忽然变得一片空白，傻楞楞地捧着它只感觉心跳得厉害，胸中仿佛有汹涌的波涛要冲出来。刹那间我泪盈双眼，滚滚而落。

署名是父亲，是父亲的情书，我不敢相信，成天把早已佝偻的身影掩没在田地里的父亲；只会一年四季为庄稼操劳的父亲；在我们得奖受表扬时才会把脸上皱纹舒展开来的父亲；被我认为敦厚得只会干活只会用沉默来爱我们的父亲，居然写过一封不平常的信，一封情书！再颤抖着打开看看，"这是真的！"我泪流满面。

信中只有那么平淡的几句话，没找到一个"爱"字。一向认为爱情就是山盟海誓、甜言蜜语的我，此时被一封无"爱"的情书感动得不能自已……

模糊的视线中往事清晰地浮现出来：父亲把水缸挑得满满的，娘总板着脸嚷父亲："这些事你也要管？就是闲不住，受苦的命！"父亲咧嘴笑笑，第二天依旧如此；天气突变的日子，娘慌忙地为地里干活的父亲准备避雨工具，我曾偷笑娘的这种慌乱；他们把我们姐妹吃剩的一个鸡蛋推来让去，说一些连我们都知道是假的理由来拒绝，最后父亲一拉脸："快吃了。推让个啥？"母亲则会委屈却又掩饰不了一份羞涩，低下头幸福地吃下去……

平平淡淡的生活中这些平平淡淡的事原来竟蕴含着这么深这么真的爱情！他们爱的方式很普通，总是被我们淡漠，他们爱的方式又太深沉，我们不容易觉察。为了生活，为了我们，父亲拼命挑着生活的重担、把爱埋在心底，用锄头用汗水播洒爱的种子，那片黄土地种着父亲的殷殷期盼。还有母亲，她的双手又何曾停歇过，那一摞被时代被赶潮流的我们遗弃的千层底鞋，该是母亲多少个日夜一针针纳的！他们默默用心爱对方，爱儿女，在儿女身上延续他们的希望，他们的理想，他们承担的爱情！

或许父亲一生只写过这一封情书，母亲一辈子也只收到过这一封情书，可这封无"爱"的情书被他们珍存了几十年，这比花前月下，卿卿我我的爱情浪漫了多少倍啊！母亲一直小心保护，每天擦拭的红木箱会不会是父亲那次打工挣钱买的？是不是买回来，他们就开始了一辈子的相濡以沫？我不知道，我只知道父亲每天都在实现他对母亲的"山盟海誓"——"一辈子对你好！"也知道母亲的爱从那两只红木箱溢出来，溢满整个空间！

母亲的存折

那天，女儿放学回家，突然没头没脑地问了一句："妈妈，我们家有多少存款？"

不等我作答，她又继续说道："他们都说咱家至少有50万元。"我奇怪地看着女儿："你说的'他们'是谁呀？"

我们班同学。他们都说你一本书能赚十几万稿费，你出那么多书，所以咱们家应该有50万吧。"

我摇摇头，说："没有。"女儿脸上忍不住地失望，两眼盯着我，有些不相信似的问："为什么？"

"因为……"我抬手一指房子，屋里的家具、电器，还有她手里正在摆弄的快译通，道："这些不都是钱吗？钱是流通品，哪有像你们这样只算收入不算支出的！"

女儿眨眨眼睛，仍不死心，固执地问道："如果把房子、家具、存款都算上，够50万吧？"

我点点头。女儿脸上立即绽开笑容，拍手称快道："这么说，我是我们班第三有钱的人了！"

我这才明白她为什么问这个，一定是同学之间攀比，搞什么财富排行榜了。

我立刻纠正她："不对，这些是妈妈的钱，不是你的。"

"可我是你的女儿呀！将来，将来——"女儿瞅瞅我，不往下说了。

我接过话，替她说道："等将来我不在了，这些钱就是你的，对不对？"

女儿脸涨得通红，转过身，掩饰说："我不是这个意思，都是我们同学，一天没事瞎猜，无聊！不说这个了，我要写作业了。"说完，女儿急忙回自己房间去了。

望着她的背影，我若有所思。没错，作为我的法定继承人，我现在所有的财产，在未来的某一天，势必将属于女儿，这是不争的事实。只不过国人目前还不习惯、也不好意思和自己的继承人公开谈论遗产这样十分敏感的事，而同样的问题在西方许多家庭，就比我们开明得多，有时在餐桌上就公开谈论。我想这主要是因为以前中国一直实行计划经济，一切财产都是国家的。我的父母工作了一生，一直都是无产者，直到退休前才因房改买下自己居住的房子，终于有了自己名下的财产。但是，和我们这些在市场经济环境下生活的子女相比，他们那点有限的"资产"实在少得可怜。也因此，我从未期望父母给我留下什么，相反，我倒很想在金钱方面给予父母一些，我知道，他们几乎没有存款。但是固执的父母总是拒绝，没办法，我只好先用我的名字存在银行，我想他们以后总会用上的。

那年春节，我回家过年，哥哥、妹妹也都回去了，举家团圆，最高兴的自然是母亲。没想到，因为兴奋，加上连日来操劳，睡眠不好，母亲起夜时突然晕倒了！幸亏发现及时，送去医院，最后总算安然无恙，但精神大不如前。时常神情恍惚、丢三落四。所以，尽管假期已过，我却不放心走。母亲虽然舍不得我走，但是一向要强的她不愿意我因为她的缘故耽误工作，她强打精神，装出一副精力充沛的样子，说自己完全好了，催促我早点走。我拗不过母亲，只好去订机票。

行前，母亲把我叫到床前，我一眼就看见她枕头旁放着一个首饰盒，有十块砖头大小，用一块红绸缎布包着，不禁一愣。小时候有一次趁父母不在我乱翻东西，曾见过这个首饰盒，正想打开却被下班回家的母亲看到，被严厉地训斥了一顿，从此再没见过，不知道母亲把它藏到哪儿去了。我猜里面一定装着母亲最心爱的宝贝。会是什么呢？肯定不会是钱或存折。母亲的钱总是装进工资袋放在抽屉里，一到月底就没了，很少有剩余。最有可能的是首饰，因为祖父以前在天津做盐道生意，家里曾相当有财势，虽然后来败落了，但留下个金戒指、玉手镯什么的，应不足为怪。

我正猜测不解，母亲已经解开外面的红绸缎布，露出里面暗红丝面的首饰盒。她一摁上面的按钮，"叭"的一声，首饰盒开了！母亲从里面拿出一个小绸布包，深深地看了一会儿，像是看什么宝物，然后，慢慢抬起头，看着我，缓缓道："这里面装着你出生时的胎发，5 岁时掉的乳牙，还有一张百日照，照片背面记着你的出生时辰。我一直替你留着，现在，我年纪大了，你拿去自己保留吧。"

我接过来，小心翼翼地打开。于是，我看到了自己 35 年前出生时的胎发，30 年前掉下的乳牙，和来到世界 100 天时拍的照片。照片已经有些发黄了，背面的字迹也已模糊，但依然能辨认出来。一瞬间，我泪眼模糊。我意识到：这就是母亲的"存折"，里面装着母亲的全部财产，没有一样贵重的东西，但是对我，每一样都珍贵无比。

带着母亲的"存折"，我踏上归程。一路上，感慨万千。我知道，和母亲相比，我是富有的，母亲这一生永远不可能有 50 万元存款了！对她来说，那是一个天文数字，她想都不曾想过。和我相比，女儿是富有的，她一出生就拥有的东西，是我拼搏多年才得到的。但是，女儿却永远也不可能像我一样，拥有自己的胎发、乳牙了。这些记载她生命的收据，让一路奔波的我遗失在逝去的岁月里，再也找不回来了！

沉重的背袋

那是第一次世界大战期间，杰克的父亲上前线去了，妈妈独自一人带着杰克和妹妹住在沃夫城外的一个小村子里。

当时，杰克和妹妹都小，记不得爸爸的模样了，只从照片上见过。不过，妈妈总是给他们讲起爸爸。

他们的妈妈向来坚强，杰克从未见过她流泪。晚上，妈妈常常给前线的爸爸写信。爸爸的信也时时从前线寄到家，灰色的信封，信封上盖着式样各异的邮件检查机关和战地邮局的邮戳。每当妈妈接到爸爸的信时，总是一边读，一边随口讲给杰克和妹妹听。

有一次听妈妈说，爸爸负伤住到了野战医院，伤好后不能回前线打仗，就调到了军需机关。这样，爸爸很快就有希望回趟家，还一定会给他们背一袋子好吃的东西。

　　杰克和妹妹猜想，那袋子里装的是大块大块美味的腌猪肉，在当时，那可是他们最高的奢望。于是，每天晚上睡觉前，他们都盼着爸爸背回满满的一袋子又酥又香的腌猪肉来。

　　爸爸终于回来了，他把身上的背袋往墙角一放，就过来拥抱他们；袋子比他们设想的还满。他们缠住爸爸不放，和他在一起的快乐无穷无尽。爸爸浑身上下是烟草味和朗姆酒味，他把杰克和妹妹抱在膝上，没完没了地逗他们。

　　后来，只有墙角的那只又大又满的背袋吸引他们的注意——里面装着神奇诱人的美味，最好吃的当然是腌猪肉。想着想着，杰克口水就禁不住往下流。

　　杰克和妹妹没有睡着，妈妈进屋时，他俩假装睡熟了，一动不动地躺着，眯缝着眼偷偷往外瞧。妈妈站住了，盯着那个袋子，好像她也终于忍不住了，弯下腰，吃力地搬起背袋——背袋装得太实了——把东西全倒在桌子上。

　　看着眼前的景象，杰克和妹妹不禁惊呆了。失望、委屈，又感到害怕：桌子上堆的全是信，用绳子捆好的一沓蓝色、白色、灰色、红色的信封，信封上是邮件检查机关和战地邮局的红邮戳。这些信他们太熟悉了。

　　从这个大背袋里倒出来的全是信，摆满了整整一个桌子，还几乎往下掉。

　　此时此刻，从来没有流过泪的妈妈第一次在他们面前哭起来了。起初，她小声地抽泣，泪水顺着面颊往下流；她用双手捂住眼睛，泪水顺着指缝往下流。

　　妈妈摇头想止住，但是没用，她最终控制不住自己，随之便放声大哭起来。

　　爸爸进来了，看到妈妈对着那个空背袋哭成这个样子，他的心里也难过起来。妈妈就这样一直哭着，始终不让爸爸挨近她。

抽屉里的衬衫

　　父亲的东西从来不锁，除了那一个抽屉。他不准人看，儿女也不敢看，每个人都知道里面装的是什么，每个人都希望父亲能把那东西遗忘。直到有一天，父亲咳嗽的很厉害，孩子们闻声走进卧室，扶起坐在地上满脸泪痕的父亲，才看见开着的抽屉和那件叠得整整齐齐的衬衫。

三十多年前，父亲常出差，每次出门前，母亲都会为他把衬衬熨平，再一件件叠好，放进旅行包。母亲叠衣服很小心，不但沿着衣服的缝线叠，而且把每个扣子都扣上。"不要那么马马虎虎、乱拿乱塞，脏的放一边，没穿的放一边；穿的时候别急，慢慢的把每个扣子解开来，轻轻抖一下，再穿，跟刚熨好的一样。"

"别让外人认为你家里没老婆。"母亲总是一边帮父亲装包，一边唠叨，"碰到年轻漂亮的女人，别太近了，小心口红沾到衣服上不好洗，又惹我生气。"

"你少罗嗦两句好不好，你知道吗?"父亲心满意足地又笑着说，"你是天底下最体贴，又最多心的老婆，你呀，连叠衣服都有阴谋。""不错!我要告诉你，你要是不小心弄脏了，偷偷洗干净，再叫别的女人给你叠，我一眼就看出来。"不过，母亲总会算着父亲出差的日子，多装一两件衬衫，说："多一件，备用，不是让你晚一天回来!"

那一天，父亲没晚回来，走进家门，却晚了一步。父亲抱着刚去世的母亲哭了一夜，又呆呆地坐了一天，然后起身，打开旅行箱，捧出母亲多叠的那一件衬衫，放进抽屉，缓缓地，一个字，一个字地说："不准开、不准动!"当然，他自己除外，尤其是最近，父亲经常打开抽屉，仔细抚摸那件衬衫，长满黑斑的手颤抖着，从衬衫领口的第一粒纽扣向下摸，抚摸到叠起的地方："瞧，你妈熨得多平、叠得多好!"有一次，孙子好奇地伸手去抓，父亲突然大吼一声，把孩子吓哭了，为这事，儿子还跟媳妇吵了一架："爸爸当然疼孩子，但是那一件衬衫不大一样，谁都不能碰!"可是，今天，父亲竟然指了指那个抽屉，又看了看儿女们，点了点头，儿子小心翼翼地把衣服捧出来，放在床边，小心把扣子一个个解开，三十多年，白衬衫已经变黄了，尤其叠在下面的那一段，大概因为紧靠抽屉，明显地黄了一大片。

儿子迟疑了一下，父亲突然吹出一口气："打开，穿上!"衬衫被打开了，儿子把父亲抱起来、坐直，由女儿撑起一支袖子，给老人套上，"等等!"女儿的手停了一下，低头细看，小心地拾起一根柔韧乌黑的长发:

"妈妈的!"父亲的眼睛睁大了,发出少有的光芒,居然举起有点黑紫的手,抖抖擞擞地把头发接过。当衬衫的扣子扣好时,儿子低声说:"爸已经去了!"女儿把父亲的两只手放在胸前,那手里紧握着的是一根乌溜溜的长发。

父亲越来越小

父亲理发回来,我们望着他的新发型都笑了——后脑勺上的头发齐刷刷地剪下来,没有一点层次,粗糙,玩劣如孩童。

父亲70岁了,越来越像个孩子,走路从不抬腿,脚蹭着地,嚓嚓嚓地响,从屋里听,分不清是他在走路,还是我那8岁的侄儿在走路。有时候,饭菜不可口,他执拗着不吃;天凉了,让他加件衣服,得哄好半天。

父亲很有点"人来疯"。家里来个客人,父亲会故意粗声大气地跟母亲说话,还非要和客人争着吃头锅的饺子———他明知道家里有客人,母亲不会和他吵架。客人一走,父亲马上又会低声下气地给母亲赔小心。

每次父亲从外边回来,第一句话一定是:"你妈呢?"如果母亲在家,父亲便不再言语,该干什么就干什么;如果母亲不在家,父亲便折回头骑上自行车到处找,千辛万苦把母亲找回来了,又没有什么事。有一次,父亲晨练回来,母亲说:"出去之前也不照镜子,脸都没洗干净,眼屎还沾在上面。"父亲不相信:我出去逛一圈了,别人怎么没发现,就你发现了?母亲觉得好笑:别人发现也不好意思告诉你呀,都这么大的人了。

家里有一点破铜烂铁、废旧报纸或塑料瓶什么的,父亲都会高高兴兴拿到废品收购站去卖,卖得的三五元钱,不再上缴母亲,装进自己的腰包作"私房钱",用于购买零食。

父亲以前生活节俭,从不肯到外边吃饭,也不吃任何零食。现在儿成女就,没什么大的开支,他也就大方了,经常跑去买零食吃。父亲最喜欢吃板肉夹烧饼。有一次父亲很委屈地在我面前告母亲的状:"我每次都夹一块钱的肉,只一次烧饼有点大,我夹了两块钱的肉,你妈就嫌我浪费。"我心里觉得好笑极了,这哪是印象中严肃古板、不苟言笑的父亲啊,分明是一个馋嘴的孩子。我从口袋里掏出10块钱给他,让他专门用来买板肉夹烧饼，并叮嘱他，不准告诉母亲。父亲高高兴兴的收下钱出去了。第二天，我从厨房经过，听见父亲向母亲炫耀道："女儿给我 10 块钱，让我买板肉夹烧饼，还是闺女对我好！"

我心里忽然一阵酸楚——我们越来越大了，父亲却越来越小，那种感觉就像一个叫云亮的诗人写的诗——《想给父亲做一会父亲》：父亲老了/站在那里/像一小截地基倾斜的土墙/……父亲对我的态度越来越像个孩子/我和父亲说话/父亲总是一个劲地点头/一时领会不出我的意思/便咧开嘴冲我傻笑……有一刻/我突然想给父亲做一回父亲/给他买最好的玩具/天天做好饭好菜叫他吃/供他上学，一直念到国外……

用什么尺子量爱情

她一直对母亲把一颗心都掏出来给父亲的活法，颇有微辞。

她不怎么喜欢父亲，过半百的人了，还像个孩子似的任性顽固。脾气暴躁不说，对母亲讨好他做的一切事，向来都要横挑鼻子竖挑眼地发几句评论。每每母亲都温顺地站在一旁，洗耳恭听着，眼里，竟是含着笑的。她当然看不过去，总会像儿时那样，英勇无畏地站到他们中间去，怒目直视着父亲。做父亲的，倒是有几分怵她，但也不会说几句温柔的玩笑话，将这场小小的争吵敷衍过去，他总是愤愤地"哼"一声，转身就往门外走。

接下来，便是最让她气愤不过的场面。母亲不顾一切地追上去，拉住父亲的胳膊，当着她的面，几乎低声下气般地求他："又疯跑到哪儿去？说好了中午给你和真儿做喜欢吃的红烧鱼，怎么又给忘了？"父亲倒是不再往外迈步，却也不会低头看母亲一眼，而是背着手又气哼哼地钻到书房里去，半天也不出来，直到母亲忙活完了，又亲自把他拉出来为止。

她一点都不明白，为什么母亲会这么纵容着父亲。她觉得父亲的坏毛病几乎都是母亲一点点惯出来的，因为父亲知道有人永远会跟在身后为他叠被洗衣收拾书桌，把他将要穿的衣服整整齐齐地摆在面前，甚至母亲偶尔出门不回家，都会为他提前做好了饭，温在锅里。

她几次三番地"教育"母亲，不要《助纣为虐》，否则哪一天等她这个女儿嫁出去了，就没有人保护她了。母亲每次都眯眼笑望着她，不言语，一副很知足很幸福的恬淡模样。这样的神情让她知道，如此多的口舌，又白费了，下次母亲照样是又要去哄生了气的父亲的。

所以她在自己找男友的时候，便格外地留了心，凡是男孩子身上有一丁点父亲影子的，一律 Pass 掉。这样挑来挑去的，便一晃过了28岁，浪费掉了青春里最美好的时光，一向对她的婚姻不管不问的父亲都生了气，亲自在家设宴，帮她考察一个老战友介绍过来见面的优秀军官。

军官言行举止确实都很得体，事业上也是百里挑一的出色。却在最后与父亲下象棋时，犯了她心目中完美爱人的大忌，竟在未来岳父面前逞英雄，连个小卒子都不肯让。父亲当然也是不肯相让。看着这样两个臭味相投的军人，她微微一笑，便在心里，又像以往，轻轻将他 Pass 掉了。

这一次，父亲真的发了火，说你自己都不完美，有什么资格苛求别人？即便是有完美的人，被你心里那把尺度刻错了的尺子一量，也甭想再完美了！

她一赌气，搬到姨妈家去住。晚上躺在被窝里向姨妈控诉父亲的劣行，没想到姨妈却是微微叹一口气，说："你不知道当年多少姐妹嫉妒你母亲找了这么一位好丈夫呢。你父亲和他的顶头上司都看上了你母亲，而且当时又是你父亲提拔上尉的考察期。结果他却是宁肯不当上尉，也要把你母亲抢过来呢。他的不肯让，不仅感动了你母亲，还赢得了那位领导的赞赏。有一年他执行任务，一失足从山崖上摔了下来，全身没一块好骨头，在送手术室的路上，怕你母亲担心，他还咬紧了牙，非得让别人给你母亲谎报了平安，才肯进手术室呢。其实，在大事上，为了你母亲，他是坚决不肯对别人忍让半步的。你母亲，其实亦是如此。否则，当年嫁给你父亲的，就是我，而不是她了。"

她竟是觉得有些陌生，像在听别人的故事，故事里痴恋着的男女主人公，为了彼此，既会忍让，亦会执拗地坚守，不让别人一兵一卒。让与不让，其实都是为了能够一生厮守。

在父亲"没好气"地打电话来请她回去的那一刻，她才终于明白，原来一辈子的幸福，不在于是否有一个完美的爱人，而是，两颗心，在让与不让组合成的圆里，能否用自己的爱与温柔，宽容地将对方的棱角，包围住，永不松手。

理解父母表现在细节中

陪　聊

我母亲喜欢和我聊天，她从乡下老家来，家乡的新鲜事稀奇事，她都说得有声有色有滋有味，我给她聊聊城里的怪事趣事，她也很喜欢听。

但我没有多少时间陪母亲聊天，因为一家人的生活担子全压在我一个人身上，吃饭穿衣要钱，孩子上学要钱，母亲身体不好，看病吃药要钱……我的工资不够用，只好把业余时间用上，干第二职业。

和母亲聊天

我的第二职业是陪聊。在我居住的城市里，这是一门新兴的职业。

那天我去职介所，职介所的工作人员对我说，有一个阿婆，单身一人住，生活得很孤单很无聊，想找个人晚上陪她聊聊天。按小时计费，每小时 10 元，工价不错，只是阿婆对人很挑剔的，以前介绍过几个，没干几天就被她辞了，现在正缺人。

说实话，我不喜欢这份工作：跟一个素不相识又对人很挑剔的老太婆聊天，能有什么好滋味？不过看在钱的份上，我还是去了。

还好，阿婆对我印象不错，她喜欢的话题我能聊，我说的东西她也喜欢听。第一天晚上去，她让我一直陪她聊到了深夜。我一个晚上挣了50块钱。

回到家里，母亲还没有睡，她一个人坐在厅里等我回来，一副孤苦零丁的模样。我坐到母亲的身边，想陪她说几句话，刚坐下就被她催走了："锅里热着饭，快吃一点睡觉吧！明天一早还要上班。"

此后，我每天晚上都去陪阿婆聊天，母亲也总是要等到我回来才睡。

阿婆是个很有钱的人，她的家很气派富贵，家里还雇了保姆。她给我付工钱也很大方，一般情况下，她11点钟就要准备睡觉，我陪她聊的时间只有4个小时，但她每次都是给我一张50元的大票，并说："不用找，明天再来。"

职介所的人跟我说过，阿婆当天给陪聊者结清工钱，如果她没有说下次什么时候再来，那实际上就是把你辞退了。

这样的日子大约持续了三周，她家里除了保姆和我之外，从不见有外人来过。后来有一天晚上，来了一个青年人，那青年人是开着轿车来的，保姆去开门，把他领进来。他进了客厅，开口叫她："娘。"给了她一沓票子，在厅里坐了几分钟，说了几句话就走了。

我很奇怪，因为我从来没有听阿婆说起她有个儿子，还一直以为她是个孤寡老人呢。我问阿婆："他是你儿子吗？"阿婆说是。"他家离这里很远吗？"阿婆说："不远，就在本市，本区。"我越发地奇怪了："离你这么近，又有车，怎么……"

"你是说，怎么不来看我，陪我说话？"阿婆的脸上掠过一片阴云，"因为他太有钱了，他的一个钟头值100块钱。"

那天从阿婆家里出来，一股冷风扑面而来，让我一连打了几个寒战！原来我总以为，我的母亲是天底下最可怜的母亲，他的儿子没有钱，所以连和她聊聊天的时间也没有，想不到还有另外的一个母亲，他的儿子因为有了太多的钱，也没有时间坐下来陪她聊天。

女儿的爱

有一对父女，"文化大革命"期间，父亲是被批成是"反革命分子"，女儿是小学三年级学生。有一天，学校里召开阶级斗争批斗大会，父亲被同学们揪进会场。班长命令他站在条凳上，低头弯腰，双臂向后伸直，更绝的是，点名让他的女儿上台发言。女儿慢慢地走向讲台，眼里含着泪背了段毛主席语录，然后便是沉默。

班长无法忍受这种长时间的沉默，带领同学们一遍遍地高呼："打倒反革命分子林之清！"然后不断地催促女儿彻底揭发林之清的反革命罪行。女儿被逼无奈，终于，一步一步地向父亲走去。同学们屏声静气等待一场更加刺激的"好戏"，有的人甚至激动地站了起来。只见女儿走近父亲，踮起脚尖，把父亲脖子上挂的反革命木牌正了正，并顺手在他父亲的下巴上迅速地摸了一把。因为，他父亲是个讲究仪表的人，他的习惯就是抚摸自己的下巴。

那一场批斗对父亲来说既是一种痛苦，也是一种幸福。从此，面对无论怎样的残酷灾难，父亲总能平静地接受。"文化天革命"结束后，有人问他是什么力量支撑他熬过了那段时光，他回答：是女儿的爱。

爱 的 位 置

老教授给他的学生讲了这样一个故事：有个国王有三个儿子，他很疼爱他们，但不知该传位给谁。最后，他让三个儿子回答如何表达对父亲的爱。大儿子说："我要把父王的功德制成帽子，让全国的百姓天天把您供在头上。"二儿子说："我要把父王的功德制成鞋子，让普天下的百姓都知道是您支撑他们。"三儿子说："我只想把您当做一位平凡的父亲，永远放在我的心里。"最后，国王把位传给了三儿子。

教授讲完，问道："记得父母生日的同学请举手。"举手者寥寥无几。

"寒假里给父母亲洗过脚的同学请举手。"这是他放寒假前布置的作业。

没有做到的同学扣德育分。

一百多双手齐刷刷地举了起来。只有坐最后的一位同学没举手。教授问是何故。该同学哑口无言。

"你是不是把我的话当耳边风了？"

"我很想给父母亲洗一次脚，可是……"

"可是什么，不要给自己找借口！"教授严厉地说。

"我的父母在一次车祸中失去了双腿。我只能给他们洗头。"空气在这一刻凝固了，教室里静得能听到心跳声。

重拨的电话

有一帮朋友在一起聊天，有一个人说："我在外面时间这么长，我要给爸爸妈妈打个电话告诉他们一声。"然后，他拨了一遍号码，停了一下挂断，又拨了一遍号码，拿着听筒等着，接着跟他父母说话。

他的朋友们很奇怪，问："拨第一遍占线啊？"他说："没有。"朋友问："那为什么要拨两遍呢？"

这个人淡淡地说："我爸爸妈妈年纪大了，腿脚不好，他们只要听见电话就觉得是我的，每次都是不顾一切往前冲，恨不得扑在电话机上。我妈因为这样就经常被桌子腿绊了。后来我就跟他们说好，我会经常打电话，但前提是你们一定不要跑，我第一次拨通电话就响两三声，然后挂上，你们慢慢走到电话机边等着，过一会儿我一定还会打过来的。"

为父亲开车门

父亲是三天前的一个下午来的，当时无人在家，他搁下背兜蹲在门口抽叶子烟。傍晚，楼上的张婆告诉我，她下楼撞见父亲，以为是盲流，呵斥他走开，父亲惶惶不安："这是我儿的家呢！"我向父亲求证此事时，父亲正在厨房择菜。他像犯了错的孩子，局促地站起来，搓着双手，目光游移，嗫嚅着说："下次，我一定穿周正一点。"我本是怕父亲心灵受到创伤，欲安慰他一番的，岂料他不但没有半点委屈和愤慨，反而以为自己丢了我的丑而深感惭愧。我心里有种说不出的痛。

家里不宽敞，我们把父亲和儿子安排在一间屋里。父亲进屋不久，我就听见巴掌落在脸上的声音，开门一看，见儿子正大吵大闹："你脏，你脏，不准你亲我，滚出去！"父亲不知所措地捂着脸。"他是你爷爷，我是他养大的，你知道吗？"我对儿子动了武。听到儿子的哭声，妻子一把把他抱过去，对我怒目而视。父亲垂着手，呆呆地站在一旁，又像犯错一般。夜已很深，隔壁的我还听见父亲辗转反侧的声音。

次日早晨，妻用不友善的腔调对父亲交代："茶几上有好烟，有烟缸，别抽叶子烟，别乱抖烟灰。别动音响，别动气灶，别动冰箱，别动电视……"父亲谦恭地说："叫我动，我也动不来的。"

下午下了一场小雨，下班回来不见父亲，妻子顿时火冒三丈，对我大发脾气。我和她唇枪舌剑，互不相让。正斗至酣处，门铃响了，父亲站在门口——湿漉漉的头发搭在皱纹堆砌的额头，松树皮一样的手提着一个塑料袋。他鞋也没脱就进了屋。妻子"哼"了一声，又进了卧室。我说："爸爸，吃饭吧！"父亲说："吃吧，吃吧，我孙儿呢？"孩子被妻子送到岳母家去了，若父亲知道内情一定会伤心，我只得对他撒了一个谎。

父亲盯着我看了一阵儿，若有所悟，默默地离开饭桌，打开身边的袋子，拿出两袋核桃粉、两瓶蜂糖、一袋健脾糕。父亲说："我去买东西了，不会买，也不知你们缺啥，就琢磨着买了这些。"父亲顿了顿又说："你有胃病，蜂糖治胃病，你记着，一早一晚都要喝一勺；她是用脑的人，核桃粉补脑；孙儿胃口不好，瘦，就给他买了健脾糕，吃了开胃。"父亲最后从贴身衣兜里拿出一个塑料袋，说："这5000块钱是我卖鸡卖猪攒的，都攒3年了。我留着用处不大，你拖家带口的用得着，拿着。我明天要回去了，你有空就回来，看看你妈的坟、你爷的坟。没空回来，爸也不怪你，你们忙，单位纪律严呢！"说完父亲笑了一笑，摸出叶子烟，正要点，可能想起了妻的交代，又揣了回去。我给父亲卷了支烟，也给自己卷了一支。我俩面对面坐着，烟雾缭绕，都不说话。

父亲执意要走，他说他惦念屋边的塘，惦念塘边的田。怎么留也不行，我决定叫辆出租车送他回去。富康车开到父亲身边，但一生都没有坐过小车的父亲却不知怎么打开车门。他的手在车门上东摸西摸，一脸尴尬。我上前一步，弯下腰来，打开车门，服侍父亲坐进车，再为他关上车门。父亲伸出头来，一脸的幸福，他在为儿子的举止而激动啊。他说："儿啊，爸算是村里最有福气的人了。"说完，抬手抹着眼圈，憨憨地笑着。

活在世上，活在城里，活在官场，我在许多人面前弯过腰，为许多人开过车门，但从没有为父亲弯腰开过车门。我为别人开车门的时候，从没有像今天这样毕恭毕敬，表里如一。父亲是农民，我是干部，父亲是庄稼人，我是城里人，父亲这辈子已无法超越我的高度，但我有今天全仰仗父亲的奠基。父亲为我弯了一辈子腰，吃了一辈子苦，操了一辈子心，而我呢？仅仅为他开了一次车门，就叫他心满意足感动异常……

可别这样结尾

护士海特把一张纸和一支笔放在米尔斯病床边的桌子上。"谢谢您。"他说。米尔斯先生有一个女儿。海特从医院的病人情况问讯处得到了她的住址及电话号码。

"珍妮·米尔斯小姐吗？我是苏·海特，医院的护士。我打电话是要谈你父亲的事儿。他患心脏病今晚住院了，而且……"

"哦，不！"她在电话尖叫了一声。"他不会死的，对吧？"这与其说是询问，还不如说是恳求。

"他现在的情况还好。"海特说，并竭力使自己的声音听上去令人信服。

"你不能让他死，求求你，求求你！"她哀求道。

"他现在得到的是最好的护理。"海特试着安慰她。

"可你不知道，"她解释道，"爸爸和我曾吵过一架，吵得非常厉害，差不多已有一年了。我……我从那时起就没见过他。"我对他说的最后一句话是：'我恨你'。"

她的声音变哑了，海特听到她突然哭了起来。海特静静地听着。一个父亲，一个女儿，就这样互相失去了对方。这时海特不由想起了她自己的父亲。

珍妮竭力控制自己的眼泪。

"我就来了，现在就来，130 分钟之内。"她说着挂断了电话。

海特努力想些别的事情，但海特不能。712 号房间，海特觉得她必须回到 712 号房间去！海特几乎是奔跑着穿过了大厅。

米尔斯先生一动也不动地躺着，似乎睡着了。海特号了号他的脉，没有。

哦，上帝！海特祈祷着，他的女儿就要来了，可别这样结尾啊！

门突然被撞开了，医生和护士冲进了屋子。一个医生开始对他做人工呼吸。海特看着心脏监视器，没有一点反应，没有跳动一下。他们试了又试，可还是毫无反应。

一个护士关掉了监视器。他们一个接一个地走了。海特站在他的床旁，像被打晕了似的。海特怎么向他的女儿交代呢？

当海特离开他房间的时候，海特看见了珍妮。一个刚离开 712 室的医生正站在那儿扶着她，对她说着什么。然后他走开了，让珍妮靠在墙上。海特看到的那是一张怎样痛苦的脸，一双怎样受创伤的眼睛啊！

"珍妮，对不起。"海特说。

"你知道，我从来没有恨过他，我爱他。"她说，"如果我能早来一会儿看他……"

海特双手抱着她的肩，她们慢慢地沿着走廊走到 712 号房间去。她一下子推开了门，走到床前，把她的脸埋在床单里。

海特想不看这一幕悲惨的永别。突然海特看到床边桌上的一张纸。便拿起了它。

"我亲爱的珍妮，我原谅你，我恳求你也原谅我。我知道你爱我。我也爱你。爸爸。"

海特的手在颤抖着，她忙把那纸条塞给珍妮，她读了一遍，再读一遍。她把那纸条紧紧地抱在胸前。

海特踮着脚走出房门，奔到电话机前。海特要打电话给父亲，对他说："爸爸，我爱你。"

我的旅行伙伴

我是个商人，经常要到外地去洽谈生意，我觉得世上没有什么事情比跟一大群商人在某家汽车旅馆的咖啡店里一起就餐更令人感到孤独的了。

有一年，在我出差之前，我那 5 岁的女儿珍妮把一件礼物塞到我的手里。它外面的包装纸皱巴巴的，用了很长的磁带把礼物包裹成一团，无角无棱，不成形状。

我给了她一个大大的拥抱，随便在她脸颊上亲了一下——就是那种父亲通常给予女儿的亲吻——然后开始动手拆开她送给我的小包裹。我感觉到里面的东西很柔软，因此我很小心。生怕把礼物弄坏。在我拆开她送给我的惊喜的时候，她站在我身旁，身上穿着那件稍稍显小的睡衣。

最先露出来的是一双珍珠般的黑色眼睛，然后是一个黄色的嘴巴，一个红色的蝴蝶领结，和一双橘黄色的脚。原来它是一只玩具企鹅，它的右翼上用报批粘着一个小小的木头牌子，报批仍然是湿湿的，木头牌子土有手写的一句话："我爱我的爸爸！"在它的下面是一颗手工绘制的心，并且用蜡笔涂上了颜色。

眼泪顿时涌出我的眼睛，迷糊了我的双眼，我立即在梳妆台上为它选了一个特殊的位置。

我总是频繁地出差，每次出差回来在家里的时间总不会很长。一天早上，我收拾行李的时候把那只企鹅扔进行李箱里了。那天晚上，我打电话回家，珍妮显得很沮丧，她说那只企鹅不见了。"亲爱的，它在我这儿。"我解释道，"我一直带着它呢。"

从那以后，她总是帮我整理行李，亲眼看着那只小企鹅和我的袜子、修胡子的工具一起放进箱子里。在其后的许多年中，那只小企鹅伴随我走过了千万英里的路程，从美国到欧洲，跨越了千山万水。我们一起在旅途中结识了很多朋友。

有一次到阿尔伯克基，我在一家旅馆里订好房间后，就扔下行李，匆匆赶去参加事务约好的约会。当我回到旅馆里，却发现床铺已经铺好，那只企鹅正靠在枕头上呢。

有一次在波士顿，一天晚上我回到我的房间，发现有人把它放在床头几上的一只空酒杯里——它还从来没有站得那么直呢。第二天早上，我把它放在一把椅子里。可是到了晚上，却发现它又站在那只空酒杯里了。

有一次在纽约的肯尼迪机场，一位海关检查员冷冷地要求我打开行李箱检查。我打开了。在我的行李箱顶部，就放着我那亲密的小旅伴——女儿送我的企鹅。海关检查员把它拿起来，笑着说："这是我干这一行以来所见过的最有价值的东西。感谢上帝！我们对爱不收税。"

有一天晚上很晚的时候，我打开行李箱，突然发现我的企鹅不见了，那时我从所住的那家旅馆已经驾车行驶了一百多英里。

我慌忙给旅馆打电话接电话的旅馆职员不相信我说的话，他态度有点儿冷淡，他大笑着说还没有人把它交到他那里去。但是，半小时之后，他打电话来说我的企鹅被找到了。

那时候时间已经很晚了，但我不在乎。我坐进汽车，开着它行驶了几个小时只是为了重新找回我的旅行伙伴，我到达那里的时候已经临近午夜了。

那只企鹅正坐在旅馆的前台上等着我呢。在休息大厅里，疲惫的商人、旅行者们看着我们的重逢——从他们注视着我的眼神里，看得出他们很羡慕我。一些人走过来和我握手。其中一个男人告诉我，他甚至自愿要求在第二天亲自把它给我送过去。

珍妮现在已经上大学了，我也不再像以前那么频繁地出差了。在多数时间里，那只企鹅是坐在我的梳妆台上了——它暗示着爱是旅行中最好的伙伴。在过去那些奔波在旅途中的岁月里，它一直陪伴着我。

爱在举手投足间

他被评上服务标兵，就因为一个动作——温柔的一伸手。雨天泥泞，雪天路滑，他都会习惯性地扶住那些莽撞调皮的孩子、搀扶行动不便的盲人和那些上了年纪的老人。十几年如一日。

他是市中心繁华路段的交警，也是这座城市市民的楷模。记者采访他时，他在电视镜头前拘谨地笑着说："是因为那床厚厚的报纸被子吧。"

高三那年，他迷上了打游戏。恨铁不成钢的母亲一怒之下拿鸡毛掸子打了他，他负气离家出走。火车颠簸着过了几站，他随熙攘的人流下车，却发现兜里的钱不翼而飞了。天色已晚，寒气渐重，他颓丧地坐在候车室里，看人流如烟雾渐渐散尽。他想自己怕是要在这冰冷的候车室里蜷缩一夜了。

他先是来回地走着，后来袖着手蜷在冰凉的椅子上。无法抵挡的寒冷从脚底向上升腾，最后传遍他的全身。他怀念一床温暖的被子，一件厚实的大衣，哪怕就是一块破旧的毯子也好。

就在他浑身酸麻、手脚冰凉，睡得迷迷糊糊之际，感到一阵轻柔的覆盖。他一激灵爬起来，是一张陌生的女人干瘪的脸。他身上盖着她的一件灰旧的外套，还有一层厚厚的报纸，从胸口一直到脚。她是白天在车站卖报纸的老妈妈。她和善地笑着："睡吧，孩子。我的儿子如果活着，也像你这么大了。"

他了解到，为了寻找走散的儿子，她辞掉工作，在火车站卖报纸，已经十多年了。后半夜，他睡得很香。清晨，老妈妈为他泡了一碗热面，给他买了车票，送他上了车。一路上，他脑子里全是老妈妈那沧桑而又和善的脸：如果我儿子活着，也像你这么大了；如果他在外面睡着了，希望也有人为他盖件衣裳，哪怕是几张报纸。

回到家，妈妈正在联系电视台发寻人启示，一见他就哭了。嘴硬的他没说半句软话，却从此努力起来，再也没有碰过游戏机。后来，他考取了交通学校。

那次采访，他在电视上说："我妈妈老了，反应也慢了，我希望她上街的时候有人也能搀扶她一下。我做的只不过是用父母的心去顾念每一个孩子，用孩子的心去感念全天下的父母……"电视机前，无数的母亲眼睛湿润了。

母亲节，别忘了问候母亲

下班回家了，很累。刚一坐下，女儿说："妈妈，问你个问题。"我很不耐烦的说："又问什么问题？"女儿说："妈妈，你最喜欢什么东西？"我说："没有什么东西呀！"女儿还在追问我，我说："烦不烦？"女儿说："妈妈求你了，你想想。"我说："喜欢花儿。"其实，这时的我很疲惫，就那样随口一说的。女儿说："妈妈，你休息一下。"没有理女儿，我躺在沙发上睡觉了。女儿给我盖上了毯子说："妈妈，你睡，我出去一下。"

不知道我睡了多久，老公回家时问我女儿去了哪儿时，我说她出去了。老公说："这么晚了你怎么让她出去？"我一看，哎呀天都黑了。这时的我才意识到女儿还是个不到9岁的孩子。老公责备了我几句，我没有理。此时，我只有沉默的资格了。

我起身做饭，女儿回来了，在听到她的敲门声后，我很快就跑到了门口，门一开，女儿说："妈妈，闭上眼睛，快！"我说："什么事？"女儿说："闭上眼睛。"我听了女儿的话，在女儿喊我睁开眼睛时，我看到了女儿捧在手上的鲜花。女儿说："妈妈，今天是母亲节，我祝你节日快乐。"看着我的女儿，我什么也没有说，只是在接过花的瞬间，有点想流眼泪。作为母亲，对孩子怎么好都觉得是应该，可是孩子对自己的好，就是一点点，也觉得那样的温暖和幸福。女儿看这我说："妈妈，你不开心。"我说："不，是太开心了，妈妈从没有收到过别人送的鲜花，今天你太让妈妈感动了，妈妈觉得很快乐。"女儿看我这样，自己不好意思了说："我们

母亲节快乐

179

RANGQINGSHAONIAN XUEHUI
LIJIE FUMU DE 150GE GUSHI

老师说今天是母亲节，有心的孩子就会给自己的妈妈一个惊喜，我今天让你惊喜了吗，妈妈？"我抱住了女儿说："妈妈太惊喜了，真的。"女儿接着说："我找小姑姑借了钱给你买花，不过钱我自己还，不要你操心。"看着女儿，我似乎就在这一刻发现她长大了。

这时，老公一把抱起女儿说："你就知道偏向妈妈。"女儿说："爸爸，我觉得你应该给你妈妈打个电话的，祝福你妈妈节日快乐。"当女儿说出这样的话时，我和老公都那样的吃惊和不安，是啊，是什么时候开始，我们离开了自己的妈妈，又从什么时候开始，我们慢慢的把妈妈放到了一边？这时，老公真的听了女儿的话给他妈妈打了电话，当听着老公挂电话时感叹的说："我们应该向孩子学习。"此刻，除了欣慰自己孩子的懂事，更深的体会就是应该和孩子一样知道什么时候表达自己的情感，而不是随着日子的平淡使自己的心慢慢的变硬。这个母亲节，除了快乐，还有了许多的收获。

理解父母表现在行动中

愿　望

有一对年轻夫妻，丈夫在一次意外的车祸中丧命，妻子为了不使公婆忍受老年丧子的痛苦，坚持每月给乡下的二老寄钱，并模仿丈夫的笔体与口气往回写信。这一寄一写就是30年。

30年中发生了很多变故。女人一个人忍受过失去爱人的疼痛、经历过再婚的挫折、遭遇过病疼、失去过工作，但是，这个女人从未放弃过对前夫父母的关怀。后来，女人的事过被新闻媒体披露出来，一家大报记者采访她时问道："你能几十年如一日地孝敬二老，是不是缘于爱情的力量？"女人望着坐在旁边的现在的丈夫，红着脸吸嘴半晌才说出一句话，而这一句话却使记者感动得热泪长流，她说："开始是，后来就成了愿望，就像父母希望子女永远快乐一样，我愿意看到一对快乐的老人。"

爱的抉择

媳妇说："煮淡一点你就嫌没有味道，现在煮咸一点你却说咽不下，你究竟怎么样？"母亲一见儿子回来，二话不说便把饭菜往嘴里送。她怒瞪他一眼。他试了一口，马上吐出来，儿子说："我不是说过了吗，妈有病不能吃太咸！"

"那好！妈是你的，以后由你来煮！"媳妇怒气冲冲地回房。儿子无奈地轻叹一声，然后对母亲说："妈，别吃了，我去煮个面给你。""仔，你是不是有话想跟妈说，是就说好了，别憋在心里！"

"妈，公司下个月升我职，我会很忙，至于老婆，她说很想出来工作，所以……"母亲马上意识到儿子的意思："仔，不要送妈去老人院。"声音似乎在哀求。儿子沉默片刻，他是在寻找更好的理由。

"妈，其实老人院并没有什么不好，你知道老婆一旦工作，一定没有时间好好服侍你。老人院有吃有住有人服侍看顾，不是比在家里好得多吗？""可是阿财叔他……"

洗了澡，草草吃了一碗方便面，儿子便到书房去。他茫然地伫立于窗前，有些犹豫不决。母亲年轻便守寡，含辛茹苦将他抚养成人，供他出国读书。但她从不用年轻时的牺牲当作要挟他孝顺的筹码，反而是妻子以婚姻要挟他！真的让母亲住老人院吗？他问自己，他有些不忍。

"可以陪你下半世的人是你老婆，难道是你妈吗？"阿财叔的儿子总是这样提醒他。"你妈都这么老了，好命的话可以活多几年，为何不趁这几年好好孝顺她呢？树欲静而风不息，子欲养而亲不在啊！"亲戚总是这样劝他。

儿子不敢再想下去，深怕自己真的会改变初衷。傍晚，太阳收敛起灼热的金光，躲在山后憩息。一间建在郊外山岗的一座贵族老人院。

是的，钱用得越多，儿子才心安理得。当儿子领着母亲步入大厅时，崭新的电视机，42英寸的荧幕正播放着一部喜剧，但观众一点笑声也没有。

几个衣着一样、发型一样的老妪歪歪斜斜地坐在发沙上，神情呆滞而落寞。有个老人在自言自语，有个正缓缓弯下腰，想去捡起掉在地上的一块饼干。

儿子知道母亲喜欢光亮，所以为她选了一间阳光充足的房间。从窗口望出去，树荫下，一片芳草如茵。几名护士推着坐在轮椅的老者在夕阳下散步，四周悄然寂静得令人心酸。纵有夕阳无限好，毕竟已到了黄昏，他心中低低叹息。

"妈，我……我要走了！"母亲只能点头。他走时，母亲频频挥手，她张着没有牙的嘴，苍白干燥的嘴唇在嗫嚅着，一副欲语还休的样子。儿子这才注意到母亲银灰色的头发，深陷的眼窝以及打着细褶的皱脸。母亲，真的老了！

他霍然记起一则儿时旧事。那年他才 6 岁，母亲有事回乡，不便携他同行，于是把他寄住在阿财叔家几天。母亲临走时，他惊恐地抱着母亲的腿不肯放，伤心大声号哭道："妈妈不要丢下我！妈妈不要走！"

最后母亲没有丢下他。他连忙离开房间，顺手把门关上，不敢回头，深恐那记忆像鬼魅似地追缠而来。

他回到家，妻子与岳母正疯狂的把母亲房里的一切扔个不亦乐乎。身高 90 厘米的奖杯——那是他小学作文比赛"我的母亲"第 1 名的胜利品！华英字典——那是母亲整个月省吃省用所买给他的第一份生日礼物！还有母亲临睡前要擦的风湿油，没有他为她擦，带去老人院又有什么意义呢？

"够了，别再扔了！"儿子怒吼道。

"这么多垃圾，不把它扔掉，怎么放得下我的东西。"岳母没好气地说。

"就是嘛！你赶快把你妈那张烂床给抬出去，我明天要为我妈添张新的！"

一堆童年的照片展现在儿子眼前，那是母亲带他到动物园和游乐园拍的照片。"它们是我妈的财产，一件也不能丢！"

"你这算什么态度？对我妈这么大声，我要你向我妈道歉！"

"我娶你就要爱你的母亲，为什么你嫁给我就不能爱我的母亲？"

雨后的黑夜分外冷寂，街道萧瑟，行人车辆格外稀少。一辆宝马在路上飞驰，频频闯红灯，陷黄格，呼一声又飞驰而过。那辆轿车一路奔往山岗上的那间老人院，停车飞奔上楼，推开母亲卧房的门。他幽灵似地站着，母亲正抚摸着风湿痛的双腿低泣。

她见到儿子手中正拿着那瓶风湿油，显然感到安慰的说："妈忘了带，幸好你拿来！"他走到母亲身边，跪了下来。

"很晚了，妈自己擦可以了，你明天还要上班，回去吧！"

他嗫嚅片刻，终于忍不住啜泣道："妈，对不起，请原谅我！我们回家去吧！"

男孩和树

一个小男孩，他从小就在一棵大树旁边玩儿。他特别喜欢这棵树。这是一棵大苹果树，长得很高，又漂亮，又有很多甜美的果子。

这孩子天天围着树，有时候爬到树上摘果子吃，有时候在树底下睡觉，有时候捡树叶，有时候他也拿着刀片、瓦片在树身上乱刻乱划。这大树特别爱这孩子，从来也不埋怨他，就天天陪他玩儿。

玩着玩着，孩子长大了。有一段时间他就不来了。大树很想他。过了很

每天都会有一个小孩跑来跟它玩，它好开心。

男孩在树下玩耍

久，他再来的时候，已经是一个少年了。大树问孩子："你怎么不跟我玩儿了？"这孩子有点不耐烦，说："我已经长大了，不想跟你玩儿，我现在需要很多高级的玩具，我还要念书，还得要交学费呢。"

大树说："真对不起，你看我也变不出玩具，这样吧，你可以把我所有的果子都摘去卖了，你就有玩具，有学上了。"这孩子一听就高兴了，把果子都摘了，欢欢喜喜地走了。

就这样，每年他就是在摘果子的时候匆匆忙忙来，平时都没有时间来玩儿。等到他读书以后，又有很长时间不来了。再过一些年，这孩子已经长成一个青年，他再来到树下的时候大树更老了。

大树说："哎呀，你这么长时间不来，你愿意在这儿玩会儿吗？"孩子说："我现在要成家立业了，我哪儿有心思玩啊？我连安家的房子还没有呢，我也没有钱盖房子呀。"

大树说："孩子，你千万不要不高兴，你把我所有的树枝都砍了就够你

盖房子了。" 这孩子高兴起来了，把树枝都砍了，就去成家了。

这样又过了很多年，这孩子再来的时候，已经是中年人了，这大树已经没有果子也没有树枝了。孩子还是不高兴，一个人心事重重地徘徊在树下。

这孩子说："我现在成长了，念完书，也成家了，我得在世界上做大事。这世界上的海洋这么浩瀚，我要去远方，可我连只船都没有，我能去哪儿啊？"

大树说："孩子，你别着急，你把我的树干砍了你就可以做船了。" 这孩子一听很高兴，砍了树干，做了一条大船出海去了。

又过了很多年，这个大树只剩下一个快要枯死的树根了。这时候，这个孩子回来了。他的年纪也大了。

他回到这棵树边的时候，大树跟他说："孩子啊，真对不起，你看我现在没有果子给你吃了，也没有树干给你爬了，你就更不愿意在这儿跟我玩了。"

这孩子跟大树说："其实我现在也老了，有果子我也啃不动了，有树干我也不能爬了，我从外面回来了，我现在就是想找个树根守着歇一歇，我累了，我回来就是跟你玩的。"

这个老树根很高兴，他又看见孩子小时候的样子了。

这个故事，其实说的就是我们的父母和我们自己的一生。

尽孝要趁早

父亲入土为安的那一刻，泪水再次模糊了我的双眼。此刻，我清楚地意识到，父亲离我远去了。我的父亲死于一次意外。那天晚上，父亲不小心从平房上栽下来，不省人事。在县医院抢救了 3 天，父亲偶尔清醒时总是交代："咱回家吧！" 俭朴了一生的父亲从来都不舍得多花一分钱，包括治病。但最后回到家时，父亲已经什么都不知道了……

我的父亲是个标准的中国农民，勤劳本分，沉默务实。父亲一辈子与土地为伴，田间地头，春耕秋收，用双手从土地里刨出一家人的生计。在我的印象里，父亲一直是起早贪黑，忙进忙出。但是父亲身上所表现出的这些传统美德，开始并没有让我感觉到他的伟大。相反，我总认为父亲没有脾气，没有个性，所以，我从小就不害怕父亲，甚至心里有点轻视父亲。小时候，我家里人多地多，好像总有忙不完的农活儿。有时为了抢收抢种，父亲也派给我们姐弟几个一些杂活，如剥玉米棒、刨红薯。从小任性，我极不情愿干农活，但又不得不干。为此，我把当时所有的厌烦、恼恨全都集中在父亲一个人身上。虽然当面还不敢说，但背地里我总是嘟囔父亲。

长大后，我虽然对父亲的了解多了起来，可是我仍只是简单地根据自己的好恶来评价父亲，眼里只看到了父亲身上的所谓的缺点，一味地认为父亲老实无能。以前，在我的家乡，家家户户都养牛耕地。因此，人们衡量一个男人有没有本事，就看他能不能使得一手好犁耙，否则，他会被人笑话的。而我的父亲作为家里的主要劳力，一个一辈子与土地打交道的人，竟然不会用牛耕地（家里的20多亩地都是爷爷用牛耕种的），这难免被人议论。为此，我从心里怨恨父亲，不愿在别人面前提起父亲，甚至还开始责怪父亲。至今我仍清楚地记得那次呵斥父亲的情景。那天，我和别人一起玩，不知因为什么他们都自豪地夸起了自己的父亲。我在一旁却无言以对。正在我自感狼狈的时候恰好父亲来喊我。"别管我，我不让你管！"我不耐烦地对父亲呵斥起来。父亲脸一红，朝我举起了手。可一会儿，父亲又默默地把手放下，并转身离开了。望着父亲远去的背影，我不但没有丝毫的自责，反而生出一种胜利的窃喜。

进入高中以后，我对父亲的态度并没有改变，还自以为有了点知识而清高，更苛刻地挑剔起父亲。小到走路说话，大到为人处世，我总自觉不自觉地干涉父亲。对父亲的责备后来慢慢变成了一种习惯。有时自以为是地朝父亲大发脾气，有时又毫不顾忌地斥责父亲……就这样，在我的责备声中，父亲更加沉默了。尤其是只有我们两个人的时候，父亲越来越怕和我说话。由于我的一意孤行，父子间的隔膜一天天加深，我对父亲的伤害也一天天加深。

天有不测风云。在我升入师专后，50多岁的父亲因眼疾双目失明。（其实，如果早些治疗，父亲的眼睛大概不会出现这种情况。为了省钱，父亲一直偷偷地瞒着自己的病情。）父亲不能下地干活时，我才渐渐地意识到，原来沉默寡言的父亲一直都是家里不可缺少的顶梁柱。但是，坏的习惯一旦养成想改掉是那样的难。况且，我还没有强烈地意识到长久以来自己对父亲的伤害之深。直到有一天，我从母亲口中真正了解了父亲的一片苦心。那时，为了供应我、弟弟和妹妹上学，失明后的父亲也不愿闲着，开始摸索着在家里养猪。少则三五头，多则十来头，卖的钱的确给家里添了很大一笔收入。母亲要在地里忙也很少能帮父亲。因此，配料喂食等等，一切都是父亲自己摸着一点点干的。可是，我依旧不理解父亲，还因嫌父亲整天脏兮兮的样子而发火。那天学校放假，我走进家门恰巧碰上父亲从猪圈里出来。看着父亲脏兮兮的样子，没有思索，我便责备道："歇着吧，瞎忙啥哩！"父亲听出是我的声音，忙招呼了两声："回来了？回来了！"然后，他便摸着一条凳子坐在一边，局促得一句话也不再说。晚上我正看电视，母亲心事重重地坐在我身边，向我说起了父亲，讲起了父亲的过去。最后，母亲语重心长地说："建业，以后别再责怪你爸了，他多难呀，昨天你爸还对我说，'我眼瞎了，更没本事了，就想多喂几头猪赚点钱让建亭早点毕业'。"（那一年，我的弟弟建亭考上了本科院校。）我静静地听着母亲的话，浓浓的悲哀在心中滋长，是啊，我何时体谅过父亲，又替父亲做过什么呢？

"子欲养而亲不待"，等我彻底醒悟过来时，父亲已经不再给我忏悔的机会：操劳了一生的父亲，带着未了的心愿静静地离开了我们，离开了这个家。都说养儿为防老，可我的父亲还没有享到儿子的福呢！每日里再忆起父亲，我都只能以泪洗面：父亲啊，您何时能再听儿一声责备……

父亲走了，给我留下了一生的自责和遗憾。

给母亲洗澡

母亲从不去澡堂洗澡，说是闻不惯澡堂里的那股子怪味。所以从小到大我从未和母亲一同洗过澡，更别说帮母亲洗澡了。

已病入膏肓的母亲，虚弱的已无力自己活动了。那天吃过晌午饭，突然发现母亲头发那么的蓬松凌乱，我看着母亲那双深陷的已失去往日光泽

理解父母表现在行动中

187

的大眼睛，说："妈，我想帮您洗洗澡。"母亲盯着我看了一会儿，摇了摇头。我知道母亲心里在想什么，她是怕我看见她骨瘦如柴的躯体伤心难过。我执意要帮她洗，母亲没有再坚持，就点了点头。

做好帮母亲洗澡的准备工作后，我轻轻地走到母亲的床前，左手揽着母亲的脖子，右手揽住母亲的腿弯，使劲一抱，没想到母亲轻轻的，我用力过猛，往后趔趄了一下，我的心也随之抖动了一下，母亲竟然这么轻，轻得像一个四五岁的孩子，我心里难过极了。

和母亲一起生活了几十年，在我的记忆中，母亲虽然瘦却好像总有使不完的劲似的，家里的重活、累活母亲总是自己包干，从不让我插手，当我有了孩子，与母亲一同出来，孩子总是被母亲抱在怀里，母亲总说我没劲，抱久了怕我累着。我紧紧的盯着母亲深陷的双眼，突兀地说了声："妈，对不起！"母亲不解的看了看我，轻轻的说："孩子，你说什么呢？"我不再说话，我托着母亲的身体，把母亲轻轻的放在了躺椅上，我感觉泪水顺着自己的脸颊流了下来，我赶紧的背过脸去。

默默的帮母亲脱去衣服，天哪……我被眼前的景象惊呆了，这就是我的母亲吗？病魔不知何时已残酷的吸食了她身上所有的血肉，除了肿胀的双脚之外，身体其他部位不见一丝血色，腊黄的皮肤包裹着凸显的骨头，像一株干枯的树干。

我颤抖着双手把水轻轻的浇在母亲的身上，水顺着母亲的皮肤缓缓的流下，母亲凸露的锁骨和脖子之间形成了两个凹陷的水坑，水聚在那里，在灯光的映照下发着阴冷的寒光，我再也抑制不住自己的情感抱着母亲大哭了起来："妈，对不起……妈，对不起……女儿不孝，妈妈，对不起，对不起……"母亲抬眼看了看我，轻轻地对我说："孩子，你说什么呢？我知道的，我女儿是天底下最孝顺的女儿了，妈妈是世上最有福气的妈妈……"

洗完澡，我轻轻地将母亲抱回床上，我坐在床沿上，揽着母亲的身体，就像小时候母亲揽着我哄我睡觉一样，久久的揽着……

她也许是累了，终于闭上了眼睛。我以为母亲睡着了，就轻轻的托着她的上身准备让她平躺下去，可是，我看见有两行泪水，从母亲的眼角流了出来……

女儿的牵挂

詹姆斯曾是千万富翁，后来他的公司破产了，他的财产和房子都抵押给了银行，他的妻子因此忧郁成疾，不久便病逝了，他的合作伙伴史蒂文也精神失常住进了医院。

只有6岁的女儿和詹姆斯相依为命了。他和女儿搬到了贫民社区。那里垃圾成堆、房间内阴暗潮湿，唯一的好处是房租便宜。

拉里是詹姆斯的大学同学，当得知詹姆斯的情况后，很为他担心。一天早上，经过多方打听，拉里终于找到了詹姆斯的住处。隔很远，拉里便看到詹姆斯背着一个包，准备出门。詹姆斯背的是推销员常用的那种背包，詹姆斯很有可能在外面跑推销。

詹姆斯没走出多远，便被他的女儿喊了回去。那是一个十分可爱的小女孩，可能是屋里光线太暗的缘故，她将一张小桌子搬到屋外做作业。詹姆斯走到小女孩身边，小女孩突然将詹姆斯的双手抓住，放在自己的嘴边轻轻地吹了一口气，口里还说："爸爸，凯琳的这口气会保佑您平安的，您一定要早点回来，凯琳在家等着您呢！"

这时，拉里看到，詹姆斯满脸绽开了自信的笑容。看着詹姆斯轻松地挎上背包一路远去的背影，拉里的眼睛湿润了。

拉里走到小女孩的身边问："你每天都要在爸爸的手里吹一口气吗？"小女孩得意地笑了："是的，妈妈说，每天在爸爸的手里吹一口气，就可以温暖爸爸一整天。"

望着小女孩的笑脸，拉里突然明白，詹姆斯为什么能从这么多苦难中挺过来了。那靠的是牵挂的力量！

父亲的遗愿

太史公司马迁一生用了很长的时间游历天下，又曾接受朝廷的命令出使西南。在父亲司马谈病重的时候，他在外漂泊多年终于回来。在父亲身边，他接受了一个伟大的使命。

司马谈这时快不行了，但他还有心事未了。他对司马迁说："我家先人是周朝的太史，从前名声显赫，后来家道衰落。现在我作为太史，处在当今天下一统、人才辈出的时代，可是我对这个时代却没怎么记载，心里真是恐惧啊！我死了以后，你一定会接替我做太史，继承我们祖上的职业。你一定不要忘记我要撰写的著作啊！"

司马迁

司马谈又说："所谓孝，始于事亲，接着是事君，最后必能使自己扬名后世。扬名后世，以显父母，这是孝之大者。你记着我的话吧！"

司马迁哭着说："儿虽不才，一定好好整理父亲已经记录的历史资料，不敢有所缺失。"

司马迁就这样接受了父亲的嘱托，尽管他后来遭受了宫刑，但每每想起父亲的遗愿，最终他写成一部大书——《太史公书》，也就是名传后世的《史记》。

儿子的礼物

我和孩子经常在林间小路上散步，从前他总是抓住我的手一甩一甩，边走边跳的，而现在他常常把我的胳膊向上托，我奇怪地问："妈妈很老了吗？"他笑嘻嘻地说："没有啊，妈妈年轻得像小草一样呢！""那你为什么要这样用力扶我呢？"孩子没有解释，笑着跳着跑远了。

晚上，孩子的老师打来电话，告诉我，孩子几乎每节课都要去卫生间，而且每次都会迟到。我的心一下子揪了起来，他在幼儿园曾经有过这个毛病，在医生的帮助下调养了很久才好的。现在怎么会又犯了呢？放下电话我心急如焚，医生说过，治疗这种病不能有心理压力，我决定先观察几天。

星期六是他的 7 岁生日，亲友们热热闹闹地聚在了一家餐厅，因为他是我们这个大家庭里唯一的孩子，几乎每个人都牢记着他的生日，各式各样的生日礼物，金灿灿的王冠，写着祝福的蛋糕，都让他兴奋无比，也让我忘记了他的病。

真是凑巧，这天餐厅里还有两个孩子过生日，于是几家人建议让三个小寿星坐在一起，孩子们兴奋得高呼起来，引得饭店的老板也走出来了，他兴致勃勃地提出要给他们赠送生日礼物，但要求他们展示自己的才华。孩子们的即兴表演真的很精彩，吸引了许多客人的注意力。

老板的礼物拿出来了，我看见我的孩子眼睛一亮，紧紧盯住其中的一件礼物，那是一枝蓝猫枪，他曾经给我描述过许多遍的一枝枪。

老板提出，他将问一个问题，回答得最好的孩子，可以第一个挑选他最喜欢的礼物，因为三件礼物是不同的。

第一个问题出乎意料的老套：你的理想是什么？要求说出理由。我看见我的孩子偷偷地笑了，眉目间是藏不住的得意，他以为一定会博得阵阵掌声的。我也笑了，冲他做了一个必胜的手势。

第一个孩子说要成为一个警察，第二个孩子说要做警察局长，大家笑得前仰后合。轮到我的孩子了，他站起来，烛光如花朵般洒在他的脸上，那一刻，小小的餐厅显得异常安静，亲友们的目光格外殷切。

他用清亮的声音说："我的理想是，永远和安锐一起上厕所，但理由我不会说的。"

哄笑声、惊呼声，大人们惊诧的眼神，交头接耳的议论，家人尴尬的脸，一些就餐的孩子边笑边做鬼脸，其中一个肆无忌惮地喊着："他脑子有病啊！"我可怜的儿子，此时还没有把目光从蓝猫枪上收回来。老板不停地干咳，也许他真不知道该如何收场。

我的直觉告诉我，一定要以最快的速度带我的孩子离开这里。他刚刚 7 岁，他有权说愚蠢的话、有权做愚蠢的事情，但任何人都无权如此伤害他！我牵了他的手，这时候，他的手居然又轻轻地托起我的胳膊，这个习惯性的动作让我的心隐隐一痛，我们一起逃离了餐厅。

我们没有回家，在那片姹紫嫣红的树林里走着，因为这里没有嘲笑，没有伤害，只有满地的落叶铺开一条金黄的路，圣洁而美好。

"妈妈，你记得安锐吗？我上幼儿园的同学。"孩子握着我的手。

我当然记得，三年前，安锐从五楼的阳台上跌下来，伤得很重，媒体作了大量报道，许多人自发地到医院去捐款，安锐父母流泪的大幅照片，至今还烙在我的心里。

儿子告诉我，安锐现在是他的同学，但他留下了严重的后遗症，他的腿软弱无力，在学校上厕所的时候，总要跪着上，而且他每节课都要去卫生间。有许多同学去帮助他，可是安锐无法忍受老师在表扬那些同学的时候，总是要提到他"上厕所"这几个字。安锐感到羞耻，他恼怒地拒绝别人的帮助。我的儿子告诉安锐，他会为他保密，他不要表扬，不要小红花，不要奖状，所以安锐接受了他的帮助。

我终于知道了，我的孩子身体没有病，我也知道了，孩子搀扶安锐已经成了一种习惯，所以才会那样去托起我的手臂，他的善良也成为一种习惯。

我带他到许多玩具商店去搜寻蓝猫枪，可走遍大街小巷也没有找到，我握着儿子的手，心底充满歉意，但我同时也很骄傲，因为我从孩子这里，得到了一个做母亲所能得到的最贵重的礼物。

请你做我爸爸

我第三次见到那小女孩时，她依然穿着那套陈旧然而干净的牛仔服。她弓着身子，拿着一块深灰色抹布擦洗着我的车轮，蹲在地上的她显得瘦小单薄。

我以为她是家境困难，想通过这种方式赚点钱。我拍拍她的短发跟她打招呼，她惊恐地站起来，将双手反背在身后，红着脸跟我打招呼："您好！莫伦先生，我叫莎丽尔。"

我一边打开车门一边掏钱打算付给莎丽尔小费，但是莎丽尔却紧张地摇头说："莫伦先生，我并不是想要您的钱。"我看着紧张而羞怯的莎丽尔开玩笑说："难道，你是想跟我交朋友？"她"咯咯"笑出声来："因为，您跟我爸爸长得很像！"

看得出，莎丽尔说这话的时候积攒了很大的勇气，而且一提到"爸爸"，她的眼泪几乎就要掉下来。我突然萌生出一种无以言表的情愫，就像对待自己的孩子那样的感情。于是我对她说："我开车带你兜兜风好吗？"她睁大眼睛，有些不相信地看着我，然后突然雀跃着钻进车里。莎丽尔在车上兴奋地这里摸摸那里碰碰。

很快，这个十多岁的小孩子消除了陌生感，打开了话匣。她说她父亲是个非常英俊幽默的男人，在她两岁的时候离家去阿姆斯特丹做生意，赚了钱就会开着红色跑车回来接妻子和女儿，还要为她们创建一座牛羊成群绿草如茵的大农场呢……

莎丽尔的故事还没有讲完，我已明白了她的意思。她的母亲快要离开这个世界了，莎丽尔希望找到一个长相和她爸爸相似，而且有着鲜艳跑车和大农场的男人，让妈妈"等到"心爱的男人了无遗憾地离去。"莫伦先生，我在半年内找了许多叔叔，可是他们中间没有一个人愿意听我的故事。您是最好的！"她还从口袋里取出了一张照片——她父亲15年前的照片，一个英俊年轻的小伙子，但并不像莎丽尔说的那样和我非常神似。莎丽尔是要我扮演她的"爸爸"，也就是她母亲的丈夫。

莎丽尔满脸笑容，眼神中映射着无比澄澈的温暖，我无法拒绝这样一个小女孩如此善良的要求。

一个阳光普照的下午，我载着莎丽尔向霍华德大街的"南茜精神病院"出发了。莎丽尔的妈妈正在熟睡，这个被思念和病魔折磨得不成人样的女人，却被小小的女儿拾掇得异常整洁。

没想到，莎丽尔的母亲醒来后，突然扑倒在我怀里号啕大哭。她真的把我当成了她苦苦等待的丈夫！看着一旁兴奋激动的莎丽尔，我突然觉得自己的生命在那一刻无比澄澈温馨。

坐在一旁的莎丽尔似乎不相信眼前的一切，她好几次悄悄掐自己的手背，然后露出得意的笑容。我朝她努努嘴："怎么不叫爸爸？"慢慢地，莎丽尔终于蹭到我身边，迟疑许久，轻轻地叫了声："爸爸。"我伸开另一只臂膀将她搂进怀里……

一小时后，我和莎丽尔将她母亲扶下楼，当她远远看到我那辆鲜红的跑车时，紧紧抓住我的手说："亲爱的，我知道你一定会回来的，我终于等到了你。"我当然"回来了"，我甚至也为"妻子"准备了一座大大的农场。整个晚上她都拽着我和莎丽尔在农场转悠。突然间，我领悟到，原来做一个有情又有义的男人可以这样的幸福。晚上10点钟，我开车送她们回医院。我一直等莎丽尔的母亲睡着后才离开。莎丽尔将我送到病房外面，她说："莫伦叔叔，真的谢谢你。"莎丽尔不知道，我这个42岁的中年人其实早已被她深深感动和激励。

翌日下午，我又开车来到精神病医院。这让莎丽尔感到无比惊喜，我拍着她的肩膀说："我愿意做你的爸爸，喜欢和一个好孩子陪着她的妈妈。"

半个月后，莎丽尔的妈妈终于含笑离去。丧礼结束后，我向莎丽尔张开双臂，说："孩子，知道我现在最想你叫我什么吗？"莎丽尔眨眨眼睛没领会过来。

我再指指自己的胸口，莎丽尔终于张开双臂跑过来扑进我的怀里轻轻地叫了一声"爸爸"。

真正的好孩子

喜鹊、黄莺、乌鸦同住在一棵大树上，已经有许多年了。她们的孩子都已长大，她们自己也老了，飞不动了。现在她们坐在一根枝丫上，晒太阳，拉家常。

家常话可多啦，但说来说去总要说到自己的孩子。因为孩子在妈妈心目中，是一朵美丽的花。

老喜鹊说："在树林里，要数我的女儿最漂亮了，雪白的衬衫，墨黑的外套，尾巴一摆一翘，又活泼，又好看……"

老黄莺急忙打断老喜鹊的话："可不是吗？在树林里，谁也比不上我女儿能唱歌。她一唱歌，连淘气的猴子也会安静下来听的。"

其实，老黄莺夸奖小黄莺的时候，老喜鹊并没有停止称赞小喜鹊。她们各说各的，她们各自希望对方能听自己那漫完没了的赞颂。可是谁也不愿听对方的唠叨。

老乌鸦在一旁闭着嘴巴不说话。不过，她觉得自己的女儿也很好，因为小乌鸦最爱她的妈妈了。

老喜鹊和老黄莺，唧唧喳喳唠叨了半天，看看乌鸦安闲地睡着了，没有人听她们的，只好停下来，这时候，她们觉得很饿，不约而同地望望远方，盼望自己的女儿带些虫儿回来，给她们吃。

小喜鹊回来了，她已经吃饱了，便停在湖边石头上，跳来跳去，理理墨黑的外套，摆弄着尾巴，说漂亮也够漂亮的了，她还照湖水看自己的身影呢。

老喜鹊喊："孩子，给我一只蚂蚱吧，我饿啦！"

可是小喜鹊装作没听见，不理不睬。

小黄莺也回来了。她已经吃饱了，便停在树枝上唱歌。这歌声的确婉转清脆，唱得好听极了。

老黄莺喊："孩子，我饿呀，给我一只苍蝇吃吃吧！"

可是小黄莺一个劲儿唱呀，唱呀。老黄莺以为小黄莺没有听见，连叫了三遍："饿呀！饿呀！"小黄莺就是不理。

小乌鸦也回来了，她带回来一只又肥又大的螳螂，嘴对嘴地喂给老乌鸦吃。老乌鸦很快活，说："这才是真正的好孩子！"

🌸 毛老汉的日记簿

毛老汉 75 岁生日这天，他打电话把四个儿子叫了回来。吃了生日饭，毛老汉从屋里抱出厚厚一摞钱来，往桌子上一放，说："你们想不到吧，这些年我勤扒苦做，竟然也攒下了 16 万块钱。人老了，这钱也用不着了，这

195

些日子一直寻思着把钱分给你们……你们说说看，这钱怎么分？"

毛老汉的四个儿子做梦也没想到父亲竟然攒了这么多钱，一下子全都喜形于色。老大按捺着心里的开心劲，故意装作很平静的样子，说："爸，我们四家的日子有穷有富，就说我们家吧，虽然在省城，各方面开销大，孩子马上高中毕业，读大学又得一笔大款子，你看是不是按照各家的实际情况来分这笔钱？"

老二说："各家都有一本经，说不清理不明，我看还是平均分配，公平合理，无话可说。"老四说："对，我看还是一家四万，干脆利落！"四个儿子中，只有老三一直没吭声，毛老汉便问他有什么想法，老三说："爸，你现在年纪大了，也要用钱，我们平时回来得又少，万一出了啥事，身边没几个钱怎么成？我看这钱还是别分的好。"

老大咳了一声，说："按理说这钱我们不应该拿，可现在每家都有困难不是？就说你老三吧，一把年纪了连个对象都没有，整天卖力气出苦力，比谁都忙，有几个钱也好娶个媳妇成个家啊！"

老二和老四连声说是，毛老汉说："这两年我身子骨越来越差，如果不趁现在明白时分了，哪天一撒手，这些钱说不定会让你们兄弟伤了和气。至于怎么分，我倒也想了个法子———"说着，他从怀里掏出一张纸来，四兄弟把纸条传了一遍，只见上面写着———

老大：8430元；老二：13640元；老三：95800元；老四：42130元。

老大一看，脸都急白了，也不知是动了真感情还是啥的，当时就忍不住流了泪，他哽咽着说："爸，都是你的骨肉，谁都知道我家现在最需要用钱，为什么你给我的最少？你这不是偏心吗？"老二也很不服气，说："爸，小时候我们家里条件差，我和哥跟着您吃的苦最多，怎么我们却分得最少啊？爸爸你老糊涂了啊？"

这时，毛老汉哆嗦着手又从怀里掏出一个本子来，老泪纵横，说："爸老了，可没糊涂，自从八年前你们娘去世后，你们知道这些年我的日子是怎么过的吗？我天天在盼你们回家，可你们这些年来回了几次家？这是我记的日记簿，你们看看吧。"毛老汉说着打开日记簿，在四兄弟面前一页页翻过去，他翻到 2 月 10 日这一页，指着老大，说："去年的这天晚上七点，你打来了一个电话，说了两句话，一共用了 30 秒。"

毛老汉说着又翻了几页，指着老二，说："6 月 14 日这天的电话是你打来的，说了三句话，用了 47 秒。"毛老汉接着又说："9 月 25 日老四带着媳妇回来了，为我洗了衣服和被褥。"

只有老三在每月 15 日的这天都有记载，有时是带回一只烧鸡，有时是扫了院子，但几乎每一次记载都有两个字：吵架。原来毛老汉看老三一大把年纪还是光杆儿一个，就劝他娶一个乡下姑娘算了，他却不听。他没有一个稳定的工作，收入不多，还时常为毛老汉买这买那的，他没钱结婚，于是每次回来父子两人都免不了为这事拌嘴。

毛老汉说："这样的日记簿每年一本，我已记下了 8 本。你们每个人回家或是打电话回来的时间，我一次次都给你们累积起来，清清楚楚。现在这 16 万块钱，根据你们回家所花的时间按比例分配，这样才最公平！"

母爱与肝脏透析机

德国施特凡·阿尔丁格从小性格倔强。高中毕业时他一心想考化工学院，而母亲坚持让他考文学系将来当个作家。争执不下，他一生气便离家出走。

在外流浪两天，口袋中的马克花光。第三天他饿得两眼冒金星。无奈站在卖"热狗"的摊前目不转睛地盯着新出炉的"热狗"，垂涎欲滴。卖"热狗"的大娘看透他的心思："想吃热狗吧？给你两个……"

他接过"热狗"，变成狼吞虎咽的老饕餮。大娘从家里端来一杯饮料递给正在打嗝的阿尔丁格："小伙子，喝杯饮料，我就住在摊后面的旦丁街 18 号。是离家出走吧？"阿尔丁格点点头，眼泪不由自主地流下来："我和母亲吵架，我想学化学，她非叫我学文学不可，一赌气我就……"

大娘语重心长地说："我给你两个热狗、一杯饮料，你就感动得泪流满面；你母亲给你十八九年的物质和情感的关爱，你不但无动于衷，反而却狠心地离开她！她会十分伤心的。"

阿尔丁格回到家中，投入母亲怀抱痛哭一场。他万万没想到：母亲同意了他报考化工学院。

他大学毕业时，母亲患了肝硬化腹水。他查资料到处求医。医生说，目前全世界大约有160万人患有肝脏疾病。对于你母亲这种严重肝病患者，生存的唯一可能就是采用器官移植。但这很困难，一则是很难找到捐献的、与患者相配型的器官；二则费用也过于昂贵。阿尔丁格跪求医生："我给母亲半个肝吧！求求您！""傻话！你母亲需要换整个肝脏，一命换一命有何价值?"

不久，母亲去世了。临终前握住儿子的手说："我从医生那里得知，你和你父亲都恳求用你们的肝脏移植给我！我死而无怨！孩子，你能不能发明一种肝脏透析机，像肾脏做透析那样，滤出肝脏中的病毒。"阿尔丁格跪在母亲床下，挥泪发誓："儿子一定完成您的重托！您放心吧！"

阿尔丁格为实现母亲的遗愿，考入罗斯托克市医疗设备研究所，刻苦钻研用化学与物理相结合的方法，研究肝脏透析机。

功夫不负有心人，他31岁时与物理学家瓦尔特·格里克同罗斯托克市的医学家合作研制成功玛斯分子吸附循环系统——肝脏透析机。

好好活着就是爱母亲

1989年3月26日凌晨，一个年轻男人躺在了山海关的铁轨上，一辆呼啸而来的火车碾压过一个中国田园诗人的身体。那天，正好是他25岁生日。

这个男人，就是写过《面朝大海，春暖花开》的海子，他用这种残酷的方式，了结了自己短短的一生。然而，这个叫做查海生的孩子，他在另一个世界不会知道，在他生日那天早晨，母亲已经在乡下的炊烟中熬好了一锅红米粥，以这种传统的方式在为北京的儿子默默祝福。

当冰凉的铁轨上躺着一个血腥的生命，一个母亲的心，再也经不起碾压。在生日那天结束自己的生命，也许，这是世界上最让一个母亲心碎的事情。当一个生命从母亲的子宫里奔出，这个生命，已经从母亲的子宫上升到母亲的心房里扎根了。

在那个雨水滴答的乡村三月，这个叫做查海生的男人的骨灰，被送回了母亲居住的查湾村，就在房门前 300 多米的松树林下，垒起了一座土坟。

从此，一个母亲的视线，没有离开过儿子的土坟。母亲还活着的，陪同儿子入眠的，是母亲的灵魂。在 20 年乡下的风雨声里，一个母亲的眼睛，哭她的儿子"海生"，哭瞎了眼睛。"海生"，是一个母亲在经久的岁月里，一直在她唇间不停呼唤的乳名。

15 岁的海生考进了北京大学，一个村子沸腾了，一个县城也轰动了，一个母亲飞快地迈动小脚，挨家挨户发放她深夜蒸好的白糕。这个儿子毕业以后，在北京成了一个诗人。第一次去北京看儿子，面对儿子留那么长的头发，母亲只是笑眯眯地说："海生，去剪了吧！"母亲走的那天，这个贫困的诗人找人借了 300 元钱，执意揣进了母亲的包里。母亲的那个包，装了家里的 50 个鸡蛋，母亲在乡下为儿子养着一群小鸡。经过了几天几夜火车的颠簸，到了北京，居然一个也没有破。母亲一直把装着鸡蛋的布包搂在怀里，因为她相信，儿子每吃下一个鸡蛋，那个叫做诗人的儿子，他苍白的脸色就会多一丝红润。

儿子塞给她的那 300 元钱，听说，至今还在 80 多岁的母亲怀里掖着。母亲说，等她去世以后，用儿子的这 300 元钱送她上路就够了。

海子自杀后，很多人惊呼，这是一颗彗星的陨落。更有人叹息，他的诗歌是惊雷。然而，在母亲眼里，根本没有彗星，只有连着她心房的一个生命。更没有惊雷的声音在母亲耳畔响起，在耳畔响起的，只有一个孩子在母亲梦呓里的啼哭。一个国家，可以失去一个诗人；而一个母亲，根本不能失去孩子。海子，他把最疼痛的一首诗，没有写进他歌颂的土地里，而嵌进了一个母亲疼痛的血脉里、心房中。

所以，我总觉得，在春天来怀念这样一个诗人，其实对母亲来说，更是一种剜肉剔骨的残酷。浩瀚无际的天空，它对广袤无垠的大地，如何表达深沉的爱意与温柔的呢喃，我以为，那是密集的、轻盈的雨水与雨丝。

那么，一个孩子对母亲，如何表达最深的爱呢？

我想，答案只有一个，好好活着，就是对母亲的爱。再没有一个健康美好的生命，让孕育了生命的母亲更幸福的了。

我认识一位诗人朋友。当乡下的母亲每一次来到城里，他都会谢绝所有的应酬，回到家与母亲坐在小桌上一同吃饭。他告诉我，长大以后，母亲这么多年只轻轻靠在他肩上一次。那是他陪母亲第一次上电梯，感到手足无措又微微眩晕的母亲忍不住把头一下靠在了儿子的肩上。那一次，他一下涌出泪水，滴落在母亲花白的头发上。第一次在自己的家里唤母亲吃饭，竟吓得在一旁呆坐的母亲一愣。因为那么多年来，母亲在乡下吃饭时，几乎从来没有上过桌子，只是端一个小板凳在角落里悄悄扒拉进肚子里了事。

诗人朋友说，他头上的第一根白发，是母亲发现的。他睡眠不好引起的眼袋，是母亲看见的。总有一天，他会和母亲在路口松开这一辈子的手。那么，在和母亲有限的时光里，就是要好好陪着母亲，好好活着，让母亲感受到他的幸福而幸福。

所以，他说，在生命里，写给母亲最好的一首诗仍是：母亲，我好好活着，就是爱您。